KB050545

광해록

광해록 11

초판 1쇄 인쇄일 2015년 8월 27일 | **초판 1쇄 발행일** 2015년 8월 31일

지은이 조 휘 | **펴낸이** 곽중열 | **담당편집 팀장** 이범수
편집부 신연제 이윤아 김호성 김은경

펴낸곳 (주)조은세상 | 출판등록 제 2002-23호
주소 경기도 연천군 미산면 청정로 1355
TEL 편집부 02)587-2966 | FAX 02)587-2922
e-mail bukdu@comics21c.co.kr

ⓒ조 휘 2014
ISBN 979-11-5832-250-2 | ISBN 979-11-5512-853-4(set) | 값 8,000원

NEO ALTERNATIVE HISTORY FICTION

조휘 대체 역사 장편소설 ⑪

光海錄

북두
㈜조은세상

CONTENTS

NEO ALTERNATIVE HISTORY FICTION

광해록

1장. 이어(移御)

光海錄

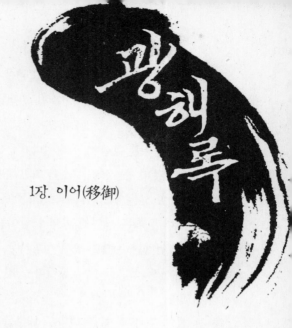

1장. 이어(移御)

전쟁은 단순하지 않았다.

사실, 아주 복잡했다.

전쟁은 국가 간에 역량을 겨루는 싸움이었다.

전쟁은 병력을 모아 적진에 쳐들어가는 게 전부가 아니었다.

전쟁 전의 준비, 그리고 전쟁 후의 준비를 모두 마친 상태로 임해야지만 적을 상대로 완벽한 승리를 거둘 수가 있었다.

그렇다면 전쟁 전의 준비에는 어떤 게 있을까?

이는 크게 보면 두 가지로 나뉘었다.

하나는 당연히 적을 이기기 위한 준비였다.

이는 단순히 강군(强軍)을 만들고 그들에게 좋은 무기를 쥐어주면 끝나는 게 아니었다. 그건 전쟁을 위한 준비였다.

전쟁 전의 준비는 그런 게 아니었다.

전쟁 전의 준비 중, 적을 이기기 위한 준비는 적국을 교란하거나, 기만하는데 있었다. 우리가 쳐들어간다는 사실을 적이 안다면 적은 당연히 방어에 들어갈 것이다. 이는 결과적으로 엄청난 손해를 보며 성공하든, 아니면 처음부터 실패한 전쟁으로 끝나든, 공격하는 입장에선 좋을 게 전혀 없었다.

전쟁 전의 준비 중 다른 하나는 내부를 단속함에 있었다. 군을 대규모로 움직인다는 것은 병력에 엄청난 공백이 생긴다는 의미와 같았다. 그리고 그로 인해, 불만을 가진 자들에 의한 내부 반란이나, 군내 반란이 일어날 가능성이 있었다.

적을 공격하는 와중에 내부에 반란이 생긴다면?

지금까지 힘들게 쌓아온 모든 것이 끝장나는 것이다.

＊＊＊

이혼은 유성룡과 복원이 한창인 경복궁으로 발길을 옮겼다.

11

경복궁에 입궐하기 위해선 정문인 광화문(光化門)으로 먼저 가야했다. 경복궁에는 동문에 해당하는 건춘문(建春門)과 서문을 담당하는 영추문(迎秋門)이 있었으나 서문과 동문은 관원이나, 일하는 권속들이 출입하는 문이지 임금이 출입하는 문은 아니었다. 임금은 당연히 남문임과 동시에 경복궁의 정문에 해당하는 광화문을 통해 대궐을 출입했다.

광화문 앞에 이르는 순간, 엄청난 규모의 기와집들이 먼저 모습을 드러냈다. 바로 주요 관청이 모여 있는 육조거리였다.

지금으로 따지면 세종로에 해당하는 곳이었는데 이혼은 새삼 자신이 있는 곳이 어디며, 어느 시대에 와있는지 실감했다.

그가 전에 보았던 광화문은 복잡했다.

사람과 차들로 정신이 없는 곳이었다.

그러나 지금 그가 보는 육조거리는 달랐다.

장엄한 자태를 자랑하는 광화문과 그 너머에 있는 북악산(北岳山)의 시원한 전경이 푸른색 물감을 몇 번 덧칠한 거 같은 파란 하늘과 맞닿아 마치 그림 속에 들어와 있는 듯했다.

방금 본 광경은 운이 좋을 경우, 가령 서울에 배기가스나, 미세먼지가 심하지 않을 경우, 21세기를 살아가는 사람들 역시 쉽게 볼 수 있는 광경 중 하나였다. 일제가 광화문과 경복궁 사이에 건설했던 조선총독부를 밀어버린 후에는 조선의 도성과 한국의 서울을 같이 보는 일이 가능해졌다.

그러나 광화문 앞, 즉 육조거리는 후대 사람들이 볼 수 없었다. 세종로로 이름을 바꾼 그곳엔 넓은 도로와 복잡한 차선들, 그리고 차와 사람들이 항상 북적이는 곳으로 변해 있었다.

이혼은 육조거리 입구에 섰다. 주위를 둘러보았다. 광화문으로 들어가는 길이 워낙 넓은지라, 육조거리 좌우에 늘어서있는 관청들의 모습을 한 눈에 다 담기 어려울 지경이었다.

이혼은 전에 이곳을 몇 번 찾은 적이 있었다. 그러나 대부분 경복궁 복원공사를 살펴보기 위해 지나가던 차에 본 거였다.

관원을 볼 일이 있으면 관원이 행궁을 찾아 이혼을 만났지 이혼이 궐을 나와 육조거리에 온 적은 없었다. 더구나 행궁과 경복궁 앞에 위치한 육조거리는 거리가 먼 편이었다.

육조거리엔 원래 오른쪽에 기로소(耆老所), 호조, 한성부, 이조, 의정부가 자리해있었다. 그리고 왼쪽에 장례원(掌隸院), 공조, 형조, 사헌부, 병조, 예조가 나란히 도열해

있었다.

그러나 이혼은 경복궁을 복원하는 김에 육조거리 역시 같이 중건했다. 업무가 늘어난 만큼, 관청의 규모를 늘렸는데 그 덕분에 육조거리의 규모가 전보다 배 이상 커진 상태였다.

그리고 육조거리를 떠난 관청 역시 있었는데 기로소가 있던 자리에는 새로이 호조 사섬서가, 한성부가 있던 자리에는 호조 판적사가, 사헌부가 있던 자리에는 공조 산택사(山澤司)가 각각 새살림을 꾸렸다. 이 세 관청은 모두 이번에 업무가 크게 늘어난 부속 기관이었다. 먼저 호조 사섬서는 화폐에 관한 전반적인 일을, 판적사는 세금징수를 각각 담당했다. 그리고 공조 산택사는 도로 건설, 도로 정비, 경복궁 복원, 교량 건설 등을 맡은 지라, 공간이 더 필요했다.

자리를 비워준 관청들은 적당한 장소를 찾아 이사를 마쳤다. 한성부는 한성을 담당하는 관청이므로 따로 한성감영을 만들어나갔다. 한성의 면적은 작지만 중요도나, 인구 밀도 등으로 볼 때 다른 도에 못지않아, 따로 감영을 만들었다.

그리고 기로소는 의정부 뒤편으로 옮겼으며 사헌부는 삼사에 속하는 다른 관청처럼 궐내각사 안으로 들어갔다. 삼사는 사간원, 홍문관에 사헌부를 더해 지칭하는 말인데 모두 임금의 견제역할을 하는 언론기관이었다. 그러나 이혼이 사헌부의 기능을 원래 기능이던 관원 감찰로 돌리며 삼사는 사간원과 홍문관으로 이뤄진 이사(二司)로 축소되었다.

사헌부는 오히려 삼사를 나오며 규모가 더 커졌다.

지금의 감사원처럼 직할 관청으로 들어가 의정부의 정승부터 9품 말단 관원들까지 감찰하며 그들의 비리를 조사했다.

이혼은 긴밀한 소통을 위해 사헌부를 궐내각사 안으로 옮기라는 지시를 내렸다. 그리하여 지금은 경복궁 안에 있었다.

이혼의 시선이 육조거리 왼쪽 제일 앞에 위치한 장례원에 박혔다. 장례원은 노비문서를 보관하는 장소였다. 그런 이유로 임진왜란이 발생했을 때, 선조와 관원들이 도망치는 모습에 분노한 도성 노비들이 장례원에 몰려가 불을 질렀다.

경복궁, 창덕궁, 그리고 다른 관청들은 모두 왜군이 저지른 방화로 타버렸지만 이 장례원만은 노비들이 태운 것이다. 그들이 느꼈을 실망과 분노, 좌절 등이 손에 잡힐 듯했다.

이혼은 육조거리를 그 명칭대로 이호예병형공(吏戸禮兵刑工)이 있는 거리로 만들 생각이었다. 실제로 그렇게 했다. 그러나 장례원은 옮기지 못했다. 장례원은 기득권층이 가진 거의 마지막 보루였다. 아니, 장례원에 들어있는 노비문서가 그들이 가진 마지막 보루였다. 아마, 장례원을 없앤다면 전과 비교할 수 없는 후폭풍이 이혼을 덮쳐올 게 분명했다.

이혼은 장례원을 보며 조선의 신분제도를 다시 생각해 보았다.

조선의 신분제도는 아주 복잡했다.

가장 위에는 사대부라 불리는 양반집단이 있었다. 원래 양반은 고려의 귀족이나, 권문세족과는 다르게 고정된 계층이 아니었다. 과거에 합격한 양반이 조상 중에 있으면 후손이 사대부에 해당하는 사족(士族) 지위를 얻는 방식이었다.

즉, 그 말은 천인을 제외한 양인은 누구든 사족의 지위를 얻을 수 있다는 말이었다. 조상 중 한 명이 과거에 합격해 일정 지위 이상 올라가면 그 후손은 자동적으로 사족의 지위를 얻었다. 얼핏 이상적인 방식처럼 보이지만 이런 제도는 귀족과 다름없는 관직세습의 폐단을 불러오기 시작했다.

일반 백성은 가족을 먹여 살리기 위해 일을 해야 하는지라, 과거를 준비할 기회가 거의 없었다. 또, 군역을 해야 하는지라, 제도적으로 과거를 준비할 기회 역시 없는 셈이었다.

그러나 사족은 개국할 때부터 지방에 막대한 토지를 가진 지주였기에 생활을 걱정할 필요가 없었다. 또, 과거를 준비한다는 명분으로 성균관, 서원, 향교에 적을 두어 군역을 회피했다. 이런 상황이니 사족을 지위를 얻으면 좀처럼 잃는 일이 없었다. 죄를 지어 신분이 전락하지 않는 이상엔 끄떡없었다. 이리하여 사족에서만 문반, 무반 양반을 배출하는 형태로 바뀌어 고려의 문벌귀족과 같은 행태를 보였다.

이런 양반 밑에는 중인이 있었다. 중인은 양반의 서자와 얼자, 그리고 역관, 의원, 서리, 향리와 같은 전문직에 종사하는 계층을 통틀어 부르는 말이었는데 이혼이 이를 없애버렸다.

하여 지금은 중인이 모두 양반계층으로 올라와있는 상태였다.

중인 다음에는 일반 백성, 즉 상민(常民)이 있었다.

조선의 신분제도는 크게 보면 두 계층으로 나뉘었다.

양천제(良賤制), 즉 양인과 천인으로 나뉘는 것이다.

이 양인에는 양반과 중인, 그리고 사농공상에 종사하는 일반 백성이 모두 속해있었는데 양반과 중인을 특수한 계층으로 취급하기 시작한 후에는 양인의 대부분을 차지하는 상민이 모든 의무를 홀로 져야했다. 군역, 각종 세금 납부, 공납 등 나라를 운영하는데 필요한 자원을 이들에게서 수급했다.

양반과 상민 모두 크게 보면 같은 양인이지만 양반이 상민의 권리를 강제적으로 제한하기 시작함에 따라 양반은 지배층, 그리고 상민은 피지배층으로 나뉘어졌다. 그래서 반상(班常)이 다르다는 말이 생겨난 것이다. 점차 양반은 의무를 외면한 채 권리만 챙기기 시작했다. 반대로 상민은 권리를 모두 빼앗긴 채 의무만 져야하는 신세로 전락해버렸다.

앞서 말한 대로 양천제를 도입한 조선의 신분사회는 크게 양인과 천인으로 나뉘어져있었다. 이 양인에는 양반, 중인, 그리고 상민이 있었다. 그렇다면 양천의 천에 해당하는 천인은 어떤 사람들을 가리킬까? 그 정답은 노비, 즉 노예였다.

말 그대로 노예였다.

의무와 권리 양쪽을 모두 박탈당한, 주인의 소유물이었다. 외양간에 있는 소와 노비가 다를 바 없는 것이다. 또한, 노비로 한번 전락하면 대대손손 노비로 사는 수밖에 없었다.

이혼은 당연히 이런 신분제를 유지할 생각이 전혀 없었다. 중인을 없앤 게 증거였다. 그리고 궁극적으로는 신분제가 없는 세상이 이혼의 목표였다. 모든 인간은 평등하다는 천부인권설(天賦人權說)에 의해 모든 백성을 평등하게 만들기 위해선 먼저 이 노비제도를 없애야했다. 다른 나라 역시 노예제도를 운용했다. 그러나 조선은 천인의 신분을 한번 얻으면 그 후손마저 그 굴레를 벗어나지 못한다는 점에서 상당히 경직된, 그리고 잔인한 형태의 제도를 운영해 왔다.

그러나 지금은 그걸 뒤집을 시기가 아니었다.

기득권층에게 여러 번 타격을 가한 상황에서 또 타격을 입히면 그에게 호의적인 계층마저 돌아설 가능성이 아주 높았다.

이혼은 의중을 감춘 상태로 기회가 오길 기다릴 생각이었다.

저 장례원이 눈엣가시처럼 괴롭히는 것은 사실이지만 기다릴 때는 기다려야했다. 이혼의 생각엔 지금은 기다릴 때였다.

관청 앞에는 용아를 든 포도군사들이 경계를 서는 중이었다.

그래서 이혼이 앞을 지날 때마다 용아를 들어 군례를 취했다. 원래는 환도나, 장창으로 하는 군례였는데 용아로 무기전환이 이뤄지며 지금은 용아로 하는 군례가 일상적이었다.

이혼은 고개를 돌려 유성룡에게 물었다.

"관청의 경비는 어떻게 하는 중이오?"

"한성 포도청이 포도군사를 보내주었사옵니다."

"육조거리를 지나는 백성이 위화감을 느끼지 않도록 정면에는 많이 배치해두지 마시오. 백성과 관아의 거리는 가까운 게 좋겠소. 그래야 관아가 백성의 의견을 수렴할 수 있을 거요. 그리고 백성은 고충을 관아에 고변할 수 있을 거요."

"그렇게 조치하겠사옵니다."

이혼은 주위를 둘러보았다.

조내관과 금군대장 기영도 등 10여 명의 얼굴이 보였다.

이혼은 목소리를 조금 낮추었다.

"그렇다고 유사시를 대비하지 않을 순 없소."

"유사시라 하심은?"

"폭도가 대궐 다음에 노릴 곳이 어디겠소? 자연 이 육조거리가 아니겠소? 그러니 관청 뒤에 경비 병력을 충분히 배치해두시오. 최악을 가정해 준비하는 것보다 좋은 일은 없소."

유성룡은 이내 고개를 끄덕였다.

"알겠사옵니다."

이혼은 예전엔 사헌부, 그리고 지금은 공조 산택사가 있는 관청 앞에 흑룡을 세웠다. 천천히 따라오던 수행인원들 역시 그 자리에 말을 세웠다. 광화문 앞 좌우에는 커다란 해태상이 놓여있었다. 해태는 전설상의 신수(神獸)로, 선악의 판단이 가능해 죄를 지은 자를 보면 머리에 있는 뿔로 들이받는다는 전설이 있었다. 해태는 중국과 조선, 양국이 모두 사용하는데 조선의 경우에는 관리를 감찰하는 사헌부 관원의 관복 흉배(胸背)에 해태의 형상을 넣었다. 관리의 부정부패를 감시하는 사헌부와 해태의 의미가 비슷했던 것이다.

하얀색 화강암으로 조각한 해태는 축대 위에 올라가있어 생각보다 웅장했다. 두툼한 사자 몸통에 도깨비처럼 생긴 커다란 얼굴이 그 끝에 달려 있었는데 눈을 부릅뜬 모양이 마치 육조거리를 감시하다가 부정을 저지른 관원이 보이면 바로 달려가 뿔로 사정없이 들이받을 거 같은 형상이었다.

해태상 남쪽에는 노둣돌이 있었다.

노둣돌은 문 앞에 놓는 돌인데 말을 타기 위해 딛거나, 아니면 내리기 위해 밟는 용도로 이용했다. 그러나 광화문, 그리고 해태상 앞에 위치한 노둣돌은 전혀 다른 의미를 지녔다.

이 노둣돌부터는 임금을 제외한 모든 사람이 말이나, 가마를 타고 지나갈 수 없다는 말이었다. 유성룡이 가장 먼저 하마(下馬)했다. 기영도와 조내관 역시 하마하여 손에 쥔 말고삐를 금군에게 건넸다. 금군은 바로 말을 광화문 옆에 있는 우리로 데려갔다. 이혼은 흑룡을 광화문으로 몰았다.

이혼은 광화문을 잘 보기 위해 고개를 들었다.

단단해 보이는 석축 사이에 홍예문(虹霓門) 세 개가 뚫려있었다. 홍예문의 홍예(虹蜺)는 무지개를 의미하는 말이었다. 즉, 상부의 형태가 무지개처럼 둥그런 문이 홍예문이었다.

석축 위에는 장엄한 느낌을 주는 우진각 지붕이 앉아있었다. 그리고 편액에는 한자로 광화문(光化門)이라 적혀있었는데 이혼이 석봉(石峯) 한호(韓濩)에게 명해 쓰게 한 것이다.

이혼은 좌우를 둘러보았다.

광화문을 중심으로 튼튼한, 그리고 제법 높은 대궐의 담벼락이 시선이 미치는 범위까지 좌우로 시원하게 뻗어있었다. 대궐은 임금이 거주하며 정사를 처리하는 기능 외에 한 가지 기능이 더 있었다. 대궐은 반란군으로부터 임금을 지켜주는 일종의 성채와 같은 곳이었다. 그런 이유로 광화문이 위치한 경복궁 앞 좌우 담장 끝에는 동십자각(東十字閣)과 서십자각(西十字閣)이 위치해있었다. 이 두 십자각은 적의 접근을 감시 및 방어하기 위한 목적으로 세운 것이다.

동십자각과 서십자각에 근무하는 금군은 주변을 감시하며 수상한 사람의 접근을 지상 근무자보다 먼저 발견해내었다.

광화문을 지난 이혼은 근정전(勤政殿)으로 천천히 말을 몰았다.

광화문을 나와 근정전으로 가기 위해선 홍례문(弘禮門)과 유화문(維和門), 기별청(奇別廳), 금천(禁川) 위에 놓인 영제교(永濟橋)를 지나야했다. 이혼의 길은 정해져 있었다. 어도(御道)라 하여 임금이 지나다니는 길이 따로 있는 것이다.

당연히 신하들은 어도를 이용하지 못했다.

마침내 근정문(勤政門) 앞에 도착한 이혼은 하마하여 근정전(勤政殿) 안으로 들어갔다. 근정전은 조선 법궁의 정전이었다. 국가 중대사 대부분이 이 근정전 마당에서 이뤄졌다.

즉위, 국혼, 세자의 책봉, 사신 응접 등등.

근정전 마당 안에 들어서는 순간, 시야가 우선 확 트였다. 빗물이 배수구로 흘러가기 쉽도록 비스듬한 각도로 깔려있는 석판이 근정전으로 올라가는 계단까지 쭉 이어져 있었다.

근정전 마당 좌우엔 아름드리나무 기둥이 지붕을 받친 행랑이 위엄 있게 도열해있었다. 그리고 북쪽 정면엔 근정전이 장엄한 자태를 드러낸 채 전각의 주인을 기다리는 중이었다.

이혼은 근정전 마당에 놓여 있는 품계석을 지나 계단으

로 올라갔다. 그리고 몸을 돌려 근정문이 있는 남쪽을 응시했다.

세상이 그의 발아래 놓여 있는 기분이었다.

이혼은 근정전 안을 둘러보았다. 마무리 공사가 거의 끝나 있는 상태였다. 북쪽 벽에 있는 옥좌를 한 번 살펴본 이혼은 근정전을 빙 돌아 북쪽으로 올라갔다. 원래 경복궁은 광화문, 홍례문, 근정문으로 이어지는 3문이 수직으로 일직선상에 놓여있었다. 그리고 근정문을 통과하면 근정전이 나오는데 여기까지가 외전(外殿), 즉, 공식적인 공간이었다.

외전을 지나면 왕과 왕비가 생활하는 내전(內殿)이 나왔다. 내전으로 들어가면 편전에 해당하는 사정전(思政殿), 왕의 생활공간에 해당하는 강녕전(康寧殿), 왕비의 생활공간인 교태전(交泰殿)이 이어졌다. 내전이야말로 궁의 핵심이었다.

육조거리, 궐내각사, 외전, 내전을 모두 둘러본 이혼은 앞으로 윤이 생활할 동궁(東宮), 대비의 처소 자경전(慈慶殿) 등을 둘러보았다. 그리곤 마지막으로 뒷마당 정원에 해당하는 후원을 찾았다. 후원에는 그 유명한 경회루(慶會樓)가 서쪽 방지(方池)에 있었다. 경회루는 워낙 큰 공사인지라, 아직 완공 전이었다. 임진왜란의 화재가 얼마나 거셌는지 주춧돌 외엔 건질만한 게 없어 시간과 돈이 많이 들었다.

이혼은 경회루 공사를 담당하는 공조 산택사의 관원과 인부에게 술과 고기를 내려주었다. 그리고 오늘은 쉬도록 했다.

인부들은 당연히 기뻐하며 이혼을 칭송했다.

연못가 의자에 앉은 이혼은 조내관을 불러 몇 마디 속삭였다.

"인부들을 몇 명 불러다주시오."

조내관은 한곳에 모여 있는 인부들에게 시선을 주었다.

"어떤 인부를 불러와야하옵니까?"

"나이든 사람, 중간인 사람, 그리고 젊은 사람 셋을 불러와야하는데 그들 세 명이 하는 일이 각기 다 달라야할 것이오."

조내관은 시키는 대로 인부 세 명을 불러왔다.

이혼이 지시한 내용과 일치했다.

십장(什長)으로 보이는 백발노인과 조금 겁을 먹은 거 같은 중년사내, 그리고 약관을 갓 넘긴 듯 보이는 청년이었다.

세 사람은 조내관이 가르쳐준 대로 먼저 절을 올렸다.

그리고 다시 일어나 두 손을 앞에 포갠 상태로 머리를 숙였다.

이혼은 그 중 노인에게 물었다.

"이름과 하는 일이 무엇인가?"

"쇤네의 이름은 갑술이옵니다. 하는 일은 개장(蓋匠)이옵니다."

이혼은 경회루 지붕에 반쯤 덮인 기와를 보며 물었다.

"개장이면 지붕에 기와를 얹는 장인 말인가?"

"그렇사옵니다."

이혼은 고개를 끄덕이며 재차 물었다.

"그럼 기와를 만드는 사람은 뭐라 부르는가?"

"제와장(製瓦匠)이옵니다."

"노인장은 공조 선공감(繕工監) 소속인가?"

"그렇사옵니다."

잠시 무언가를 생각하던 이혼이 물었다.

"선공감에서 노인장의 직책은 무엇인가?"

"개장이옵니다."

"그럼 아직 품계가 없다는 말인가?"

노인은 몸 둘 바를 몰라 하며 대답했다.

"쇤네같이 천한 사람이 어찌 관복을 입을 수가 있겠사옵니까?"

"개장일은 언제 처음 시작했는가?"

잠시 기억을 반추하는 듯했던 노인이 얼른 대답했다.

"40년 전 이맘때쯤이옵니다."

고개를 끄덕인 이혼이 물었다.

"집에 먹여살려야할 가족이 있는가?"

"집에 처가 있사옵니다."

"자녀들은?"

"모두 성혼하여 제 밥벌이는 하는 중이옵니다."

이혼의 질문이 계속 이어졌다.

"한 달에 녹봉을 얼마나 받는가?"

"300원을 받사옵니다."

"그 돈으로 생활이 가능한가?"

잠시 고민하던 노인은 이내 고개를 끄덕였다.

"가능하옵니다."

이혼은 노인을 지그시 보았다.

300원은 쌀 서 말 값이었다. 전에는 쌀 한 섬이 열다섯 말이었지만 지금은 쌀 한 섬이 정확히 쌀 열 말이었다. 그래서 300원은 전보다 늘어난 쌀 서 말을 살 수 있는 돈이었다.

그렇다고 해도 충분한 녹봉은 아니었다.

다만, 노인은 이미 자식이 장성한지라, 부담이 적을 뿐이었다.

"1년이면 3600원이군."

"그렇사옵니다."

"세금은 얼마나 내는가?"

머릿속으로 열심히 계산하던 노인이 대답했다.

"소득세가 2할이어서 720원을 내옵니다. 그리고 사는 집에 대한 재산세로 80원을 내어 합치면 총 800원을 내옵니다."

"그럼 순수입은 2800원이란 말인가?"

노인은 맞는다는 듯 고개를 끄덕여보였다.

"그렇사옵니다."

"한 달에 200원 조금 넘게 받는 셈이군."

"그렇사옵니다."

"관원이 나와 다른 세금을 내라고 협박한 적 있는가? 노인장을 탓하기 위해 그런 질문을 한 게 아니니 솔직히 답해주게. 물론, 거짓을 고한다면 그에 대한 벌을 받아야할 걸세."

"그런 적은 결코 없사옵니다. 믿어주시옵소서."

"녹봉은 제때 지급해주는가?"

"예, 전하. 때마다 어김없이 나오는 줄 아옵니다."

고개를 끄덕인 이혼은 중년사내를 불러 같은 질문을 하였다.

중년사내는 목수 중에 건물을 짓는 대목(大木)이었는데 가족은 처와 자식을 합쳐 일곱이었다. 그리고 녹봉은 노인과 마찬가지로 300원을 받았으며 세금 역시 같은 액수를 냈다.

마지막으로 젊은 청년은 돌을 다루는 석수(石手)였는데

형이 있어 부모 봉양을 하지 않는 상태였다. 또, 아직 혼례 전인지라, 먹여 살릴 가족 역시 없었다. 녹봉은 200원을 받았다.

그리고 두 사람 다 관아나, 호조가 따로 걷는 세금이 없다고 말했다. 또, 선공감이 꼬박꼬박 녹봉을 지급한다고 하였다.

세 사람을 돌려보낸 이혼은 유성룡에게 물었다.

"영의정은 한 달에 얼마를 받소?"

잠시 주춤한 유성룡은 이내 대답했다.

"아뢰옵기 송구하오나 8000원을 받사옵니다."

이혼이 고치기 전에는 관원의 녹봉을 매 절기마다 지급했다.

즉, 봄, 여름, 가을, 겨울에 한 번씩 지급했는데 영의정의 경우에는 1년 녹봉이 쌀 64석, 보리 10석, 콩 23석, 면포가 21필이었다. 이혼은 절기마다 녹봉을 지급하는 방식에 문제가 많다는 생각이 들어 이를 한 달에 한 번씩 월급 형태로 받게 하였다. 그리고 현물로 지급하던 녹봉을 저화, 즉 지폐로 주었다. 관원을 통해 먼저 화폐유통에 나선 것이다.

영의정이 달마다 받는 8000원은 쌀 8섬의 가격이었다. 그리고 1년으로 치면 96000원이었는데 이는 쌀 96섬의 가격으로 전에 받던 현물 녹봉을 저화로 계산해 받는 셈이었다.

그러나 조정의 재정이 악화일로로 치달은 조선 후기에 들어선 녹봉이 거의 반으로 줄어, 삼정의 문란 등을 초래하였다.

나라가 관원에게 녹봉을 적게 주면 당연히 부정부패가 심해지는 게 순리였다. 이는 어쩔 수 없는 인과관계에 해당했다. 사명감이나, 애국심으로 부족분을 채우기는 쉽지 않았다.

이혼은 영의정이 선공감의 장인보다 엄청나게 많은 양의 녹봉을 받는 상황을 탓할 생각은 눈곱만치도 없었다. 이는 당연한 일이었다. 영의정은 백관의 정점에 있는 사람이었다.

그리고 그 만큼 책임감과 업무 부담이 큰 자리였다.

오히려 적으면 적었지 많지는 않았다.

이혼은 유성룡에게 물었다.

"향리와 서리에게 녹봉을 지급하라 했는데 지켜지는 중이오?"

"그렇사옵니다. 전하의 어명으로 나랏일 하는 사람은 중앙관아, 지방관아할 거 없이 모두 조정의 녹봉을 받는 중이옵니다. 그 덕분에 관원들의 부정부패가 많이 줄었사옵니다."

잠시 고민하던 이혼은 결정을 내린 듯 힘차게 일어났다.

"관원의 녹봉지급체계를 실정에 맞게 고쳐야겠소!"

"어떻게 말이옵니까?"

"영상 역시 방금 인부가 한 얘기를 들었을 것이오."

"그렇사옵니다."

"40년 동안 같은 일을 한 숙련자와 이제 막 일을 배운 청년 사이에 녹봉 차이가 100원이라는 것은 너무한 감이 있소."

유성룡 역시 그 말에 전적으로 동의했다.

"신의 생각도 그러하옵니다."

"그리고 같은 지위더라도 부양가족이 없는 사람과 일곱 명인 사람에게는 차이가 있을 것이오. 이 점을 고려해 녹봉 지급체계를 새로 만들어보시오. 재정을 맡은 호조와 법률을 맡은 형조에게 영상을 지원하란 교지를 내려주리다. 그리고 재정에 무리가 가지 않은 선에서 관원의 녹봉을 더 올려주시오. 영상은 10000원, 9품 말단 관원은 1000원이 적당할 것 같소. 그리고 대사헌에게는 관리들의 부정부패를 더 엄격히 관리하라 하시오. 나라에서 먹고 살 만큼 녹봉을 주는데도 부정을 저지른다면 엄히 처단하는 수밖에 없소."

"그리 하겠사옵니다."

유성룡은 호조, 형조와 상의해 녹봉지급체계를 개혁했다.

이혼이 말한 대로 정 1품 영의정은 10000원, 종 9품은 1000원으로 기준을 정해 나머지 관원의 녹봉을 조정하였다. 그리고 관원 외에 군기시, 선공감 등 조정 산하 부속 기관에 속해있는 장인, 인부의 녹봉 역시 대폭 인상에 들어갔다.

호봉제(號俸制)를 도입해 호봉이 높아지면 녹봉이 같이 올라가는 방식을 택해 이혼이 경회루 공사장에서 만났던 개장의 경우, 공사를 책임지는 십장은 3000원을, 일을 막 시작한 신입의 경우에는 500원을 받았다. 또, 부양가족이 많으면 부양가족수당을 주어 가장의 역할을 다하도록 개선했다.

이혼이 기술을 가진 기술자를 우대한 덕분에 기술자를 천시하던 풍조가 점차 사라졌다. 몇 년, 혹은 10년 가까이 밤을 새워가며 공부해 간신히 종 9품의 지위에 오른다고 해도 받아가는 녹봉은 1년에 10000원에 불과했으나 선공감에 있는 일부 장인은 1년에 50000원이 넘는 녹봉을 받았다. 영의정 유성룡이 1년에 120000원을 받으니 장인이 기술만 열심히 익혀도 그 반에 해당하는 녹봉을 받아가는 것이다.

군인과 중앙관아, 지방관아에 나와 일하는 관원의 수를 모두 더하면 거의 20만에 이르렀다. 그야말로 엄청난 수로 이들에게 녹봉을 지급하기 위해선 막대한 재정이 필요했는데 다행히 세금이 날이 갈수록 늘어 재정건전성엔 문제가 없었다.

유윤중의 난을 진압하는 과정과 난을 진압한 후 연루자를 수사하는 과정에서 엄청난 양의 토지가 국가에 귀속되었다.

이혼은 귀속된 토지를 일반 백성에게 낮은 이자로 빌려주었다. 그리고 원금과 이자를 모두 갚을 경우, 국가 소유이던 토지의 소유권을 백성에게 주는 새로운 임대법을 만들었다.

이리하여 세금을 내는 가호 수가 기하급수적으로 늘어났다.

조선엔 명종시절의 가혹한 세금과 수탈을 피해 산 속으로 도망쳐 몰래 화전을 일구며 살던 화전민(火田民)이 적지 않았다. 아예 농사를 포기한 채 화적(火賊)떼로 변한 농부마저 있을 지경이었다. 한데 세상이 바뀐 덕분에 고향에 돌아온 농부들은 조정이 주는 토지에 농사를 짓기 시작했다.

또, 농부 뿐 아니라, 상인, 장인 등 돈을 버는 모든 백성이 조정의 엄격한 감시 하에 세금을 내기 시작하며, 조선, 아니 한반도 역사상 가장 많은 세금이 조정에 쏟아져 들어왔다.

거기에 양전과 호구조사 등을 통해 양반은 물론이거니와 일반 백성들 역시 소유한 재산에 맞는 재산세를 내야했는데 누진세 방식을 택한 덕분에 세수가 날이 갈수록 늘어났다.

이혼이 관원의 녹봉체계를 바꾼 이유는 당연히 관원의 비합리적인 녹봉체계를 개혁하려는 의도였다. 그러나 그게 끝은 아니었다. 거기에는 다른 의도가 한 가지 더 들어 있었다.

바로 민간에서 관이 만든 녹봉체계를 흡수하도록 권장하기 위해서였다. 관이 먼저 어떤 제도를 시행한 다음, 권장하기 시작하면 민간은 자연스레 그 뒤를 따라오기 마련이었다.

이혼은 세수를 늘리기 위해 상업과 공업발전에 전력을 다했다.

또, 새로운 일자리창출을 위해 선공감을 적극 이용했다. 도로정비와 시장건설, 성벽보수 등의 국가기반사업을 착실히 진행했다. 일종의 뉴딜정책이었다. 조정이 거두어들인 세금을 다시 민간에 골고루 나누어주어 경기부양을 꾀하는 것이다.

경회루와 후원, 그리고 각종 부속건물을 완성한 1602년 4월, 이혼은 7년 가까이 머무른 행궁을 나와 경복궁으로 이어(移御)했다. 경복궁으로 이어하는 행차는 장엄했다. 그리고 아주 화려했다. 도성 백성이 전부 나와 어가 행차를 구경했다. 이혼은 술과 떡, 고기를 준비해 백성에게 나누어주었다.

가장 먼저 대비가 경복궁 자경전에 입전(入殿)했다.

그리고 그 다음에 부쩍 자란 원자 윤이 말을 타고 앞서 가며 길을 열었다. 그리고 그 뒤에 임금 이혼이, 그리고 이혼 뒤에는 둘째 정을 품에 안은 미향이 가마에 올라 이동했다.

백관과 금군, 내관, 궁녀 등이 그 주위를 따르니 임진왜란을 겪으며 추락했던 왕실의 위엄이 다시 살아나기 시작했다.

색과 빛의 잔치였다.

조선의 염색기술자가 낼 수 있는 모든 색이 이어하는 행차 안에 들어가 있었다. 금색, 은색, 검은색, 흰색, 푸른색, 붉은색, 노란색, 갈색 등 10여 가지 색깔이 행차를 수놓았다.

위장무늬 군복 대신에 붉은색 제식용 의복을 입은 금군의 기상은 하늘을 찌를 듯 날카로웠다. 금군은 기병과 보병으로 나뉘어져있어 기병은 어가의 호위를, 보병은 행렬을 호위했다. 앞에서는 악공들이 연례악(宴禮樂)을 연주하며 행진해 근 10년 만에 이루어지는 법궁으로의 이궁을 축하했다.

이혼은 평소에 타던 흑룡 대신, 어가에 올라 경복궁으로 향했다.

그 역시 감회가 새롭긴 마찬가지였다.

도성에 환도한 선조는 거처할 궐이 마땅치 않아 왕족의 집을 행궁으로 개조해 머물렀다. 선조가 스스로 목숨을 끊은 직후, 도성에 돌아와 보위에 오른 이혼 역시 선조가 거처하던 행궁에 머무르며 정유재란과 여러 가지 개혁을 처리했다.

원래 광해군이 인조, 당시엔 능양군(綾陽君) 이종(李倧)이던 인조가 일으킨 반정에 의해 쫓겨났던 이유 중 하나가 무리한 궁궐 개축이었다. 광해군은 불에 탄 창덕궁, 창경궁(昌慶宮) 등을 복원한데이어 인경궁(仁慶宮), 자수궁(慈壽宮), 경덕궁(慶德宮) 등을 새로 건설해 재정건전성을 악화시켰다.

재정건전성이 떨어진다는 말은 백성의 고혈을 빨아 부족한 부분을 채웠다는 말과 다르지 않았다. 더욱이 시기가 긴 전란 직후인 점을 볼 때 그 고통은 상상하기 힘들 지경이었다.

그런 광해군조차 불타버린 경복궁은 방치하는 수밖에 없었다.

이유는 하나였다.

경복궁의 규모가 워낙 방대해 시작조차 못한 것이다.

1592년에 전소된 경복궁은 몇 백 년 동안 흉물스런 상태로 남아 있다가 조선 말기에 이르러서야 흥선대원군(興宣大院君)의 손에 의해 예전 모습을 다시 찾았다. 정치적인 목적을 가지고 재정에 엄청난 부담을 가하며 복원한 것이다.

이혼은 그런 경복궁을 재정에 부담을 주지 않으며 복원하는데 성공했다. 그로선 커다란 장애물을 하나 넘은 셈이었다.

일전에 돌아본 대로 육조거리를 지나, 광화문, 홍례문, 근정문을 차례대로 지난 행렬은 근정전 앞마당에 다시 도열했다.

가마를 내려온 이혼은 미향과 윤, 정, 그리고 대비와 함께 힘들여 복원한 경복궁이 무탈하기를 열성조에게 부탁드렸다.

경복궁 경회루에선 이어를 축하하는 연회가 밤늦게 이어졌다.

이혼은 다음 날 아침, 미향이 끓여온 국으로 속을 풀었다. 신료가 올린 술을 사양 않고 마시다보니 머리가 지끈거렸다.

의관을 정제한 이혼은 이상한 생각이 들어 방을 둘러보았다.

행궁이 아니라, 경복궁 안 어딘가가 분명했다.

처음 보는 방이었던 것이다.

행궁의 편전, 아니 편전보다 훨씬 넓은 방 안에 앉아있었다.

"과인이 지금 어디 있는 거요?"

이혼의 의관을 고쳐주던 미향이 대답했다.

"교태전이옵니다."

"교태전? 강녕전이 아니고?"

미향이 이혼의 상투에 용을 조각한 비녀를 꽂아주며 대답했다.

"상선이 교태전으로 모셔왔사옵니다."

"그렇군. 한데 어떻소? 중전은 교태전이 마음에 드오?"

미향은 묘한 미소를 지었다.

"아직 잘 모르겠사옵니다."

"그럴 거요. 교태전은 아주 큰 전각이니까. 하지만 곧 익숙해질 거요. 그대가 조선의 안주인이라는 사실엔 변함이 없으니."

미향이 이번엔 확실히 행복해 보이는 미소를 지었다.

이혼은 원자 윤과 유모의 품에 안긴 정의 아침문안을 받았다.

그리고 이혼은 다시 가족을 데리고 대비전에 문안을 드렸다.

대비는 미향과 달리 감회에 젖은 얼굴로 이혼을 맞았다.

선조는 주로 창덕궁에 머무른지라, 대비 역시 중전일 때는 대조전(大造殿)에 머물러 경복궁에 대한 추억은 많지 않았다.

그러나 어쨌든 좁은 행궁을 나와 경복궁에 들어왔다는 사실 자체가 중요한 것이다. 그 동안 겪은 풍상(風霜)에 대한 보답을 받았다는 듯 전보다 한결 여유로워진 모습이었다.

문안인사를 마친 이혼은 편전으로 사용하는 사정전이 아니라, 정전인 근정전을 찾아 경복궁에서의 첫 조회를 주재했다.

"이제 대궐을 다시 찾았으니 국가의 기틀을 단단히 해야겠소."

기다렸다는 듯 영의정 유성룡이 한 걸음 나와 아뢰었다.

"신 역시 같은 생각이옵니다. 우선 원자마마를 세자에 책봉하시옵소서. 그래야 국가의 기틀이 초석 위에 설 것이옵니다."

대신들이 저마다 말을 보탰다.

"영상의 말이 백 번, 천 번 옳사옵니다. 따르시옵소서."

"세자저하 책봉을 서두르셔야할 것이옵니다."

고개를 끄덕인 이혼은 좌상 이산해에게 책봉례 준비를 맡겼다.

그로부터 석 달 후.

원자 윤은 근정전 마당에 나아가 세자책봉을 받았다.

내부적인 문제를 어느 정도 처리한 이혼의 시선이 밖으로 향했다. 이젠 일전에 천명한 대로 왜국을 정벌할 차례였다.

2장. 기만(欺瞞)

2장. 기만(欺瞞)

이혼은 얼마 전 노환을 이유로 사직한 강문우대신에, 국
정원의 내사 책임자이던 허균을 새로운 국정원장에 임명
하였다.

허균은 국정원이 가진 모든 자원을 가동해 왜국의 동향
을 빈틈없이 주시했다. 이혼이 왜국정벌을 천명한 이후,
가장 바빠진 곳은 군대가 아니라, 정보를 취급하는 국정원
이었다.

허균은 보름마다 강녕전을 찾아 왜국 동향을 보고했다.

국정원에 따르면 풍신수길(豊臣秀吉), 즉 도요토미 히데
요시는 1598년 지병으로 급사했다. 그리고 그의 죽음으로
인해 왜국은 커다란 전환기를 맞았다. 도요토미 히데요시

사후, 그 동안 기회를 엿보던 도쿠가와 이에야스가 본격적으로 자신의 야심을 드러내기 시작했다. 이에 도요토미 히데요시의 심복이었던 이시다 미츠나리 등이 도쿠가와 이에야스에게 대항하기 시작했다. 그리하여 일어난 상황이 바로 세키가하라전투였다. 이 전투를 도쿠가와 이에야스가 승리해 왜국은 지금 도요토미가 아닌, 도쿠가와의 세상이었다.

이시다 미츠나리에 협력한 주코쿠의 모리가문 등은 거의 몰락에 가까운 타격을 입었다. 이시다 미츠나리는 참수당했다.

임진, 정유 두 전쟁을 치르는 동안, 왜국의 여러 영주들이 숱하게 죽어나간 데다, 세키가하라가 터지며 다시 한번 영지에 큰 변동이 생겼는데 도쿠가와 이에야스는 빈 영지나, 세가 약한 영지에 자신의 가신을 보내 영향력을 확대했다.

허균에 따르면 도쿠가와 이에야스는 막부 설립을 위한 모든 준비를 마친 상태였다. 최소한 내년 안에는 일왕에게 막부설립 재가를 받아 에도에 막부를 열 게 거의 확실해 보였다.

이혼은 열 장이 넘는 보고서를 꼼꼼히 읽었다.

한참만에야 고개를 든 이혼은 식어버린 차를 한 모금 마셨다.

차에 든 카페인이 심장을 두근거리게 만들었다.

그리고 그와 동시에 그의 뇌에 새로운 활력을 불어넣어 주었다.

"도쿠가와 이에야스는 조선을 어떻게 생각하는 중이오?"

눈앞의 찻잔에 시선을 맞추던 허균이 고개를 들었다.

"경계하는 듯 보였사옵니다."

"그가 그렇게 하는데 이유가 있소?"

차를 한 모금 마신 허균이 잔을 조심스레 내려놓았다.

"정유년에 살아 돌아간 자가 하나 있사옵니다."

이혼은 미간에 주름을 만들며 고개를 끄덕였다.

"다테 마사무네말이군."

"맞사옵니다. 한데 그 자가 세키가하라전투때, 도쿠가와 이에야스의 편을 들더니 지금은 둘이 상당히 친해진 듯하옵니다."

이혼은 입으로 가져가던 잔을 급히 내려놓았다.

"다테 마사무네가 도쿠가와 이에야스에게 말해주었단 말이오?"

허균이 고개를 끄덕였다.

"그렇사옵니다. 우리 군의 전력이나, 무기체계에 대해 제법 소상히 파악한 듯하옵니다. 간자를 파견해 우리 군의 동향을 파악할 정돈 아니지만 경계하고 있는 것은 분명하옵니다."

이혼은 반쯤 남은 찻물을 한동안 응시했다.

허균은 그런 이혼을 보며 조용히 기다렸다.

한참만에야 고개를 든 이혼이 목소리를 낮춰 물었다.

"그럼 어떻게 해야 하오? 원장의 의견을 경청하겠소."

허균은 어려운 질문이 아니라는 듯 바로 입을 떼었다.

"적을 기만하는 게 병법의 기본이라 배웠사옵니다. 승리할 발판을 먼저 마련해두지 않고 싸우면 필패하는 법이옵니다."

이혼은 즉각 관심을 드러냈다.

"그래서 그게 무엇이오?"

목이 마른지 먼저 차를 한 모금 마신 허균이 대답했다.

"우리의 공격 목표를 상대방이 모르도록 속이는 것이옵니다."

이혼은 바로 미소를 지었다.

"여진족 말이오?"

"그렇사옵니다. 세력이 늘어난 여진족을 견제하기 위해 북방에 군대를 파견하는 거처럼 무력시위에 나서는 것이옵니다."

잠시 생각하던 이혼이 물었다.

"한데 그걸 도쿠가와에게 전해줄 증인이 없지 않소?"

"고니시 유키나카와 소 요시토시를 쓰는 방법이 있사옵

니다."

"으음."

이혼은 오랜만에 듣는 이름인지 신음을 삼켰다.

정유년에 잡힌 고니시 유키나카, 소 요시토시 두 장서(丈壻)는 전범혐의를 받아 모 광산에서 징역을 사는 중이었다.

징역(懲役)을 문자 그대로 풀이하면 기결수(旣決囚), 즉 확정판결을 받은 죄인에게 강제노역 시킨다는 말이었다. 이처럼 강제노역을 부과하는 징역은 형벌 중에 사형 다음으로 강한 형벌이었다. 노역 의무가 없는 형벌은 금고형이었다.

원래 영주급 전범의 경우에는 사형을 선고하는 것이 맞았다.

그러나 고니시 유키나카와 소 요시토시 둘은 대마도의 일로 조선과 연관이 많은 사람들인지라, 나중에 쓸 데가 있을 것 같아 살려두었다. 그래서 항복을 거부한 왜국 포로처럼 거의 6년에 가까운 시간동안, 징역형을 사는 중이었다.

이혼은 상을 옆으로 물렸다.

"그들은 지금 어느 광산에 있소? 당연히 알아보았겠지?"

"예, 전하. 단천광산에 있사옵니다."

"그렇군. 함경도 단천이면 그들을 속이기 싶겠어."

이혼은 화약생산시설을 만들기 위해 조선이 가진 광산들을 전에 조사한 적이 있었다. 하버-보슈법을 응용해 만든 화약생산시설에는 쉽게 구하기 힘든 재료들이 몇 개 필요했는데 다행히 조선의 광산에서 그 재료들을 구할 수 있었다.

그 후엔 무기 수요와 건축자재 수요가 엄청나게 늘어난 덕분에 광산개발이야말로 조선을 대표하는 산업으로 자리 잡았다.

금, 은, 철, 구리, 유황 등 조선에 존재하는 30여 가지의 금속과 비금속이 창고 수백 개를 차곡차곡 채워갔다. 이혼은 만족하지 않았다. 광맥을 찾는 탐광 기술자를 팔도에 파견하여 금속 광맥을 찾게 했다. 그리고 그들이 발견한 광맥에는 광부를 보내 채굴에 들어갔는데 기술이 필요한 일은 광부가, 단순작업은 죄를 지어 징역형을 사는 죄수가 각각 담당했다. 기한 없는 징역형, 즉 무기징역을 선고받은 고니시 유키나카와 소 요시토시는 단천광산에서 노역 중이었다.

잠시 진행과정을 떠올려본 이혼이 고개를 들었다.

"북방에 병력을 집중하는 모습을 두 사람에게 보여준 다음엔 어찌 할 생각이오? 그 두 사람을 왜국에 보내야하지 않소? 그래야 도쿠가와 이에야스가 그런 정보를 접할 게 아니오?"

허균은 여전히 자신감이 넘쳤다.

"방법이 하나 있사옵니다."

"말해보시오."

"왜국과 포로를 교환하는 것이옵니다."

허균의 대답에 이혼은 짧게 자른 수염을 쓸어내렸다.

"포로 교환이라……. 인도적인 차원인 거처럼 꾸며 들여보낸다?"

"그렇사옵니다. 우리 쪽에 송환을 줄기차게 요구해오는 포로가 있듯, 돌아오고 싶어 하는 조선인 포로가 왜국에도 있을 것이옵니다. 이참에 조선인 포로를 데려와야 하옵니다. 그게 그들의 고생에 보답하는 유일할 길이라 생각하옵니다."

이혼은 고개를 끄덕였다.

"맞소. 오히려 너무 늦은 감이 있지. 한데 어떤 사람이 좋겠소? 호랑이굴에 들어가 일을 성사시킬 수 있는 사람 말이오."

허균의 눈빛이 한차례 번쩍였다.

"신이 일전에 왜국의 동향을 파악하던 중 안 사실인데 왜국은 승려를 일종의 사절로 이용하는 경우가 많다고 하옵니다."

"그 말대로요. 왜국은 승려가 종교인과 외교사절을 같이 겸하는지라, 분쟁이 일어나면 당사자들 대신에 중재에 나서지."

"그처럼 우리 역시 승려를 보내는 것이옵니다. 불교신자 비율이 높은 나라인 만큼, 다른 사절보단 훨씬 나을 것이옵니다."

이혼은 급히 물었다.

"적당한 사람이 있는 거요?"

"사명대사(四溟大師) 유정(惟政)이 어떻사옵니까?"

그 말을 듣기 무섭게 머릿속에 단편적인 기억들이 떠올랐다가 다시 사라졌다. 정유재란이 막을 내린지 얼마 지나지 않았을 무렵, 선조의 친서를 지닌 사명대사가 왜국에 건너가 도쿠가와 이에야스와 화친했다는 기억이 떠오른 것이다.

사명대사는 적진에 뛰어들어 도쿠가와 이에야스와 화친하는 한편, 포로 3000명을 구해 귀국하는 엄청난 성과를 거뒀다.

사명대사보다 좋은 적임자는 사실상 없는 셈이었다.

역사가 증명해주었다.

그러나 이혼은 걱정이 많은 성격이었다.

"한데 도쿠가와 이에야스가 고니시의 말을 믿으려 하겠소? 고니시는 어쨌든 도요토미의 심복이었던 자고, 도쿠가와는 그런 도요토미를 무너트린 다음, 왜국을 집어삼킨 자인데."

허균은 엷은 미소를 지었다.

"사실, 여기엔 네 가지 경우가 있사옵니다."

"네 가지나?"

"예, 전하. 우선 고니시가 기만작전에 속아 도쿠가와에게 말했는데 도쿠가와가 그걸 믿는 경우가 첫 번째 경우이옵니다. 한데 이 경우는 사실 별로 실현가능성이 없을 것이옵니다."

"그렇겠지. 두 번째는?"

"고니시가 기만작전에 속아 도쿠가와에게 말했는데 도쿠가와가 믿지 않는 경우가 두 번째이옵니다. 이는 가능성이 상당히 높은 경우 중 하나인데 우리 의도가 궁금한 도쿠가와가 간자를 몰래 파견해 의도를 조사할 가능성이 있사옵니다."

이혼은 심각한 얼굴로 고개를 끄덕이며 물었다.

"그럼 세 번째는 무엇이오?"

"우리의 기만작전을 간파한 고니시가 이 사실을 도쿠가와에게 말하고 도쿠가와가 이를 믿어주는 경우이옵니다. 조선이 북방으로 군대를 움직인 건 사실이지만 그 안에 다른 의도가 있다고 말한다면, 도쿠가와는 두 번째 경우처럼 대체 무슨 일이 벌어지는지 알기 위해 간자를 보낼 것이옵니다."

세 가지 경우를 기억에 담은 이혼이 물었다.

"마지막 네 번째 경우는 무엇이오?"

"우리의 기만작전에 속지 않은 고니시가 도쿠가와에게 사실대로 말했는데 도쿠가와가 믿지 않을 경우이옵니다. 고니시가 도요토미의 심복인데다, 전쟁에 앞서 조선과 좋은 관계를 유지하려 노력했다는 점을 볼 때, 조선에 포섭당한 고니시가 전쟁분위기를 고조시켜 무언가 얻으려한다는 생각을 할 수 있을 것이옵니다. 아니면, 양국을 이용해 자신의 지위를 회복하려는 거처럼 보일 여지 역시 있사옵니다."

"네 번째 경우엔 도쿠가와가 어떻게 나올 것 같소?"

"당연히 고니시를 멀리하려 할 것이옵니다."

책상에 팔꿈치를 괸 이혼은 깍지 낀 손으로 이마를 문질렀다.

"우리로선 그 네 번째 경우가 필요하군."

"그렇사옵니다."

"고니시가 기만작전을 간파할 만큼 적당히 움직일 수 있겠소?"

"병조가 도와주면 문제없사옵니다."

이번 작전은 고니시가 기만작전에 속아 넘어가는 게 핵심이 아니었다. 조선의 기만작전임을 알아내는 게 핵심이었다.

그래야 도쿠가와 이에야스를 역으로 속일 수 있었다.

이혼은 바로 우의정 정철을 불렀다.

"우의정이 국정원, 예조 등과 협의해 포로교환을 추진하시오."

"예, 전하."

정철과 허균이 돌아간 후에는 병조판서 정구(鄭逑)를 불렀다.

전 병조판서 정탁이 고령을 이유로 사직상소를 올리며 후임자로 천거한 사람이 정구였다. 정탁과는 먼 친척관계였는데 다방면에 능통한 정탁처럼 정구 역시 제자백가는 물론이거니와 병법, 예법, 산수(算數), 의약(醫藥)에 모두 능했다.

이황, 조식, 성운 등 16세기에 두각을 드러낸 여러 명현을 사사하였으며 관직에 진출한 후에는 주로 외관직을 역임했다.

임진왜란이 일어났을 땐 마침 통천군수로 있었는데 바로 의병을 조직해 왜군과 맞서 싸웠다. 정탁의 천거를 이혼이 받아들임에 따라 정구는 단번에 핵심 요직에 해당하는 병조판서에 올랐다. 그야말로 화려하기 짝이 없는 등장이었다.

"찾아계시옵니까?"

"도원수에게 한강이북 병력을 북쪽 국경지대에 대거 배치해 가상의 적을 상대로 하는 대규모 훈련을 진행하라 하시오."

정구가 당황해 물었다.

"여진족이 심상치 않은 것이옵니까?"

이혼은 애매한 표정으로 고개를 끄덕였다.

"물론, 여진족 분위기는 심상치 않은 편이오. 그러나 지금 쳐들어온다는 말은 아니오. 지금은 내부를 통합하느라 정신이 없을 거요. 그리고 다음엔 요동의 명군이 목표일 테고."

"하오시면 어찌?"

정구가 의아해하며 물었다.

그의 반응은 당연한 것이었다.

훈련은 돈이 많이 들었다. 거기다 그 훈련의 규모가 대규모라면 막대한 군비가 들어갔다. 한데 적아를 아직 구분하기 힘든 곳을 상대로 군비를 소모하는 게 이해가지 않는 것이다.

이혼은 집무실 옆에 걸려 있는 동북아지도를 보았다.

지도엔 한반도를 중심으로 북쪽의 만주, 물론 만주란 명칭은 누르하치가 후금을 정식으로 건국한 다음에 처음 나타나지만 어쨌든 만주와 연해주, 명나라, 그리고 남쪽의 왜국이 모두 나와 있는 거의 유일한 지도였다. 이혼이 국정원 요원에게 그들 나라의 국경 형태를 조사하게 하여 만든 지도는 아니었다. 이혼이 기억을 더듬어 비슷하게 만든 지도였다.

당연히 실제완 차이가 있었다.

그럼에도 그 지도를 강녕전 안, 잘 보이는 위치에 배치해둔 이유는 강녕전을 찾은 신료에게 우리가 지금 어디에 있는지 알게 하려는 의도였다. 조선은 강대국 틈에 끼어있었다. 그리고 그 사실을 잊지 않아야 우물을 탈출할 수 있었다.

이혼은 고개를 돌려 정구를 응시했다.

"과인이 입버릇처럼 하는 말이 하나 있는데 그게 뭔지 아시오?"

"대책은 최악을 가정한 후에 세우는 거라는 말씀 말이옵니까?"

"그렇소. 최악을 가정한다면 북에서는 여진족이, 남쪽에서는 왜국이 다시 쳐들어오지 말란 법이 없을 것이오. 그것도 동시에 말이오. 그러니 준비할 수 있을 때 해두는 게 좋소."

"알겠사옵니다."

"모자란 군비는 호조가 댈 것이오."

정구가 돌아간 후, 이혼은 지도에 나와 있는 단천을 가리켰다.

곧 저 단천에서 총성 없는 전쟁이 시작될 것이다.

아는 사람은 그를 포함해 다섯 명이 넘지 않았지만 조선은 이미 전쟁 중이었다. 이미 선전포고한 상황과 다름없었다.

도원수 권율은 여전히 노익장을 과시하는 중이었다. 예순이 훌쩍 넘은 나이였지만 팔도에 있는 휘하 부대 시찰에 1년 중 반을 소모할 만큼, 아직은 정력적으로 일하는 중이었다.

잠시 건강이 나빠져 주변 사람의 우려를 샀으나 지금은 완쾌한 상태로, 정구의 급한 부름을 받아 병조 관청을 방문했다.

병조에 도착한 권율은 정구를 통해 내려온 지시를 즉각 수행했다. 직접 북쪽에 올라가 대규모 훈련을 진행하기 시작했다.

그로부터 얼마 후.

단천광산으로 올라가는 큰 길 가에 앉아있던 더벅머리 사내가 날카로운 눈으로 길 쪽을 주시했다. 머리카락이 얼굴을 가려 정확한 나이를 알기는 어려웠지만 그리 많지 않은 것은 분명했다. 길가의 풀숲에 숨어 오가는 사람를 감시하던 더벅머리 사내가 급히 몸을 돌려 잰걸음으로 걸어갔다.

그가 감시하던 길에 100여 명으로 이루어진 중대가 모습을 드러냈는데 완전무장한 상태로 길을 오르는 중이었다. 그들이 가는 길 끝에는 함경사단 5연대 1대대 주둔지가 있었다.

다른 데로 새지 않는다면 5연대 1대대를 향해 가는 중이었다.

길을 벗어난 더벅머리 사내는 남쪽 언덕 위로 달려갔다. 언덕 위에는 수용소처럼 보이는 건물이 다닥다닥 붙어 있었다.

그리고 수용소를 기준으로, 그가 올라갔던 북쪽 길까지 철조망이 달린 목책이 쭉 이어져 있었다. 더벅머리 사내는 지체 없이 그 중 두 번째 건물 안으로 들어갔다. 간이침상 수십 개가 이층 구조로 놓여 있었는데 탁한 공기와 비릿한 내음이 먼저 코를 찔렀다. 더벅머리 사내는 그 중 가장 안쪽에 있는 침상으로 걸어갔다. 침상에는 쉰쯤 보이는 중년 사내가 무릎을 꿇은 채 벽을 보며 무언가를 암송하는 중이었다.

가까이 가니 성경을 왜국말로 번역한 내용이었다.

"장인어른."

더벅머리 사내의 부름에 중년사내가 침상에 앉았다.

체격이 좋아서 침상에 앉는 순간, 나무가 살려 달라 비명을 질렀다. 사내는 수중에 있던 십자가를 목에 다시 걸었다.

"오늘도 보았느냐?"

"예, 장인어른. 벌써 네 부대가 북쪽으로 올라갔습니다."

"함경사단의 정기적인 훈련일 가능성은?"

더벅머리 사내가 고개를 세차게 저었다.

"없습니다. 방금 본 부대의 깃발에 늑대가 그려져 있었습니다."

"늑대라……."

"지금까지 조사한 정보에 따르면 황해사단 연대가 분명합니다."

중년사내가 제멋대로 자란 수염을 천천히 쓸어내렸다.

"너는 그게 무슨 뜻일 것 같으냐?"

"북쪽에서 무슨 일이 벌어진다는 뜻 아니겠습니까?"

중년사내가 한쪽 눈을 가늘게 뜨며 물었다.

"북쪽에는 뭐가 있느냐?"

"여진족이 있습니다."

"여진족의 기세가 심상치 않다는 말을 듣긴 했지."

더벅머리 사내가 냉큼 고개를 끄덕였다.

"조선과 여진족의 사이가 나쁜 모양입니다."

그러나 중년사내는 동의하지 않는 듯 고개를 옆으로 저었다.

"저들은 굳이 우리가 있는 이곳을 지나 올라갈 필요가 없었다. 이곳은 아주 좁은 길인데 며칠 만에 천 명이 넘는 병력이 순차적으로 이곳을 통해 북쪽에 갈 일이 얼마나 있겠느냐?"

더벅머리 사내의 눈이 화등잔 만하게 커졌다.

"무슨 뜻입니까?"

"아무래도 우리에게 뭔가 보여주려는 의도인 것 같구나."

"무엇을 위해 그런단 말입니까?"

팔짱을 낀 중년사내가 고개를 저었다.

"여러 가지가 있겠지. 그러나 확실한 것은 저들이 무언가를 꾸민다는 것이다. 그리고 그 일에 우리 눈이 필요한 것이고."

벌떡 일어난 중년사내가 벽에 뚫린 창문을 통해 밖을 보았다.

초여름에 접어든 산록이 짙은 녹색으로 물들어가는 중이었다.

더벅머리 사내가 답답한지 다가앉았다.

"우리는 이곳에 갇혀 있는데 우리를 속여 보았자 무슨 소용이 있겠습니까? 우리가 본국으로 돌아가 우리가 본 얘기를 그쪽 사람들에게 해야 저들의 의도가 성공하는 게 아닙니까?"

창밖을 보던 중년사내가 고개를 돌렸다.

"우리를 본국에 돌려보내려하겠지. 그리고 정말 그런 일이 벌어진다면 의심이 의심으로 끝나는 게 아니란 뜻이 되겠지."

"우리를 어떻게 보내준다는 말입니까?"

"분로쿠 때 너를 가짜로 풀어준 거처럼 말이다."

그 말에 더벅머리 사내, 아니 소 요시토시는 고개를 끄덕였다. 당연히 그와 대화하는 중년 사내는 고니시 유키나카였다.

왜국에서는 임진왜란과 정유재란을 합쳐 분로쿠 게이초의 역이라 불렀다. 임진왜란 당시, 소 요시토시는 지금처럼 포로로 잡혔는데 그때는 이혼을 만나 이중첩자 제안을 받았었다.

소 요시토시는 그 제안을 받아들여 가까스로 탈출한 거처럼 위장한 다음, 본국에 돌아가 장인 고니시 유키나카와 함께 정유재란을 막기 위해 동분서주했다. 그러나 이미 광증이 심한 상태였던 도요토미 히데요시는 막무가내로 재침을 밀어붙여 고니시 유키나카와 소 요시토시 장서(丈壻)는 임진왜란 때 그랬던 거처럼 의심을 피하기 위해 선봉을 맡았었다.

소 요시토시가 다급히 물었다.

"저들이 우리를 풀어준다면 우리는 어떻게 행동해야 합니까?"

"조선이 기만작전을 펼치는 것 같다고 사실대로 얘기해야겠지. 그게 맞든, 아니면 우리가 착각한 것이든 사실대로 말하는 수밖에 없다. 그 외엔 모두 나쁜 결과만이 있을 것이다."

"도쿠가와가 과연 우리말을 믿어줄까요?"

도요토미 히데요시가 죽은 다음, 그 뒤를 도쿠가와 이에야스가 이었다는 소문은 이 먼 함경도 단천에도 전해져있었다.

고니시 유키나카는 고개를 한차례 저었다.

"지금은 믿어줄지, 아닐지 우리가 알 방법은 없구나."

답답한지 머리를 쥐어뜯던 소 요시토시가 고개를 번쩍 들었다.

"조선군이 왜 기만작전을 펼치려는 걸까요?"

고니시는 이미 수일 동안, 답을 생각해왔는지 쉽게 대답했다.

"내 생각엔 조선이 본국으로 쳐들어가려는 것 같구나."

"앗!"

깜짝 놀랐는지 소리를 지른 소 요시토시가 입을 틀어막았다.

휴식을 취하던 죄수 몇이 일어났다가 욕을 하며 다시 누웠다.

소 요시토시가 말소리를 낮춰 물었다.

"조선에 그런 능력이 있을까요?"

"우리가 한 일인데 조선이 못할 게 무에 있겠느냐."

"그렇긴 하지요."

소 요시토시는 정유재란을 떠올렸는지 몸을 부르르 떨었다. 공포였다. 두려움이었다. 용아와 죽폭, 그리고 대롱포는 죽음과 파멸을 의미했다. 아직도 포성이 귓가에 메아리쳤다.

그때, 문이 열리며 죄수를 감독하는 간수가 들어왔다.

평범한 광산이었으면 광부를 감독하는 감독관이 있겠지만 죄수가 갇혀있는 단천광산에는 감독관보다 간수가 더 많았다.

탈출은 꿈도 꾸지 못했다.

아니, 탈출한 죄수는 몇 명 있었다.

수용소를 두른 목책 지하에 구멍을 뚫거나, 아니면 목책 머리에 있는 철조망에 옷가지를 얹어 그 위를 지나가는 방법으로 탈출하는 죄수가 철마다 네댓 명은 꼭 나오는 편이었다.

한데 탈출에 성공한 이는 없었다.

성공한 이가 없다는 것을 그들이 아는 데는 그들이 체포당해 돌아오거나, 아니면 죽은 시체로 돌아왔기 때문이었다.

근처에 함경사단 부대가 있어 탈출하면 군부대가 수색에 나섰다. 또, 광산 내 치안을 담당하는 포도청 역시 포도군사와 군견을 내보내 죄수를 수색했다. 그리고 그들에게 발견당해 수용소로 다시 되돌아오는 죄수는 운이 좋은 편

이었다. 운이 나쁘면 호랑이나, 곰, 늑대에게 잡혀 먹기 일
쑤였다. 그리고 더 운이 나쁘면 길을 잃은 채 헤매다가 굶
어 죽거나, 겨울엔 동상이 걸려 서서히 썩어가는 경우마저
있었다.

간수가 꽹과리를 치며 소리쳤다.

"자, 다들 얼른 일어나 밥 먹어라! 밥을 먹어야 일들을
하지!"

눈을 맞춘 고니시 유키나카와 소 요시토시는 수용소를
나와 옆에 있는 식당으로 걸어갔다. 식당 밥은 괜찮은 편
이었다.

아니, 오히려 전란 중에 먹었던 음식보다 질이 훨씬 좋
았다.

조선은 아무래도 쌀이 썩어나는 모양이었다.

보리와 조를 조금 섞기는 하지만 어쨌든 죄수에게 쌀밥
을 주었다. 그리고 반찬 역시 제법 잘 나왔다. 며칠에 한
번씩은 산짐승 고기로 만든 국이 나왔다. 산나물로 만든
나물반찬은 매 끼니마다 나왔다. 잘 먹여서 더 많이 부려
먹으려는 건지, 아니면 환경을 좋게 만들어 탈출 못하게
하려는 건지 알 수가 없었지만 어쨌든 생각보다 좋은 환경
임에는 분명했다. 근무방법 역시 교대제인지라, 혹사는 거
의 없었다. 심지어 죄수에게 적은 양이지만 수고비를 지급
했다.

형벌이긴 해도 노역에 대한 대가는 꼭 지급하는 것이다.

밥을 먹은 고니시 유키나카와 소 요시토시는 동료 죄수와 함께 머리에 철모를 착용했다. 그리고 손에는 등잔을 들었다.

그런 다음, 갱도 안에 들어가 철광석을 캤다. 단천광산의 철광석은 질이 좋았다. 광석에 든 철의 함량에 따라 철이 많으면 부광(富鑛), 적으면 빈광(貧鑛)이라 하는데 부광의 비율이 더 높았다. 단천광산은 갱도가 사방에 널려있었다.

그들이 본 갱도만 10여 개가 훌쩍 넘었는데 그 안에서 몇 년 동안 엄청난 양의 철광석을 캐냈다. 그리고 이곳서 캐낸 철광석은 남쪽에 있는 대형 대장간으로 이동했다. 그곳서 철광석의 철과 나머지 광석을 분리했다. 그리고 철을 화로에 녹여 무기나, 기타 자재로 바꾸기 위한 작업에 들어갔다.

북쪽에 있는 함경사단 주둔지로 올라가는 다른 사단의 행렬은 끝이 없었다. 거의 수천 명이 그 길로 이동한 듯 보였다.

그리고 얼마 지나지 않아 대룡포의 포성과 용아의 총성이 동시에 들려왔다. 임진왜란과 정유재란 내내 들은 소리였다.

다른 소리와 착각할 일이 없었다.

점심 휴식을 취하던 죄수들은 굴에 새끼를 키우는 토끼처럼 벌떡 일어나, 포성이 들려온 방향으로 일제히 고개를 돌렸다.

북쪽 어딘지는 모르겠지만 하얀 연기가 치솟았다.

죄수들은 실제로 전쟁이 터진 건지, 아니면 단순한 훈련인지 알지 못해 불안한 표정을 감추지 못했다. 죄수의 시선이 간수에게 향했다. 간수는 왜국 말을 잘해 소통이 가능했다.

"일상적인 훈련이니까 너희들관 관계없는 일이다."

그 말에 죄수들은 안심했다.

한편, 죄수들 틈에 앉아있던 고니시 유키나카와 소 요시토시는 서로를 바라보며 고개를 살짝 끄덕였다. 무언의 신호였다.

조선 육군이 함경남도 단천 근처에서 대규모 훈련을 진행할 무렵, 도성에서는 예조판서 이수광이 바쁜 시간을 보냈다.

이수광은 이 시기의 다른 인재들이 그러하듯 어려서부터 신동이란 소릴 들으며 자랐다. 후대에는 지봉유설(芝峯類說)의 저자로 유명했다. 또, 실학의 선구자란 평가를 받았다.

이수광은 가녀린 사람이었다. 말 그대로 바람이 훅 불면 날아가 버릴 거 같은 사람이었다. 그러나 일을 함에 있어선

누구보다 정력적이었다. 그런 열정이 그를 마흔 전에 판서에 오르게 한 원동력으로 작용했다. 지금 역시 마찬가지였다.

우의정 정철의 감독 아래, 왜국과의 포로교환 일을 성사 시키기 위해 동분서주했다. 먼저 이혼의 친서를 가져갈 사 자(使者)로 이혼과 허균이 점찍은 사명대사 유정을 초청하 였다.

사명대사는 조선 불교의 큰 어른이던 서산대사(西山大 師) 휴정(休靜)의 수제자로, 조선 불교계의 거목과 같은 이 였다.

왜군의 추격을 피해 의주로 도망치던 선조는 당시 묘향 산(妙香山)에 은거해있던 서산대사에게 도와 달라 간곡히 청했다.

이에 서산대사는 노구를 이끌고 산을 내려와 아뢰었다.

"늙고 병들어 싸움터에 나가지 못하는 승려는 절을 지 키게 하면서 나라를 구할 수 있도록 부처에게 기원 드리고 나머지는 소승이 통솔해 전쟁터로 나아가 나라를 구하겠 사옵니다."

이후, 서산대사는 격문을 돌려 아끼던 제자들, 즉 처영 (處英)과 영규, 유정 등에게 승군을 모아 봉기할 것을 지시 하였다. 또, 그 자신은 자신의 문도들을 모아 평양성으로 달려갔다. 그리고 명군, 관군 등과 협력해 평양성을 탈환 하였다.

현재 영규는 충청사단장을, 처영은 전라사단 1연대장을, 유정은 서산대사가 고령을 이유로 사양한 팔도선교도 총섭(八道禪教都摠攝)을 맡아 조선에 있는 승려들의 지도자가 되었다.

이혼의 부름을 받은 사명대사는 입궐하여 이혼에게 포로 교환 건에 대해 들었다. 그리고 마땅한 사람이 없으면 자신이 하겠노라 대답했다. 사명대사가 받아들이며 일의 진행이 빠른 속도를 보였다. 예조판서 이수광은 사명대사 등과 상의해 먼저 대마도에 우리 측의 전갈을 전했다. 그 다음엔 기다림의 연속이었다. 전갈을 받은 대마도 측 사람이 이를 다시 왜국 본토에 있는 도쿠가와 이에야스에게 전하려면 한 세월이 걸렸다. 그로부터 몇 달이 지났을 무렵, 대마도의 소씨 가문과 왕래하던 승려 몇이 조선으로 건너왔다.

도쿠가와 이에야스가 이혼의 뜻을 받아들인 것이다.

조선에서는 우의정 정철과 예조판서 이수광, 그리고 이번 일을 맡은 사자인 사명대사 등이 나아가 그들과 교섭을 벌였다.

교섭은 처음에 한 가지 문제로 충돌을 빚었다.

원하는 사람만 돌려보내야하는지, 아니면 무조건 다 돌려보내야하는지를 놓고 언쟁이 벌어졌다. 조선은 원하는 사람만 돌려보내자고 주장한 반면에 왜국은 다 돌려보낼 것을 원했다. 심지어 항왜연대 병사마저 돌려보낼 것을 주장했다.

조선 입장에선 당연히 따를 수 없는 주장이었다. 항왜연대가 잡거나, 죽인 왜국의 영주가 적지 않아 그들이 강제로 송환을 당한다면, 조리돌림 당한 후 참수당할 게 분명했다.

지지부진하던 교섭은 사명대사의 노력으로 인해 결실을 맺었다.

조선 측의 주장을 저들이 받아들인 것이다.

1603년 가을, 마침내 조선과 왜국사이에 포로교환협정이 이뤄졌다. 이혼의 친서를 든 사명대사는 단천광산에 있던 고니시 유키나카와 소 요시토시 등 왜국으로 돌아가길 원하는 포로 3천여 명과 함께 대마도와 이키를 거쳐 큐슈로 들어갔다. 그런 다음, 다시 큐슈서 배를 타고 혼슈에 들어가 도쿠가와 이에야스가 에도막부를 막 세운 에도에 도착했다.

그러나 말과 달리 도쿠가와 이에야스는 에도에 없었다. 에도에는 도쿠가와 이에야스의 후계자 도쿠가와 히데타다가 있었다. 히데타다를 만난 사명대사는 다시 서쪽으로 출발했다.

얼마 후, 슨푸에 도착한 사명대사는 슨푸성 내에서 며칠을 더 기다린 후에야 마침내 도쿠가와 이에야스를 만날 수 있었다.

살집이 두둑한 도쿠가와 이에야스는 성공한 상인처럼

보였다.

사명대사는 도쿠가와 이에야스에게 먼저 이혼이 보낸 친서를 건넸다. 친서라고 해도 이혼이 직접 쓴 서찰은 아니었다.

홍문관의 글 잘하는 이에게 시켜 짓게 한 친서였다.

내용은 먼저 왜국의 죄를 준엄하게 꾸짖는 것으로 시작했다.

그리고 그 다음엔 전범의 처리가 이어졌다. 1급 전범에 해당하는 도요토미 히데요시는 이 세상 사람이 아니지만 그와 함께 전쟁을 기획한 자들이 있을 테니 그 자들을 조선에 넘길 것을 주문했다. 그리고 그 다음엔 보상 문제가 이어졌다. 전장이 조선이었고, 또 가장 큰 피해를 입은 사람들 역시 조선 백성이었으니 이에 대한 보상이 있어야한다고 통보했다. 마지막에는 이러한 조건들을 먼저 선결하지 않을 경우, 양국의 관계는 회복하기 어려울 것임을 천명했다.

도쿠가와 이에야스는 친서의 내용을 두고 가신들과 이야기를 나누었다. 한참 후 도쿠가와 이에야스가 뭐라 말했다. 당연히 왜국 쪽 역관이 이를 조선말로 통역했다. 그리고 그 말을 우리 쪽 역관이 받아 잘못 통역한 게 있는지 살피며 사명대사에게 전했다. 복잡했지만 그게 국가 간 외교였다.

국가 간에는 토씨 하나로 영토가 오가는지라, 당연한 절차였다.

도쿠가와 이에야스는 일단 조선 침략의 죄를 죽은 도요토미 히데요시에게 떠넘겼다. 당연한 전략이었다. 설령, 사명대사가 도쿠가와 이에야스였다고 해도 그렇게 말했을 것이다.

그리고 세키가하라에서 도요토미 히데요시의 심복이었던 이시다 미츠나리, 오타니 요시츠구 등이 죽거나, 자결했으니 조선 침략을 기획한 자들이 남아있지 않다는 주장을 펼쳤다.

마지막으로 보상 문제는 그에게 와서 따질 게 아니라, 오사카성에 있는 도요토미 히데요시의 자식 도요토미 히데요리에게 말하라고 하였다. 그리고 덧붙이기를 도요토미 히데요시가 죽기 전에 오사카성에 재물을 많이 숨겨놓았으니 조선을 침략한 것을 보상해줄 여력이 충분하다고 말하였다.

역관의 통역을 듣던 사명대사가 손에 쥔 염주를 움켜쥐었다.

얼마나 힘을 주었는지 단단한 염주가 깨질 듯했다.

그러나 화가 나서 그런 것은 아니었다.

오히려 그렇게 말한 도쿠가와 이에야스가 고마울 지경이었다.

"오사카성의 도요토미 히데요리에게 가서 받으라고 한 것인가?"

"그렇습니다."

"문서로 작성해줄 수 있냐고 물어보게. 그 덧붙이는 말까지. 그럼 보상 문제로 도구카와 이에야스를 괴롭히는 일은 절대 없을 거라고 말하게. 물론, 우리 역시 문서로 써줄 거고."

역관이 고개를 안쪽으로 숙이며 조용히 물었다.

"정말 그렇게 말하면 됩니까?"

"그렇게 말하도록 하게."

"알겠습니다. 시키는 대로 하지요."

역관은 사명대사의 말을 도쿠가와 이에야스에게 그대로 전했다.

그러나 도쿠가와 이에야스는 신중한 사람이었다.

신중하지 않았다면 난세의 최종 승리자가 되지 못했을 것이다.

도쿠가와 이에야스는 사명대사의 떡밥을 바로 물지 않았다.

먼저 같이 배석한 측근의 조언을 들었다.

도쿠가와 이에야스 옆에는 오쿠보 나가야스, 고토 쇼자부로, 혼다 마사즈미, 콘치인 스덴, 하야시 라잔 등이 앉아 있었다.

심각한 얼굴로 오쿠보 나가야스, 혼다 마사즈미, 콘치인 스덴 등과 귓속말을 나누던 도쿠가와 이에야스가 고개를 들었다.

　"문서로 남기자는 이유는 무엇이오?"

　통역을 들은 사명대사가 말했다.

　"빈승은 조선 국왕전하의 친서를 가지고 온 공식사절입니다. 그래서 지금 하는 대화 역시 공시적인 접견이지요. 그리고 공식적인 접견에서 한 협정은 당연히 문서로 남겨야하는 법입니다. 그래야 나중에 다른 소리를 못하지 않겠습니까?"

　한참을 고민하던 도쿠가와 이에야스가 고개를 끄덕였다.

　"좋소. 문서로 만듭시다."

　사명대사 역시 고개를 끄덕였다.

　"원하던 바입니다."

　이번에 사명대사는 몇 가질 양보했다.

　우선 전범문제를 양보했다. 그리고 보상 문제로 에도막부를 걸고넘어지지 않겠다는 약속을 문서에 적어 저쪽에 주었다.

　사명대사는 서장관(書狀官)이 작성한 문서에 도장을 찍었다.

　그리고 도쿠가와측에선 오쿠보 나가야스가 문서를 작성

해 도쿠가와 이에야스에게 주었다. 내용을 천천히 살펴본 도쿠가와 이에야스는 자신의 도장을 문서에 찍어 서로 교환했다.

문서를 교환한 도쿠가와 이에야스가 물었다.

"이번에 데려온 포로가 몇 명이라 했소?"

"3천입니다. 큐슈에 머물며 막부의 지시를 기다리는 중이지요."

"고니시 유키나카와 소 요시토시도 같이 왔소?"

사명대사는 당연히 두 사람에 대해 잘 알았다.

그러나 마치 이번에 처음 듣는 이름이라는 듯 사신단의 부사(副使)를 맡은 관원에게 귓속말로 몇 마디 질문을 하였다.

"도쿠가와 이에야스가 고니시 유키나카와 소 요시토시에 대해 물어보면 국정원장이 이렇게 하라던데 그 이유를 아시오?"

부사는 맞장구치기 위해 같이 귓속말을 하였다.

"모르겠습니다. 하지만 국정원장 허균의 지모가 하늘에 닿을 정도라던데 말 대로하여 손해 볼 일은 없을 것 같습니다."

"빈승 역시 그리 생각하오."

사명대사가 고개를 돌리며 도쿠가와 이에야스에게 대답했다.

"명단에 두 사람의 이름이 있다고 합니다."

"우키타 히데이에나, 가토 기요마사는 귀국이 바로 처형한 것으로 아는데 두 사람을 지금까지 살려둔 이유가 무엇이오?"

사명대사는 미간을 찌푸리며 다시 부사와 귓속말을 나누었다.

그런 다음, 한참 후에 도쿠가와 이에야스에게 말했다.

"그 두 사람이 선봉을 맡아 쳐들어온 만큼 용서할 수 없는 죄인이긴 하나 도요토미 히데요시에게 조선침략의 부당함을 알리는 등 중간에 끼어 꽤 노력을 했던지라, 그 점을 참작하여 주상전하께서 목숨을 거두지 않으신 것으로 압니다. 그리고 특히 소 요시토시는 대마도의 도주(島主)이니만큼, 귀국과의 외교에 있어 꼭 필요한 사람이라 말하셨는데 이는 지금과 같은 날을 내다본 주상전하의 혜안일 것입니다."

도쿠가와 이에야스는 흥미가 떨어진 얼굴로 고개를 돌렸다.

"알겠소. 오늘 조선의 사신들을 환영하는 의미에서 연회를 열 것이니 정사와 부사 두 분만이라도 꼭 참석을 해주시오."

"초청에 감사드립니다. 꼭 참석하도록 하지요."

그리하여 연회가 열리기로 한 시각이 도래했다.

차비를 하던 부사가 걱정스런 얼굴로 물었다.

"홍문연(鴻門宴)은 아니겠지요?"

홍문연은 진나라의 멸망을 주도했던 항우(項羽)와 유방(劉邦)이 진나라 이후의 패권을 놓고 겨루던 시절에 벌어진 일종의 연회였다. 항우는 유방을 연회, 즉 홍문연에 초대했고 유방은 이를 받아들여 연회에 참석했다. 연회 도중 항우는 유방을 죽일 수 있는 기회가 여러 차례 있었음에도 우유부단성격 때문에 이를 놓쳤고 이는 두 사람의 운명을 갈랐다.

결국, 항우는 패사했으며 유방은 천하를 얻었다.

사명대사가 미소 지었다.

"홍문연은 실패했지 않소? 그러니 별 일 없을 것이오."

두 사람은 도쿠가와 이에야스가 보낸 가마에 올라 연회장을 찾았다. 그리고 그런 두 사람을 반긴 것은 화려한 갑주와 장창, 그리고 조총과 왜도로 무장한 수천 명의 병력이었다.

3장. 귀향(歸鄉)

光海錄

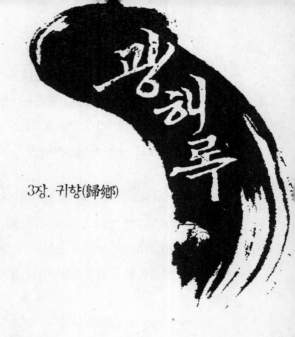

3장. 귀향(歸鄕)

병력이 입은 갑옷은 제각각이었다. 그것은 그들의 신분과 지위가 모두 다르다는 말이었다. 사무라이와 아시가루, 하타모토, 그리고 지체 높은 중신과 어린 근위시동이 섞여 있었다.

위협을 주는 행동으로 보였다.

아니, 위협이었다.

호랑이간을 삶아먹은 사람도 두려움을 느낄 상황이었다.

광을 바짝 낸 갑주가 횃불의 불빛을 받아 암울한 빛을 발했다. 붉은색으로 치장한 군마엔 기마무사 수백이 앉아 있었다.

일행을 태운 가마가 마침내 정지했다.

잠시 후, 이번 연회의 접대를 맡은 승려, 콘치인 스덴이 가마 문을 열어주며 여기가 연회장 입구라는 듯 손짓해보였다. 가마 밖으로 나온 사명대사와 부사는 입구를 둘러보았다.

도쿠가와 이에야스의 독립한 가신이 보내온 것으로 보이는 사무라이 수십 명이 갑주를 입은 채 두 줄로 도열해있었다. 그리고 두 줄 사이에 중동에서 들여온 듯한 푹신한 깔개가 문간까지 깔려있었다. 부와 병력을 과시하는 듯했다.

부사가 떨리는 목소리로 물었다.

"돈 자랑하길 좋아 한건 도요토미 히데요시고 반면에 도쿠가와 이에야스는 담백한 편에다 속을 알 수 없어 너구리라 하던데 우리를 상대로 이렇게까지 하는 이유가 무엇일까요?"

사명대사가 손에 쥔 묵주를 돌리며 고개를 저었다.

"빈승이 보기에는 우리를 위협하기 위해 그런 것 같지는 않소."

"하오면요?"

"우리가 본 사실을 돌아가 주상전하게 품명하길 원하는 것 같소. 자신이 아직 건재하니 넘볼 생각하지 말라고 말이오."

"흐음."

부사가 신음을 목구멍 안으로 삼킬 무렵.

사신 일행은 콘치인 스덴의 안내를 받아 깔개 위를 걸어
갔다.

잠시 후, 사신 일행은 슨푸성의 혼마루 텐슈카쿠에 도착
했다.

혼마루는 한자로 본환(本丸)인데 궁궐로 치면 내전에 해
당했다. 영주와 그 가족이 생활하는 왜성 중심부에 가까웠
다. 또, 텐슈카쿠는 천수각(天守閣)으로 일종의 감시망루
였다.

에도를 아들에게 준 도쿠가와 이에야스가 슨푸성에 옮
겨온 까닭은 어렸을 때 이곳에서 인질 생활한 경험이 있기
때문이었다. 당시 슨푸성은 이마가와가문이 지배했는데
미카와에 영지가 있던 도쿠가와 이에야스는 가문이 이마
가와보다 약한 탓으로 비호를 받기 위해 슨푸성에 인질로
와있었다.

인질생활을 마친 도쿠가와 이에야스는 오와리에 있던
오다 노부나가와 손잡았다. 그리고 세력을 키워 미카와를
통일했다. 그리고 슨푸를 차지했던 이마가와가문과 다케
다가문이 차례차례 몰락하기를 기다렸다가 마침내 슨푸성
을 얻었다.

그 후엔 도쿠가와 이에야스를 견제하려했던 도요토미

히데요시의 명령에 의해 오다와라, 즉 에도로 영지가 전봉당하는 바람에 슨푸가 위치한 스루가를 내줘야 했지만 도요토미 히데요시가 죽은 다음에 벌어진 세키가하라를 이용해 왜국을 손에 넣은 도쿠가와 이에야스가 슨푸를 다시 차지했다.

뭐 왜국 전체가 그의 영지나 마찬가지였으니 어떤 성을 차지해도 별 상관이 없었으나 굳이 스루가의 슨푸성을 거성으로 택한 것을 보면 인질이던 시절의 추억이 있는 듯 보였다.

연회장은 혼마루 천수각 앞에 있었다.

하늘을 뚫을 듯이 솟아있는 천수각은 보는 사람에게 경외감을 주었다. 사람이 저렇게 높은 건물을 지을 수 있다는 게 처음엔 믿기지 않았으나 곧 다른 생각이 들기 시작했다.

'대룡포의 포탄 한 방이면 불타버리겠군.'

사명대사는 승군을 지휘하는 동안, 조선군이 가진 대룡포의 위력을 본적 있었다. 그런 그에게 천수각은 높이 지어놓은, 그래서 손쉬운 표적에 불과했다. 대룡포의 포탄을 막기 위해선 저런 높은 건물이 아니라, 단단한 성벽이 필요했다.

아니, 단단함과 동시에 성벽의 너비가 넓은 성벽이 필요했다. 그래야 대룡포의 폭발하는 포탄을 견딜 수가 있었다. 그런 생각이 들기 무섭게 천수각은 더 이상 감흥을 주지 못했다.

사명대사와 부사는 성곽과 건물형태를 눈에 넣어두려 애썼다. 이미 국정원 요원이 곳곳에 잠입해있었지만 그래도 기억 속에 담아두는 게 그렇지 않은 것보다 나을 것이었다.

연회장에 도착한 사명대사와 부사는 자리에 앉아 도쿠가와 이에야스가 준비한 노래와 춤, 광대놀음 등을 구경했다. 눈썹을 밀어버린, 그리고 이에 검은 칠을 한 무희(舞姬)의 모습에 조금 놀라긴 했지만 어쨌든 재밌는 공연이었다. 도쿠가와 이에야스의 측근 중에 한시에 대해 잘 아는 이가 있는지, 시를 지어 달라 부탁해와 바로 몇 수 지어주었다.

도쿠가와가문의 가신들은 그가 지은 시를 돌려보며 감평을 하였다. 교토의 공경이 하는 놀이를 흉내 내는 듯 보였다.

연회가 거의 파할 무렵.

도쿠가와가문 무장 하나가 무대에 올라와 큰 소리로 떠들었다.

옆에 있던 역관이 통역했다.

"자기가 대사님 앞에서 칼춤을 한 번 쳐 보이겠답니다."

그 말에 역관 반대편에 있던 부사가 걱정스런 표정을 지었다.

"이거 어째 분위기가 이상하게 흘러가는데요?"

"태연한 표정을 짓도록 하시오. 우습게 보이면 우리가 망신당하는 게 아니라, 조선과 주상전하께서 망신당하는 것이오."

"명, 명심하겠습니다."

부사가 대답하는 순간, 도쿠가와 이에야스의 허락을 받았는지 왜도를 뽑은 무장이 칼춤을 추기 시작했다. 날카로운 왜도가 푸른빛을 뿜어내며 무대 안을 휘젓기 시작했다. 베고 뛰어올랐다가 한 바퀴 도는 모습에 정신이 없을 지경이었다.

이에 흥이 났는지 밑에서 무장 한 명이 더 올라왔다. 그리고 이내 짝을 이룬 두 무장은 칼춤을 추며 어울리기 시작했다.

칼춤은 시간이 지날수록 더 격렬해졌다.

월광에 비친 칼 그림자가 사방을 부유했다.

그리고 그때마다 칼날이 사명대사와 부사가 앉아있는 좌석까지 날아와서는 씽하는 살벌한 소리를 내며 휙 지나갔다.

부사는 날선 칼날이 달빛을 가르며 자신에게 곧장 날아오는 모습을 보았지만 태연한 표정을 지으려 애썼다. 사명대사가 말한 거처럼 개인의 자격으로 왜국에 온 것이 아니었다.

그의 두 어깨 위에 조선과 임금의 체면이 걸려있었다.

도쿠가와 이에야스는 사명대사의 표정을 지그시 살피더니 엷은 미소를 지었다. 사명대사의 태연자약한 표정을 본 것이다.

사명대사의 얼굴에 떠오른 표정만으로는 살벌한 칼춤을 보는 중인지, 정갈한 승무(僧舞)를 보는 중인지 알기 어려웠다.

흥은 빠르게 식었다.

짝짝!

칼춤은 도쿠가와 이에야스의 박수소리와 동시에 끝났다.

도쿠가와 이에야스가 벌떡 일어나더니 솜씨를 보여준 두 무장에게 술을 직접 내렸다. 그리곤 역관에게 몇 마디 하였다.

역관은 당황한 얼굴로 통역했다.

"저쪽에서 우리 조선의 솜씨를 보고 싶다는 군요."

부사가 펄쩍 뛰었다.

"연회에 둘만 오라기에 호위병을 숙소에 모두 남겨두었는데 이 자들이 우리 꼴을 우습게 만들기로 작정을 했나 봅니다."

사명대사가 미소 지었다.

"걱정 마시오. 뜻이 있는 곳에 길이 있다하였소."

"무슨 말씀이십니까?"

"도쿠가와는 솜씨라 하였지, 칼솜씨라곤 하지 않았소."

사명대사의 말을 들은 부사가 역관에게 물었다.

"정말 그랬느냐?"

역관이 당연하다는 얼굴로 고개를 끄덕였다.

"예, 대감. 도쿠가와는 그냥 솜씨라 하였습니다. 소인이 아무리 멍청해도 칼솜씨와 그냥 솜씨를 헷갈릴 정도는 아닙니다."

사명대사가 역관에게 명했다.

"도쿠가와에게 빈승이 부끄럽지만 연회의 뜻을 기념하는 의미에서 솜씨를 보일 테니 너무 비웃지나 말아달라고 말하게."

"알겠습니다."

역관은 큰 소리로 사명대사의 말을 통역했다.

그리고 그 말이 끝나기 무섭게 도쿠가와가 고개를 끄덕였다.

마주 고개를 끄덕인 사명대사는 무대를 향해 걸어갔다.

연회장을 빙 둘러싼 왜국의 관료와 장수들은 사명대사가 조선의 무예를 선보이는 줄 아는 듯했다. 사명대사가 근위사단, 명군 등과 평양성 탈환에 공을 세웠다는 것을 모두 아는지라, 사명대사 역시 무예의 고수로 착각하는 듯했다.

그러나 서산대사의 제자 중 무예로 손꼽히는 제자는 단연 처영이었다. 그리고 처영보다는 조금 못하지만 영규 역시 불문의 무예를 익혀 의병활동을 하며 혁혁한 명성을 떨쳐왔다.

하지만 사명대사는 무예보다는 불문의 경전에 더 박식했다.

그리고 한 가지 더 잘하는 게 있었다.

바로 승무였다.

사명대사는 승포의 소매를 휘날리며 승무를 추기 시작했다.

너울너울, 나풀나풀. 마치 한 마리 나비가 구애의 춤을 추는 듯했다. 그러다가 갑자기 돌변해 한 서린 여인이 한풀이를 하듯 격정적으로 변화했다. 손가락 끝과 발 끝, 그리고 표정과 몸짓 하나하나에 모두 감정이 들어가 있는 듯했다. 마지막에는 아주 느려져 거의 동작이 없다시피 하였다. 정중동(動中靜), 동중정(靜中動)의 묘리가 그 안에 있었다.

왜국의 관료와 장수들은 사명대사가 어설픈 무예를 선보이면 비웃으려고 이미 준비를 마친 상태였다. 한데 사명대사가 생각지 못한 승무를 추는 순간, 처음에는 당황했다. 그러다가 승무의 고운 선과 한(恨)에 점차 빠져들기 시작했다.

한바탕 승무를 추고 난 사명대사는 나지막이 불호를 외운 다음, 자기 자리에 돌아가 앉았다. 그리고 그제야 정신을 차린 왜국의 관료와 장수들은 찬탄하는 음성을 마구 쏟아냈다.

사명대사가 승무를 잘 추는 데는 이유가 있었다.

사명대사의 스승 서산대사가 포교의 일환으로 승무를 권장한지라, 제자들 역시 스승의 가르침대로 승무에 통달했다.

승무로 포교하려면 승려들이 먼저 승무를 배워야하는 것이다.

사명대사의 승무를 끝으로 연회는 파했다.

사명대사의 승무가 깊은 인상을 주어서인지 그때부터 그들을 보는 시선이 조금 바뀌어있었다. 그들을 껄끄러운 외교사절로 취급하던 사람들이 사명대사에게 존경심을 드러냈다.

서쪽과 달리, 동쪽의 왜인들은 독실한 불교신자가 많았다. 영주 역시 법명을 짓거나, 아니면 자신을 관음보살이나, 미륵보살의 현신으로 생각하는 경우가 많았다. 또, 능력이 출중한 승려는 막하에 받아들여 중요한 조언자로 삼았다.

이마가와 요시모토의 중요한 조언자였던 다이겐 셋사이나, 모리가문의 외교승으로 조선에 침략한 적이 있는 안코

쿠지 에케이 등이 대표적이었다. 심지어 일향종(一向宗)의 경우에는 신도를 모아 다이묘처럼 일대를 지배한 적마저 있었다.

그런 상황이니 사명대사처럼 불교 경전에 해박하고 불심마저 깊은 승려는 국적을 떠나 존경을 받기가 쉬운 편이었다.

처소에 돌아온 사명대사는 슨푸성에서 하루를 더 머문 다음, 도요토미 히데요리를 만나기 위해 오사카성으로 출발했다.

오사카성은 원래 방금 전에 말했던 일향종의 이시야마 혼간지, 한자로 풀이하면 석산본원사(石山本願寺)였다. 이시야마 혼간지는 일향종의 혼간지 분파가 만든 사찰 겸, 거성(居城)이었다. 이 시대의 왜국 사찰은 흔히 아는 사찰과는 달랐다. 사찰이 아니라, 적에게서 승려와 신도를 지키는 성이었다. 사방에 넓은 해자를 판 다음, 성벽을 높이 올렸다.

이시야마 혼간지의 혼간지파는 세력을 확대하는 오다 노부나가를 괴롭히며, 그 주변 지역에 큰 영향력을 행세해 왔다.

그러다가 오다 노부나가의 세력이 점점 강해짐에 따라 결국 항복을 택했다. 그리고 이시야마 혼간지 역시 비워주었다.

한데 혼간지파가 이시야마 혼간지를 떠난 다음, 알 수 없는 화재로 절이 불타는 바람에 재만 남았는데 오다 노부나가 뒤를 이어 정권을 잡은 도요토미 히데요시가 이 재만 남은 터에 들어와 성을 건설하니 그 성이 바로 오사카성이었다.

사명대사는 오사카성을 보며 고개를 절레절레 저었다.

성인지, 금 치장을 한 궁궐인지 알 도리가 없었다.

어쨌든 그 규모는 좀처럼 보기 어려울 만큼 대단했다.

너비가 몇 십 미터에 이르는 바깥 해자와 안쪽 해자, 그리고 산노마루와 니노마루, 혼마루로 이어지는 3단계 방어벽들.

천수각 등을 장식한 기와에는 금박을 입혀놓아 햇볕을 받으니 황금색 잉어들이 지붕 위를 마구 뛰어다니는 것 같았다.

사명대사 등은 오사카성의 구조를 눈에 담기 위해 노력했다.

잠시 후, 해자 앞에 도착한 일행은 온 목적을 설명했다.

그들을 해자 앞에서 기다리게 한 도요토미가의 가신은 안에 들어가 도요토미 히데요리, 아니 요도도노에게 연락했다.

요도도노는 죽은 도요토미 히데요시의 측실임과 동시에 현 도요토미가문의 당주인 도요토미 히데요리의 생모인

여자였다.

　도요토미 히데요시의 둘째 아들이며 유일한 후계자인 도요토미 히데요리는 이제 10살이었다. 그런 관계로 오사카성을 비롯해 도요토미가문에 남겨진 60여 만석의 영지는 요도도노가 관리하는 실정이었다. 요도도노는 아자이 나가마사의 정실부인이며, 오다 노부나가의 동복동생이었던 오이치 슬하서 태어나 도요토미 히데요시의 측실로 들어갔다. 도요토미 히데요시가 사후에 정실 네네는 오사카성을 나와 출가한 반면, 도요토미 히데요리의 생모였던 측실 요도도노는 성에 남아 아들 대신, 영지의 업무들을 처리 중에 있었다.

　한참 만에 돌아온 도요토미가의 가신은 고개를 저었다.

　"그런 일은 막부와 상의해 해결하라는 게 우리 영주님의 뜻이오."

　사명대사가 담담한 얼굴로 불호를 외며 물었다.

　"막부에선 오사카성과 상의해 해결하라던데 어떻게 생각하시오?"

　도요토미가의 가신은 대번 불쾌한 표정을 지었다.

　"막부가 귀찮은 일을 우리 도요토미가문에 떠넘기려 한 게 분명하오. 분로쿠, 게이초의 역은 일본 전체가 나선 전쟁이오. 한 가문이 나서서 이러고저러고 할 게 아니란 말이오."

사명대사가 눈을 감으며 물었다.

"영주님이나, 요도도노님을 한번 뵈었으면 하는데 가능하겠소?"

가신은 다시 한 번 고개를 저었다.

"불가하오. 두 분 다 만나지 않을 거요."

사명대사가 눈을 감더니 이내 합장하며 물었다.

"나무아미타불. 시주의 성함을 알 수 있겠소?"

"난 오노 하루나가요."

"여기 도쿠가와 이에야스가 직접 서명한 문서가 있소."

사명대사는 서장관이 지닌 문서를 오노 하루나가에게 건넸다.

그러나 오노 하루나가는 눈앞에 디밀어진 문서를 무시했다.

"도쿠가와의 서명이 들어간 그런 문서 따위는 읽을 생각 없소."

사명대사는 다시 한 번 불호를 외우며 엄숙한 목소리로 말했다.

"읽어보시오. 그게 천하창생을 위하는 길이오."

"그만 돌아가도록 하시오. 오사카성은 외인이 머물 곳이 아니오."

말을 마친 오노 하루나가가 손을 드는 순간.

조총을 든 왜군 수십 명이 해자 주위에 나와 진을 쳤다.

부사가 당황한 얼굴로 사명대사에게 물었다.

"이제 어찌 합니까?"

"나무아미타불, 우리 일은 끝난 듯하오."

돌아선 사명대사일행은 도쿠가와가 보내준 가신들 도움을 받아 혼슈에서 큐슈로 다시 넘어갔다. 길고 피곤한 여정이었다. 그리고 큐슈에 머무르며, 임진왜란 초기에 왜국으로 끌려온 조선 병사와 조선 백성들을 한데 모으기 시작했다.

임진왜란에 참전했던 큐슈와 주코쿠, 시코쿠는 물론이거니와 긴키, 도쿠리쿠까지 사람을 보내 조선 백성을 불러모았다.

오래지 않아 수천 명이 넘는 조선 백성이 큐슈에 모여들었다. 조선 백성은 집으로 돌아갈 수 있다는 말을 듣는 순간, 서로 부둥켜안으며 대성통곡하기 시작했다. 10년이 넘는 세월 동안, 그들이 받았던 핍박과 고통은 상상을 초월했다.

사명대사는 꼼꼼한 성격이었다.

직접 발품을 팔며 큐슈, 주코쿠, 시코쿠 등지를 돌아다녔다. 왜국 영주가 감춰버린 조선의 도공이나, 대장장이 등을 모두 찾아내 큐슈에 있는 집결지에 데려왔다. 왜국 영주들은 조선의 기술자들을 대거 잡아와 각종 기술을 훔치려했다.

내놓길 거부하는 영주들에게는 에도막부가 발행한 문서를 보여주었다. 현재 에도막부의 쇼군은 도쿠가와 히데타다였지만 실질적인 통치자는 오고쇼로 물러난 도쿠가와 이에야스였다. 하여 이에야스의 직인이 찍힌 문서를 보고 저항할 영주는 그리 많지 않았다. 6개월 넘게 큐슈에 머무른 사명대사는 살아남은 조선인은 전부 조선으로 데려가려 노력했다.

부사가 물었다.

"이제 얼추 끝난 거 같은데 돌아가는 게 어떻습니까?"

향수병에 걸렸는지 부사의 표정이 별로 좋지 않았다.

"3개월만 더 기다려봅시다. 아직 소식을 듣지 못한 사람들이 있을 수 있으니 말이오. 소식을 듣지 못해 고향에 돌아가지 못한 사람이 생긴다면 이는 천추의 한으로 남을 것이오."

"휴, 알겠습니다."

부사는 내키지 않는 표정으로 고개를 끄덕였다.

어쨌든 사신단의 정사는 사명대사였다.

그리고 이혼은 사명대사에게 전권을 주었다.

사명대사는 남은 3개월 동안, 조선인이 있다는 곳은 어디든 가서 사실을 확인했다. 대부분 낭설이거나, 아니면 소문이 잘못 퍼진 경우였지만 어쨌든 가서 확인하기를 계속했다.

운 좋으면 진짜 조선인을 만나는 경우도 있었다.

마지막 한 달이 남았을 무렵엔 조선인이 어디 있다는 소문조차 들리지 않았지만 어쨌든 한 달을 더 기다렸다가 배에 오르려는데 멀리서 사람들이 급히 달려오는 모습을 보았다.

"배를 멈추게!"

소리친 사명대사는 선미로 달려가 해 가리개를 만들었다. 왜인 복장을 한 사람 수십 명이 나와 손을 흔드는 중이었다.

부사가 고개를 갸웃했다.

"왜인일까요?"

"혹시 모르니 돌아가서 살펴보는 게 좋겠소."

"다시 돌아가자는 말씀입니까?"

부사가 미간을 찡그렸다.

"후회는 남기는 게 아니오. 남겨두면 평생 짐으로 남으니까."

단호히 말한 사명대사는 배를 다시 부두로 돌렸다.

마지막 순간에 나타난 사람은 왜인이 아니라, 조선인이었다.

이즈에 있는 어느 산골에서 노역에 시달리던 중, 사명대사가 조선인 포로를 고향으로 데려간다는 소문을 들었는데 영주가 차일피일 미루는 바람에 아주 늦게 출발했다고 하였다.

거기다 도중에 사고가 몇 번 겹쳐 지금에서야 도착한 것이다.

그들은 사명대사를 보는 순간, 안도의 눈물을 흘렸다.

1분, 아니 30초만 더 늦었어도 그들의 귀향은 실패했을 것이다.

인생이란 참으로 알기 어렵다는 생각이 들었다.

조선인 포로를 배에 태운 귀향함대는 이키, 대마도를 연달아 거쳐 부산포에 무사히 도착했다. 그들이 한 고생에 보답을 해주는지 바다는 가는 내내 평온했다. 그런 적이 별로 없었다. 부산포에 도착해서는 새로 정비한 길을 이용해 도성으로 상경했다. 당연히 귀국한 포로들은 먼저 고향에 돌아가 그리운 가족과 10여년 만에 눈물 젖은 상봉을 하였다.

거의 1년 반 넘게 걸린 여정이었다.

사명대사일행이 도성에 거의 도착했을 무렵.

왜국에서는 반대로 사명대사가 데려온 왜국 포로들을 고향으로 돌려보내기 시작했다. 그 중 고니시 유키나카와 소 요시토시는 슨푸성에 있는 도쿠가와 이에야스의 부름을 받았다.

고니시 유키나카와 소 요시토시는 슨푸성에 불려가 취조에 가까운 질문을 받았다. 두 사람은 도쿠가와 이에야스의 태도를 보며 그가 자신들을 의심중이란 사실을 알 수 있었다.

도쿠가와 이에야스는 두 사람을 첩자로 여기는 게 분명했다. 더욱이 고니시 유키나카는 죽은 이시다 미츠나리 등과 가까이 지내던 자였다. 그래선지 더더욱 믿으려하지 않았다.

그런 마당에 고니시 유키나카가 근래 들어 조선이 북방에 병력을 집중하는 중인데 아무래도 뭔가 다른 의도가 있는 것 같다고 말한다한들 도쿠가와 이에야스가 믿어줄 리 없었다.

고니시 유키나카가 거칠게 항변했다.

"조선의 동태가 심상치 않으니 계속 감시해야 합니다."

도쿠가와 이에야스가 심드렁한 얼굴로 물었다.

"어떻게 감시하자는 말이오?"

고니시 유키나카가 옆에 있는 소 요시토시를 가리켰다.

"제 사위를 대마도영주로 다시 보내주십시오. 그러면 제 사위가 조선의 동태를 면밀히 조사해 막부에 보고할 것입니다."

소 요시토시가 앞으로 나왔다.

"저보다는 장인어른을 큐슈에 다시 돌려보내주십시오. 장인어른은 조선, 명에 아는 이들이 많으니 감시가 쉬울 겁니다."

도쿠가와 이에야스가 군선을 펼쳐 바람을 부쳤다.

"그 반대라면?"

고니시 유키나카가 황당한 얼굴로 물었다.

"그게 무슨 뜻입니까?"

"그대들이 영지에 돌아가 조선과 내통한다면 큰일이 아니오?"

고니시 유키나카가 단호한 표정으로 고개를 저었다.

"그럴 일은 절대 없습니다."

"두 사람은 전쟁을 피하자는 쪽 아니었소?"

"맞습니다. 그러나 지금은 상황이 다릅니다. 지금 조선은 주전론이 득세하는 상황입니다. 그들이 임진왜란, 정유재란이라 부르는 전쟁의 복수를 해야 한다고 말입니다. 감시를 제대로 해두지 않을 경우, 언제고 큰 코 다칠 날이 올 것입니다."

도쿠가와 이에야스는 가신들을 불러 조언을 구했다.

그리고 그 조언에 따라 도쿠가와 이에야스는 고개를 저었다.

"조선이 북방에 병력을 집중하는 게 꼭 우리를 속이기 위한 기만작전으로 볼 순 없을 거요. 보이는 것 그대로 여진이나, 명나라를 상대하기 위한 훈련일 가능성이 있을 거 아니오?"

고니시 유키나카가 강하게 항변했다.

"그렇다면 굳이 저희에게 보여줄 필요가 없었을 겁니

다. 다른 사람들이 아니라, 바로 저희에게 말입니다. 그리고 그로부터 얼마 후 저희들은 포로협상을 통해 돌아왔습니다. 그 말은 즉, 저희들을 이용해 막부를 속이려는 게 아니겠습니까? 그리고 왜 막부를 속이려들겠습니까? 이는 조선이 우리 일본을 노린다는 말과 다를 바 없습니다. 대비해야합니다."

"그대들이 본 게 우연일 가능성 역시 배제하기 어려울 것이오."

"우연은 절대 아닙니다. 여러 날을 고민해 내린 결론입니다."

"일단 상황을 지켜보기로 하겠소. 그대들은 이만 물러가시오."

도쿠가와 이에야스는 고니시 유키나카와 소 요시토시를 슨푸 근처에 있는 절에 연금시켰다. 고니시 유키나카와 소 요시토시를 죽일 명분은 없었지만 그렇다고 영지에 돌려보내자니 꺼림칙한 기분이 들었다. 그래서 감시를 위해 가두어뒀다.

여기까지는 허균의 복잡한 계획이 성공한 듯 보였다.

그러나 사실 도쿠가와 이에야스의 머릿속엔 조선이 없었다.

그의 머릿속에 있는 것은 오사카의 어린 도요토미였다.

도요토미 히데요리를 완벽히 제거하지 않으면 도쿠가와 가문의 세상이라 말하기 어려운 게 사실이었다. 도요토미 히데요리가 죽은 도요토미 히데요시의 관직을 일정부분 계승한 탓에 교토의 공경이 철마다 오사카성을 방문해 도요토미 히데요리에게 인사를 올려야하는 상황이었다. 에도막부가 있음에도 오사카성에 그에 준하는 정치체제가 있는 셈이다.

　일종의 불완전한 이원체제(二元體制)였다.

　당연히 도쿠가와 이에야스는 그게 마음에 들지 않았다.

　도쿠가와 이에야스의 적은 조선이 아니라, 오사카성에 있었다.

　한편, 도성에 도착한 사명대사는 이혼을 만나 사신의 자격으로 왜국을 찾은 일과 포로교환에 성공한 일, 그리고 슨푸성에서 도쿠가와 이에야스와 만나 체결한 협정을 보고했다.

　이혼의 눈이 번쩍 뜨였다.

　"도쿠가와가 정말 그런 말을 했소?"

　"예, 전하. 보상을 받으려거든 도요토미 히데요리가 있는 오사카성으로 가라했사옵니다. 이게 내용을 적은 문서이옵니다."

　말을 마친 사명대사는 서장관을 보며 고개를 끄덕였다.

　서장관은 그 즉시, 품에 간직했던 협정서를 꺼내 조내관

에게 건네주었다. 조내관은 협정서를 받아 다시 이혼에게
올렸다.

협정서를 읽어본 이혼은 고개를 끄덕였다.

"대사가 정말 큰일을 해주었구려."

"황송할 따름이옵니다."

협정서를 갈무리해 서랍에 집어넣은 이혼이 물었다.

"도쿠가와 이에야스는 어때 보였소?"

"세간이 평하는 대로 속내를 알기 힘든 자였사옵니다."

"으음, 도쿠가와가 시키는 대로 오사카성엔 가보았소?"

사명대사가 대답했다.

"가긴 했사오나 도요토미가의 가신에게 바로 쫓겨났사
옵니다."

"잘했군."

고개를 끄덕인 이혼은 사신단의 노고를 치하하기 위해
경회루에 연회를 열었다. 그 자리에는 당연히 주빈이라 할
수 있는 사명대사를 비롯해 불교계의 인사 여럿이 참가하
였다.

그 모습을 본 관원 중 일부는 불만을 내비쳤다.

당시 사대부를 지배하는 대표적인 이념 중에 하나가 숭
유억불이었다. 말 그대로 불교는 억압해 유교를 숭상하자
는 말이었다. 조선 초기, 정도전(鄭道傳)이 고려 말 불교의
폐단을 지적한 불씨잡변(佛氏雜辨)을 작성한 후 이는 사대

광해록 101

부를 대표하는 이념으로 자리 잡았다. 16세기 조선을 대표하는 학자 중 한 명이며 경세가(經世家)로 이름이 높았던 이이(李珥)마저 젊었을 때 불가에 잠시 몸담았던 일로 정적에게 평생 공격을 당해야했다. 이이는 어머니 신사임당(申師任堂)을 잃은 충격으로 잠시 불교에 빠진 적이 있었다. 물론, 바로 돌아와 구도장원공(九度壯元公)이라는 호칭을 받을 만큼 유학의 경지가 높았지만 정적들에겐 소용 없었다.

또, 지금 국정원장으로 있는 허균 역시 정적에게 불교 인사와 가까이 지낸다며 공격을 받았다. 허균이 이몽학의 난을 진압할 때 직접 머리를 밀고 무록대사란 법명을 내세워 잠입했던 일 역시 그가 평소에 불교 인사들과 친했던 이유로 승려들의 일상이나, 불경에 대해 아는 게 많았던 덕분이었다. 한데 그 일로 허균은 몇 차례 탄핵을 받았었다. 물론, 이혼이 막아준 덕분에 허균에겐 피해가 가진 않았다.

이혼은 관원의 불만을 무시한 채 사명대사 등 불교계 인사를 대거 불러 연회를 열었다. 그리고 대비와 중전, 세자를 불러 왜국에 이름을 떨쳤다는 사명대사의 승무를 감상했다.

과연 타국에 이름을 떨칠 만큼 아름다운 승무였다.

이혼은 먼저 사명대사와 함께 돌아온 조선인 포로 5천

명에게 보상금과 식료(食料) 등을 지급했다. 그들이 고생한 거에 비하면 터무니없이 작은 양이지만 어쨌든 나라가 약해 국민을 지켜주지 못했으니 그에 대한 보상을 실시하였다.

포로교환 일을 마친 이혼은 허균을 불렀다.

"시간이 꽤 흘렀는데 왜국에서는 소식이 들어왔소?"

"예, 전하. 방금 전에 들어왔습니다."

"어떻소?"

"도쿠가와 이에야스가 고니시 유키나카와 소 요시토시를 슨푸성 근처에 있는 절에 가둔 다음, 감시하는 중이라 하옵니다."

이혼은 눈을 반개한 상태로 고개를 끄덕이며 물었다.

"고니시가 도쿠가와 이에야스를 만나 뭐라 말했소?"

"우리가 그들을 속이는 것 같다고 말했사옵니다."

"원장의 계책이 통한 셈이군."

"신의 소견으론 신의 계책이 통한 게 아니라, 도쿠가와 이에야스 본인이 조선에 대해 별 관심이 없는 것 같았사옵니다."

이혼은 손을 책상 위에 올리며 물었다.

"어떤 이유인 것 같소?"

"슨푸성에 있는 우리 쪽 요원들의 보고에 의하면 그의 최대 관심은 도요토미 히데요리 문제인 것 같았사옵니다.

도요토미를 완전히 없애지 못하면 도쿠가와가문이 세운 에도막부가 반석 위에 서지 못할 것으로 생각하는 듯했사옵니다."

"그렇겠지."

"그 말은 우리에 대한 감시가 약해질 거란 뜻이옵니다."

이혼은 무거운 표정으로 고개를 끄덕였다.

"이제 때가 온 셈이군."

"그렇사옵니다. 빚을 받을 차례이옵니다. 더구나 이번에 사명대사가 받아온 협정서는 우리에게 명분을 세워줄 것이옵니다."

이혼은 빙긋 웃었다.

"과인 역시 그 말을 듣는 순간, 뛸 듯이 기뻤다오."

오랜만에 보는 이혼의 미소였다.

그 만큼 사명대사가 가져온 협정서는 중대한 의미가 있었다.

이혼의 시선이 강녕전 옆에 있는 반월창으로 향했다.

땅거미가 지기 시작했는지 어둠이 나뭇가지 위에 내려 앉았다.

"우선 내부를 단속해야겠소."

이혼의 말에 허균이 몸을 앞으로 숙였다.

"정녕 친정(親征)하실 생각이옵니까?"

"그렇소. 과인이 직접 정벌할 것이오."

허균은 걱정스런 표정을 숨기지 못했다.

당연했다.

임금이 몇 달, 아니 몇 년 동안 자리를 비운다면 국내에 존재하는 정적이나, 모리배들이 그때를 노리지 않을 리 없었다.

허균에게 그럴 의지가 있다면 그 역시 그때를 노릴 것이다.

그 만큼 그들에겐 절호의 기회였다.

다시 찾기 힘든 완벽한 기회였다.

성공하면 조선을 통째로 훔칠 수 있었다.

창밖을 보던 이혼의 시선이 정면으로 돌아왔다.

그리고 전에 없이 날카로운 눈으로 허균을 응시했다.

"반란은 일어날 것이오. 그건 확실하오. 과인이 편 개혁들은 사실 너무 급진적이었소. 그리고 그 말은 그 만큼 많은 정적이 생겼다는 말과 다르지 않을 것이오. 그러나 그 반란을 제압한다면 과인이 편 개혁들은 더 탄력을 받을 것이오."

허균은 이혼의 시선을 정면으로 맞받았다.

"그러나 제압할 때나 그런 것이옵니다. 제압에 실패한다면 힘들게 추진해온 여러 개혁이 물거품으로 변할 것이옵니다."

"과인도 알고 있소. 그래서 그에 대한 준비를 먼저 할 생각이오. 그리고 그 일이 끝나야 전쟁준비에 들어갈 수 있소."

이혼의 시선은 다시 허균을 떠나 옆에 있는 지도로 향했다.

함경도 끝에 있는 경흥을 보던 그의 시선이 남쪽으로 내려오다가 제주도 위에서 멈췄다. 제주도는 천혜의 요새였다.

제주도는 바다라는 엄청나게 넓은 해자가 보호하는 곳이었다.

이혼은 그 점에 주목했다.

4장. 안배(按排)

光海鑑

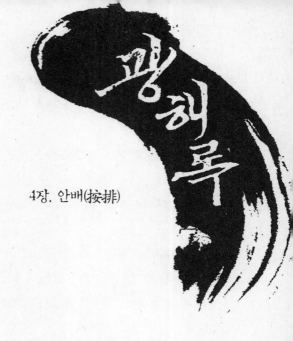

4장. 안배(按排)

조선의 감옥에는 원래 기결수(旣決囚)가 없었다. 기결수란 이미 확정판결을 받아 형을 사는 죄수를 의미했다. 재판을 진행 중에 있는 미결수(未決囚)와는 정반대의 의미를 지녔다.

조선의 감옥에 기결수, 즉 죄수가 없는 이유는 간단했다.

판결이 내려지면 형을 바로 집행하는데 조선의 형벌에는 감옥 안에 갇혀 지내야하는 징역(懲役)이나, 구류(拘留), 금고(禁錮)처럼 자유를 제한하는 자유형(自由刑)이 없었다.

대신, 형벌에는 가장 무거운 형벌에 해당하는 사형을 시작으로 도형(徒刑), 유형(流刑), 장형(杖刑), 태형(笞刑) 다섯 가지가 있었다. 사형은 말 그대로 목숨을 끊는 형벌이었다.

사형집행 방법은 아주 다양해 목을 베는 참수형부터, 사약을 내리는 방법, 교수형이라 할 수 있는 교대시(絞待時), 시신을 훼손해 공개하는 효시(梟示), 육시(戮屍) 등이 있었다.

도형은 지금으로 따지면 노역형인데 감옥에 갇혀 지내는 게 아니라, 염전, 광산 등 특정한 장소에 불려가 강제로 노역을 하는 형벌이었다. 지금 있는 징역의 시초라 할 수 있었다.

유형은 유배, 즉 귀양이었다. 그리고 장형과 태형은 죄의 경중을 파악해 곤장 등으로 죄인의 신체에 고통을 가하는 신체형(身體刑)이었다. 자유를 제한하는 자유형과는 달랐다.

도형과 유형이 자유를 제한하는 형벌처럼 보이지만 지금의 자유형과는 몇 군데 차이가 있어 엄밀한 의미의 자유형으로 보긴 어려웠다. 그런 관계로 조선의 감옥에 있는 죄수는 모두 재판을 받기 전, 아니면 받는 중인 피의자나, 미결수였다. 조선에서는 이런 이들을 관리하기 위해 전옥서(典獄署)를 만들었다. 그러나 전옥서의 규모는 크지 않았다.

기결수는 바로 형벌을 받거나, 아니면 도형이나, 유형처럼 타지로 이동하였기에 감옥을 크게 지을 필요가 없는 것이다.

물론, 여기에는 재정적인 압박이 크게 작용했다. 기결수를 감옥에 장기간 가두려면 우선 감옥을 지어야한다. 또 간수를 뽑아야한다. 그리고 죄수에게 옷과 먹을 것을 주어야한다.

이 모두 돈이 필요한 일이었다.

그래서 오래 가두지 않으려는 경향이 강했다.

도형이나, 유형에 처해지면 먹고살 방도를 자기가 찾아야했다.

심지어 돈을 주어 속형(贖刑), 즉 형벌을 면제받거나, 감형받는 제도마저 있었는데 사형을 제외한 모든 형벌은 속형이 가능했다. 그러나 이혼이 그런 형법체계를 바꾸어버렸다.

먼저 장형, 태형처럼 신체에 고통을 가하는 신체형을 없앴다.

그리고 정당한 재판 없이 형관이 죄인에게 형벌을 내리는 일, 또는 민간에서 이뤄지는 사형(私刑)을 엄격히 금지했다.

또, 사형은 존치하되 그 규정을 까다롭게 바꾸었다. 형법을 정비해 살인죄, 국가반란죄 등 몇 가지 사유에만 사형을 선고하게 하였다. 그리고 귀양을 보내는 유형 역시 없앴다.

이리하여 오형(五刑) 중 유형, 장형, 태형이 사라졌다. 그리고 사형은 규정을 손봐 마음대로 사형하지 못하도록 했다.

그 대신, 노역형에 해당하는 도형을 대폭 확대해 징역을 새로 만들었다. 죄를 지은 죄인이 일정기간 동안 자유를 속박당한 상태에서 노역을 통해 죄 값을 치르도록 만든 것이다.

이를 위해 도성에 작은 규모로 존재하던 전옥서를 팔도 주요 도시에 확대 설치했다. 또, 광산, 염전 등 노역이 필요한 사업장에는 소형 전옥서를 설치해 부족한 일손을 충당했다.

이를테면 전옥서가 현대의 교도소 역할을 대신하기 시작한 것이다. 그리고 전옥서를 관리하는 형조 장금사(掌禁司)는 교도소를 관리하는 현대의 교정청(校正廳) 역할에 해당했다.

전옥서는 팔도뿐 아니라, 본토와 떨어져 있는 제주에도 있었다. 그리고 그 전옥서는 한라산 주위에 있는 마장(馬場), 즉, 말 목장 근처에 모여 있는 상황이었다. 제주는 섬인 관계로 육지보다 다양한 특산품이 존재하는데 방금 말한 말부터, 각종 과일, 말린 해산물, 각종 약재 등이 그것이었다.

그 중에 말 목장이 가장 규모가 컸는데 보통 5천에서 1

만 마리에 해당하는 공마(貢馬), 즉 조정에 바치는 말을 키웠다.

그러나 공마는 다른 공납제도처럼 폐단이 심했다.

말을 키워 조정에 공납하는 사람을 목자(牧子)라 하는데 만약 말이 병에 걸려 죽거나, 아니면 키우던 말을 도둑이 훔쳤을 경우, 똑같은 털색을 가진 말을 자비로 사와야 했다.

그래서 목자들은 그 돈을 마련하기 위해 부모를 팔거나, 아니면 자식을 파는 경우가 허다했다. 말이 대표적일 뿐이지, 조정이 제주도민에게 부과하는 공납은 상상을 초월할 지경이었다. 뭍에서 보기 힘든 것들이 많이 나는 관계로 엄청난 양의 공납을 요구해 1년 내내 일해도 그 양을 채우지 못할 지경이었다. 이런 상황이니 내빼지 않을 도리가 없어 야반도주한 제주 백성이 경상도 해안에 즐비할 지경이었다.

한데 이혼이 즉위함과 동시에 엄청난 개혁이 이어졌다.

먼저 공납을 폐지해버린 것이다.

이제는 말이나, 과일, 말린 해산물을 바칠 필요가 없어졌다.

이혼의 이런 개혁은 도망쳤던 백성을 다시 불러들이는 효과로 이어져 1년 사이에 몇 천 명이 넘는 백성이 귀향하였다.

물론, 공납과 부역을 없애준 이혼에 대한 신망은 하늘을 찔러 나라님을 욕하는 사람이 있으면 싸움이 벌어질 지경이었다.

이혼은 운송수단 마련을 위해 제주도에 국영 마장을 몇 군데 만들었다. 경제를 활성화시키기 위해선 물자의 이동이 활발해야하는데 그러려면 우선 도로가 필요했다. 그리고 도로를 만든 후에는 물건을 운송시킬 운송수단이 필요했다.

증기기관이 나오기 전까지 말과 소는 훌륭한 운송수단이었다. 엄밀히 말하면 운송수단의 동력을 제공해 주는 것이지만.

그리고 그 다음에는 제주도 백성이 기르던 제주말들을 사들여 수를 늘리기 시작했다. 당연히 말을 키우는 사람은 제주의 경험 많은 목자들이었는데 조정이 고용하는 다른 장인처럼 그들 역시 적지 않은 돈을 받으며 일을 할 수 있었다.

제주의 목자들은 최고 수준의 장인이었다. 그들은 좋은 종마를 골라 암말과 교배를 시켰다. 그리고 암말이 임신에 성공하면 잘 관리해 새끼를 낳도록 보살펴주었다. 그리고 낳은 새끼를 다시 지극정성으로 키워 순치(馴致)했다. 즉, 말을 길들여 사람이 타거나, 수레를 끌 수 있도록 만드는 것이다.

이런 어려운 일들은 목자가 하지만 우리 청소나, 말먹이 준비, 목장관리 등은 전옥서의 죄수들이 대신하는 게 가능했다.

새벽닭이 울기도 전에 횃불이 하나 둘 타올라 목장을 밝혔다.

목장 인부들의 출근 형태는 크게 세 종류로 나눌 수 있었다.

먼저 목장 안에 사택을 지어 생활하는 인부들이 있었다.

그들은 일터와 가까운 곳에 나라가 지어준 집에 사는 대신, 밤이나, 새벽처럼 사람들이 적을 때 나와 일을 해야 했다. 말은 사람들이 적은 밤이나, 새벽에 새끼를 낳는 경우가 많아 해산이 이어지는 시기에는 꼼짝없이 붙어있어야 했다.

그런고로 목장 안에 사는 사람들이 가장 먼저 출근해 일할 차비를 마쳤다. 그 다음에 출근하는 사람들은 목장 밖에 거주하는 사람들이었다. 이들은 대부분 경험 많은 목자들이었다. 그들은 가족과 목장 밖에 거주하며 출퇴근하였다.

마지막은 아침을 먹은 직후에 나타나는 죄수들이었다. 죄수들은 전옥서 간수의 감시를 받으며 목장의 잡일을 하였다.

그런 죄수들 중 유독 눈에 띄는 사람이 하나 있었다.

복장은 다른 죄수들과 비슷했다.

검은색 저고리와 검은색 바지, 그리고 가죽신.

검은색 저고리 가슴 왼쪽에는 흰 실로 수감번호를 수놓았다.

다만, 다른 죄수들과 다른 점이 몇 가지 있었는데 나이가 상당히 많은 듯 머리가 백발이었다. 또, 다른 죄수들의 눈은 죽은 생선처럼 힘이 없었는데 그의 눈빛은 아주 선명했다.

그리고 한 가지 더 다른 점은 동료 죄수들, 심지어는 간수조차 그에게는 크게 뭐라 하지 않는다는 거였다. 그게 죄수를 존경해 그런 건지, 아니면 엮이기 껄끄러워 그런 건지 알 순 없었지만 하여튼 닭 속에 학이 하나 끼어있는 듯했다.

백발의 죄수는 말 우리 청소를 하다가 허리가 아픈지 등을 쭉 펴곤 남동쪽에 있는 한라산 정상을 우두커니 바라보았다.

눈이 녹지 않은 한라산의 정경이 장쾌하게 펼쳐졌다.

"이봐요, 윤씨영감."

자기를 부르는 소리에 고개를 돌린 노인이 눈인사를 하였다.

"왜 그러시오, 간수양반."

평소 그와 친하게 지내던 간수가 걸어와 물었다.

"몇 년이나 남았소?"

잠시 생각하던 노인이 회한에 찬 얼굴로 고개를 저었다.

"허허, 너무 오래전 일이라 그런지 잊어버렸수다."

그러나 질문한 간수는 이미 그 답을 알고 있던 모양이었다.

"내가 알아보니 윤씨영감은 징역 15년을 받았소이다. 그러니 앞으로 5년은 더 해야 고향으로 돌아갈 수 있다는 말이오."

노인은 고개를 돌리며 삽자루로 다시 말똥을 퍼 올렸다.

"고향이라…… 돌아갈 고향이 남아있을지 모르겠소."

그 말에 간수가 미소를 지었다.

"노인장이 직접 확인해보시오. 고향이 남아있는지, 없어졌는지."

노인이 몸을 돌리며 물었다.

"그게 무슨 말이오?"

"주상전하께서 노인장에게 특별사면령을 내리셨소."

간수의 말에 가타부타 말이 없던 노인은 하늘을 보았다.

제주도의 하늘은 항상 구름과 바람으로 가득했다.

오늘 역시 마찬가지였다.

구름과 바람이 소용돌이치며 그의 머리 위를 지나갔다.

"죽은 형님을 생각하시오?"

간수가 다가와 물었다.

노인은 말없이 하늘을 보았다.

그의 형은 3년 전 노환으로 세상을 떴다.

제주도에 귀양을 왔다가 전옥서에 들어간 지 1년 만이었다.

노인의 이름은 바로 윤근수였다.

서인의 영수인 윤두수의 동생으로 형 윤두수는 3년 전 세상을 떠났지만 그는 여전히 제주에 남아 징역을 사는 중이었다.

특별사면령은 말 그대로 사면이었다.

전옥서는 그 즉시, 형 집행을 중단한 채 윤근수를 풀어주었다.

윤근수는 몸을 추스르다가 도성으로 올라갔다.

윤근수 외에도 제주 전옥서에 있던 죄인 상당수가 육지에 있는 전옥서로 이송당하거나, 아니면 사면령을 받아 풀려났다.

그리고 제주로 들어오던 이주민들 역시 정착을 거절당했다. 그리고 기존 제주 백성들 중에서도 이몽학의 난과 유윤중의 난 등에 협력했던 자들이 있으면 모두 이주를 당했다.

마치 제주에 있는 불안요소란 요소는 모두 없애려는 듯했다.

윤근수가 떠난 직후 도성을 떠나온 사람이 제주에 발을

디몄다. 바로 병조판서 정구였다. 그런 정구 옆에는 두 사람이 더 있었는데 한 명은 군기시 도제조 이장손이었다. 도제조는 원래 임시직에 가까운 벼슬로 삼정승 중 한 명이 겸임하는 게 관례다. 그러나 이혼은 도원수처럼 도제조 역시 상설관직으로 만들었으며 품계는 종 3품으로 조금 낮추었다.

무기를 만들던 하급 관원이 어느새 종 3품 반열에 오른 것이다.

다른 한 명은 병조 산하 전함사(典艦司) 도제조 나대용이었다. 전함사는 말 그대로 수군의 전선을 만드는 관청이었다.

분야는 다르지만 하는 일은 비슷했다. 군기시는 육군을 위해, 그리고 전함사는 수군을 위해 일했다. 그리고 군기시와 전함사가 없으면 육군과 수군은 전투를 치를 수단이 없었다.

그 만큼 잘 드러나지는 않지만 병조의 핵심 부서에 해당했다.

정구는 두 사람과 제주 남쪽지방 해안을 돌아다니며 입지조건을 따졌다. 먼저 나대용은 해안과 가까우며 수심이 깊은 곳을 찾아다녔다. 그리고 그 중 만의 형태인 곳을 두 곳 골라 끝까지 고민하다가 최종적으로 전함사 위치를 결정했다.

이장손은 나대용보다는 쉬운 편이었다.

그는 제주 남쪽해안을 수색해 평평한 평지를 찾았다. 그리고 인가와 멀리 떨어져 있는 곳을 골라 자세히 관찰하였다. 그런 다음, 정구와 상의하여 한 곳을 군기시 터로 결정했다.

정구에게 전함사와 군기시가 들어설 터를 결정했다는 말을 들은 이혼은 바로 조회를 열어 예산을 집행하라 지시했다.

명목상의 이유는 왜국 정벌을 위한 전진기지였다. 큐슈와 가장 가까운 지역은 당연히 부산포였다. 그러나 혼슈 남쪽으로 돌아가기 위해서는 부산보다 제주도가 훨씬 편리했다.

반대할 이유가 없는 신료들은 바로 예산을 계산해 집행했다. 그로부터 얼마 후 전함사는 제주 남쪽해안에 전선을 건조하기 위해 반드시 필요한 선거(船渠)를 건설하기 시작했다.

또, 이장손은 전함사의 선거와 멀지 않은 육지에 군기시 공방을 건설했다. 비밀을 요하는 작전인지라, 경계가 삼엄했다.

제주에는 제주연대(濟州聯隊)가 따로 있었다.

다른 도에는 사단급 부대가 주둔 중이지만 제주도는 면적이 작았다. 그리고 인구 역시 얼마 없어 연대 하나면 충분했다.

이혼은 정구에게 제주연대 대대 숫자를 늘려 전함사와 군기시, 그리고 제주 전역에 대한 방어를 강화하란 명을 내렸다.

또, 각 항구마다 제주 포도청 소속 포도군사와 제주연대 소속 병력이 협동작전을 펼쳐 섬을 출입하는 백성을 검문했다.

이혼은 내친 김에 제주 항구를 증축, 확장하기 시작했다.

전함사의 선거와 군기시의 공방을 완성한 후에는 도성에 있는 군기시를 제주도에 이전했다. 앞으로 모든 무기는 제주도 군기시에서 만들 계획이었다. 그래서 창고에 있는 철, 구리 등 무기 제조에 필요한 모든 재료를 제주 군기시에 옮겼다. 또, 무기창고에 있는 완제품 역시 모두 제주에 보냈다.

막대한 재정을 소모하는 일이었지만 이혼은 완벽하길 원했다.

손수 제주 일을 지휘하던 이혼은 각 수영을 돌며 전쟁준비에 한창이던 이순신의 방문을 받았다. 이혼은 직접 강녕전 앞에 나와 이순신을 맞았다. 당연히 이순신은 임금의 그런 후대에 감격했다. 영의정조차 이런 대접을 받지는 못했다.

이혼은 이순신과 어깨를 나란히 하여 강녕전 안으로 들어갔다.

"올라오느라 노고가 많았소. 다른 일이었으면 부르지 않았을 텐데 아주 중요한 일이다보니 통제사를 부를 수밖에 없었소."

"아니옵니다. 신이 당연히 와야 하는 자리온데 어찌 빠질 수 있겠사옵니까. 환대가 지나치시어 몸 둘 바 모르겠나이다."

자리에 앉은 두 사람은 수군의 준비를 점검했다.

정유재란이 끝난 직후, 이혼은 이순신, 권율 두 명을 은밀히 불러 왜국 정벌 의지를 천명했다. 그 후, 이순신과 권율 두 명은 이혼의 왼팔과 오른팔을 자처하며 준비를 도맡았다.

이혼이 물었다.

"어떻소?"

"수군의 준비는 끝났사옵니다."

"병사들이 신형 전선에 익숙해졌소?"

이혼의 질문에 이순신은 머리를 숙였다.

"통제영의 수군은 모두 신형 전선을 제 몸처럼 잘 아옵니다."

"통제사에게 그 말을 들으니 마음이 놓이오."

이혼의 말은 진심이었다.

완벽주의자인 이순신이 그렇게 말한다면 의심할 필요가 없었다.

이혼은 조내관에게 주안상을 차리라하였다.

잠시 후, 두 사람은 술상 앞에 다시 마주앉았다.

이혼은 단호한 표정으로 입을 열었다.

"과인은 이번에 친정할 생각이오."

이순신은 이미 눈치 챘다는 듯 고개를 살짝 끄덕였다.

그러나 그 역시 허균처럼 걱정을 숨기지는 못했다.

"안이 위험하지 않겠사옵니까?"

"그래서 수군이 중요하오."

이혼은 그가 생각한 계획을 이순신에게 알려주었다.

그 다음에는 이순신이 그 계획에 대한 의견을 이혼에게 말했다.

두 사람은 새벽까지 술을 마시며 앞날을 논의했다.

그리고 다음 날, 아침 일찍 일어나 의관을 정제한 이혼은 서둘러 강녕전을 나왔다. 거의 밤을 새운 이순신은 말끔한 모습으로 먼저 나와 그를 기다리는 중이었다. 그 옆엔 지금 막 등청한 유성룡과 이산해, 정철 등의 모습이 보였다.

또, 삼정승 앞에는 세자 윤이 나와 공손히 시립해있었다.

윤의 나이 이제 열 살이었다.

그를 닮은 건지는 알 수 없지만 경전보다는 무얼 만드는 걸 좋아했다. 윤을 가르치는 세자시강원의 스승은 걱정이 태산인 모양이지만 오히려 이혼은 그런 세자를 더 독려했다.

세자가 과학이나, 기술에 관심이 많은 건 좋은 징조였다.

그래서 이혼은 그가 아는 지식을 최대한 많이 전해주려 노력했다. 그 역시 나이가 들었다. 그리고 기술관련 전문 서적을 보지 않은지 꽤 오랜 시간이 흘렀다. 그래서 잊어버린 내용이 아주 많았지만 어떤 기억은 오랫동안 떠올리지 않더라도 머릿속에 항상 남아있기 마련이었다. 그에겐 무기를 개발하기 위해 배웠던 물리학, 수학, 기계공학이 그러했다.

이혼은 직접 교과서를 만들어가며 열성적으로 가르쳤다. 세자를 잘 가르쳐야 그가 한 개혁이 연속성을 지닐 수 있었다.

훗날, 보위에 오른 세자가 신분제를 예전으로 돌리거나, 아니면 공납과 군역, 부역을 부활시키려한다면 이혼이 그 동안 애쓴 노력이 물거품으로 변해 허공으로 사라져버리는 것이다.

이혼은 윤을 불러 당부했다.

"아비는 며칠 궐을 떠나있을 것이다."

윤이 제법 의젓한 얼굴로 대답했다.

"어제 내관에게 들었사옵니다."

"그 동안 네가 삼정승과 상의해 정무를 처리해라."

그 말에 깜짝 놀란 윤이 애처로운 표정을 지었다.

"소자 이제 열 살이옵니다. 어찌 정무를 볼 수 있겠사옵니까?"

이혼은 허리를 숙여 윤의 어깨를 부여잡았다.

"무슨 큰일을 하라는 게 아니다. 그저 옥좌에 앉아 조회가 어떻게 이뤄지는지 지켜보는 것만 해도 장차 네게 큰 도움을 줄 것이다. 만의 하나 시급히 처리해야할 일이 생기거든, 대비마마나, 중전에게 먼저 여쭈어보도록 하여라. 그러고 나서 삼정승과 상의해 처리하면 별 문제는 없을 것이다."

윤에게 당부한 이혼은 삼정승을 보았다.

"과인이 없는 동안, 경들이 세자를 잘 도와주구려."

삼정승이 동시에 고개를 숙였다.

"그리하겠사옵니다."

삼정승에게 부탁한 이혼은 새 군마에 올라 경복궁을 나왔다.

이혼이 원래 타던 흑룡은 이제 나이가 든지라, 제주도 목장에 내려가 있었는데 종마노릇을 하며 한가로이 지낸다는 말을 들었다. 가끔 흑룡의 팔자가 상팔자란 생각이 들었다.

이혼은 왼쪽에 따라붙은 병조판서 정구에게 물었다.

"도원수에게 명을 내렸소?"

정구가 머리를 숙였다.

"예, 전하. 궐을 비우시는 동안, 경계를 강화하라 하였
사옵니다."

안심한 이혼은 정구, 이순신과 제물포로 말을 빠르게 몰
았다.

서해안을 대표하는 항구 중 하나인 제물포는 영락(零落)
을 거듭했다. 중국과 교역할 때는 발전을 거듭했지만 조선
이 공무역으로 전환한 후에는 쇠퇴 일로를 걸었다. 그리고
경상도, 전라도 곡창지대의 세곡이 제물포를 지나 한강으
로 들어올 때는 다시 발전하기 시작했다. 그러다가 세금으
로 세곡 대신, 저화를 받기 시작한 후에는 쇠퇴 일로를 걸
었다.

그런 제물포에 활기가 오랜만에 돌아왔다.

중간에 멈춰 잠시 쉰 이혼은 다음 날 제물포에 도착했
다. 제물포에는 지금 어부보다, 조선의 수군병사가 훨씬
많았다.

모두 내일 있을 신형 전함 사열식 때문이었다.

한산도 통제영을 출발한 통제영 함대가 제물포에 도착
한 것은 보름 전의 일이었다. 원래는 통제사 이순신이 함
대를 인솔해야했으나 도성에 들러 이혼과 같이 가기로 하

는 바람에 통제영 대장선을 지휘하던 우치적이 대신 인솔했다.

그 날 밤, 제물포 인근 숙소에 침소를 마련한 이혼은 침상 위에 앉아보았다. 야전침상은 꽤 오랜만이었다. 정유재란이 끝난 지 벌써 7년이 지났다. 7년이면 꽤 오랜 시간이었다.

침상 위에 누워본 이혼은 쓴웃음을 지었다.

등이 아파 오래 누워있지 못했다.

비단금침 위에 누워 편하게 자다가 다시 나무 침상에 누우려니 고역이었다. 그러나 지금부터 적응해둬야 나중에 편했다.

등만 아픈 게 아니었다.

말안장에 쓸린 허벅지가 바늘로 찌르는 거처럼 따끔거렸다.

말은 자주 타는 편이었다.

이곳에 도착해 새로 생긴 취미라면 승마와 사격이 있었다. 특히, 승마를 아주 좋아했는데 오래 투자할 시간은 없어 대궐이나 한 바퀴 도는 게 전부였다. 오늘처럼 수십 킬로미터를 연속으로 타는 것은 정유재란 이후 거의 처음이었다.

이혼은 자신의 나이, 아니 광해군의 나이를 속으로 계산했다.

벌써 서른 줄에 들어서있었다.

물론, 경우에 따라선 아직 서른일지 모르지만 어쨌든 13년이 넘는 세월이 흘렀다. 이혼은 그 동안 이룩해놓은 게 뭐가 있나 떠올렸다. 눈에 확 들어올 만한 업적은 아직 없었다. 하지만 앞으로 어찌하느냐에 따라 달라질 여지는 있었다.

말 그대로 이미 서른이 아니라, 아직 서른인 것이다.

이혼이 상념에 빠지려는 순간.

조내관의 목소리가 그 상념을 깨버렸다.

"전하, 삼도수군통제사와 전함사 도제조이옵니다."

"들라하시오."

"예, 전하."

문이 삐걱거리는 소리를 내더니 두 사람이 안으로 들어왔다.

통제사 이순신과 전함사 도제조 나대용이었다.

나대용의 손에는 둘둘 말린 커다란 종이와 나무 모형이 있었다.

이혼은 두 사람에게 자리를 권했다.

그리고 짐이 많은 나대용에게 먼저 물었다.

"가져온 게 무엇이오?"

"신형 전함의 설계도이옵니다."

나대용은 책상 위에 둘둘 말려있던 종이를 펼쳐놓았다.

나대용의 말대로 신형 전함의 설계도였다.

이혼은 앞으로 끌어당겨 하나하나 자세히 살펴보았다.

"설계도의 수치는 모두 규격화하였소?"

"예, 전하. 새로운 도량형으로 모든 수치를 규격화하였
사옵니다."

이혼은 설계도에 적힌 수치를 보며 고개를 끄덕였다.

이혼이 생각하기에 조선의 기술자들, 이를 테면 나대용
이나, 이장손 등은 모두 최고 수준의 기술자들이었다. 16
세기에 이런 기술자가 있을 줄은 전혀 예상하지 못했었다.
그들의 실력은 오히려 그의 예상을 훨씬 뛰어넘는 바가 있
었다.

한데 문제는 그런 기술자가 정말 소수라는 점이었다.

최고 수준의 기술을 가진 장인은 당연히 어느 시대나 적
기 마련이었다. 최고 수준의 기술을 가진 장인이 많다면
그들의 기술이 최고 수준이 아니라는 말과 다르지 않았던
것이다.

한데 조선은 최고 수준과 그렇지 못한 수준의 격차가 엄
청나게 컸다. 좋은 사람은 엄청나게 좋지만 그 외의 기술
자들은 같은 물건을 몇 년 동안 만들더라도 수치가 모두
달랐다.

이는 조선을 방문한 외국인의 평가에 여실히 드러나 있
었다.

조선의 기술자를 본 외국인들이 하나같이 지적하였던 게 눈대중이었다. 조선의 기술자는 물건을 만들 때 눈대중으로 만들었다. 정확한 설계도가 없는 것이다. 이는 눈썰미가 뛰어나거나, 아니면 오랜 경험을 가진 기술자가 아니면 좋은 제품을 만들기 쉽지 않아 전체적인 질의 하락을 불러왔다.

용아를 설계한 이혼은 부품 하나하나에 모두 설계도를 만들었다. 당연히 그 안엔 단면도, 정면도, 입체도가 모두 있었다.

그리고 설계도에 들어가는 수치는 모두 미터법으로 바꾸었다. 처음에는 장인이 평소에 사용하는 도량형을 이용하려했으나 알아보니 팔도에 있는 장인마다 사용하는 도량형이 제각각이었다. 심지어 같은 수치인데 몇 센티미터 차이를 보이는 곳마저 있을 지경이었다. 이혼은 하는 수 없이 미터법을 기준으로 정해 기술자들이 이를 익히도록 만들었다.

그런 부분에서 보면 나대용은 이혼의 수제자에 가까웠다. 그는 이혼이 가르쳐준 설계방법으로 신형 전함을 설계했다.

신형 전함 설계에는 총 3년이 걸렸다.

유럽의 전선과 중국의 전선, 심지어 왜국의 전선까지 참고해 설계했다. 그리고 실물크기의 목업을 만드는데 6개월이 걸렸다. 목업을 만들어 외형을 다시 한 번 점검한 전함사의 설계사들은 본격적으로 시험항해용 실제전함 건조에 나섰다.

이미 목업을 만들며 경험을 충분히 쌓았던지라, 실제전함 건조는 1년 안에 모두 끝마칠 수 있었다. 그리고 다시 1년 동안, 실제 무장을 탑재한 상태로 실전을 가정한 훈련에 들어갔다. 그 결과 만족할 만한 성과가 나와 양산을 결정했다.

내일 있을 사열식은 임금이 보는 앞에서 전함사가 건조한 신형 전선 30척을 통제영에 공식적으로 인도하는 행사였다.

물론, 통제영 수군은 몇 달 전에 이미 신형 전선을 인계받아 훈련에 들어가 있었지만 공식적인 인계날짜는 내일이었다.

설계도를 꼼꼼히 살펴본 이혼은 나대용에게 손을 내밀었다.

나대용은 설계도 옆에 있던 신형 전함 모형을 건넸다.

이혼은 모형을 등잔불 빛에 자세히 비춰보았다.

날렵한 선수에, 뭉툭한 선미.

가운데 우뚝 솟아있는 중앙 돛대를 중심으로 앞에 하나, 뒤에 하나 해서 총 세 개의 돛대가 있었다. 그리고 세로돛을 다는 활대가 따로 있어 총 20개의 돛을 부착할 수 있었다.

범선은 이 돛대의 돛이 바람을 받아 항해하는 원리였다.

이것이 인력을 이용하는 판옥선과 신형 전선의 차이점이었다.

이혼은 세로돛 부분을 손가락으로 가리켰다.

"여기가 한선과 범선의 차이지."

나대용이 대꾸했다.

"그렇사옵니다. 가로돛은 계속 써왔지만 세로돛은 이번에 처음 써보는 거나 마찬가지이옵니다. 신 역시 이번에 신형 전선 설계를 하며 범선과 돛에 대해 많은 걸 배웠사옵니다."

나대용의 말 대로였다.

한선에는 판옥선처럼 노를 젓는 배만 있는 게 아니었다.

오히려 그 전에는 바람을 이용하는 배들이 주류를 이루었다.

그리고 그 배들이 단 돛은 대부분 가로돛이었다.

가로돛은 흔히 생각하는 그 돛이 맞았다.

바람이 가야하는 방향으로 부는 순풍일 때 돛을 펼쳐 그 바람을 이용하는 것이다. 이는 순풍일 때 최고의 방법이었다.

그러나 역풍, 즉 가려는 방향에서 바람이 불어오는 경우나, 측풍(側風), 즉 옆에서 불어오는 바람의 경우엔 동력을 얻기가 쉽지 않았다. 그래서 유럽 기술자들은 이를 보완하기 위해 중동상인들이 쓰던 세로돛을 범선에 적용하기 시작했다.

세로돛과 가로돛을 혼합해 사용하면, 순풍이 불면 가로돛을, 역풍이나, 측풍이 불면 세로돛을 사용해 항해할 수 있었다.

이런 식의 조합을 이용해 유럽은 마침내 대항해시대를 열었다.

돛을 살펴보던 이혼은 배 밑바닥을 집어 위로 들었다.

좌현과 우현에 뚫린 20개의 포안과 포안 밖으로 살짝 나와 있는 해룡포(海龍砲)의 포구가 보였다. 해룡포는 육군과 수군이 같이 사용하던 대룡포를 수군용으로 개조한 것이다.

해룡포 역시 신형 전선만큼이나 공을 들여 개조한 함포였다. 연구개발기간이 거의 5년에 이르렀는데 포신 주조방식부터 시작해 포신의 길이, 포구의 구경 등에 변화가 생겼다.

또, 격발방식, 포강(砲腔)의 선조형태, 자세제어장치 등에 개조를 가해 전보다 더 정확하며 빠른 포격이 가능케 했다.

당연히 육군이 사용하는 대룡포 역시 현재 연구와 개조 작업을 거쳐 화룡포(火龍砲)라는 이름으로 육군에 보급 중이었다.

이혼은 선수와 선미를 보았다.

선수와 선미 양쪽에 소구경 함포 4문을 각각 탑재해 전진하는 동안, 앞에 있는 적선을 공격할 수 있는 방법이 생겼다.

소구경 함포의 이름은 정유재란에 이미 선을 보인 아룡포였다. 당시 거북선의 용머리에 장착해 꽤 큰 효과를 보았다.

이혼은 전선 모형을 이리저리 살펴보다가 나대용에게 물었다.

"함포는 얼마나 실었소?"

"해룡포 20문에 아룡포 8문을 더해 총 28문이옵니다."

"화력은 어떻소?"

"해룡포의 성능이 좋아 판옥전선보다 1.5배는 뛰어나옵니다."

만족한 표정으로 고개를 끄덕인 이혼은 재차 질문을 던졌다.

"내부 구조를 볼 수 있소?"

"예, 전하."

대답한 나대용은 이혼에게 모형을 받아들더니 사과를 쪼개듯 용골방향으로 힘을 주었다. 그 순간, 뚝하는 소리가 들리더니 모형이 우현, 좌현 양쪽으로 갈라져 두 개로 변했다.

이혼은 다시 모형을 받아 내부구조를 살펴보았다.

안은 크게 보면 4층 구조였다.

1층에는 화물과 탄약, 무기 등을 저장했다. 그리고 2층은 함포를 탑재하는 공간이었다. 그리고 3층과 그 위에 있는 함교에는 선실, 식당, 선장실 등이 격벽 사이에 들어가 있었다.

격벽을 세우는 이유는 어느 한곳이 무너져 물이 새어 들어올 때 다른 곳으로 물이 들어오지 않게 만들기 위해서였다.

각 선실 안에는 사람을 표현한 모형이 있었는데 아주 정교했다. 식당에 앉아 식사를 하는 사람, 함포를 쏘는 사람, 짐을 옮기는 사람, 심지어 선장과 항해장, 갑판장마저 있었다.

이혼은 탄성을 토했다.

"환상적일 만큼 정교하군."

나대용이 대답했다.

"조선 최고의 목공에게 부탁해 만들었사옵니다."

"아주 기술이 대단해. 도제조가 따로 포상을 해주도록 하시오."

"성은이 망극하옵니다."

이혼은 내부 구조를 꼼꼼히 살펴본 후에 모형을 내려놓았다.

"범선 내부는 알아내기 어려울 텐데 고생이 많았소."

"국정원이 많이 도와주었사옵니다."

나대용의 말대로 신형 제작에 있어 가장 큰 공을 세운 곳은 어쩌면 전함사가 아니라, 범선의 구조를 알아낸 국정원일지 몰랐다. 범선의 외형은 알아내기 쉬웠다. 왜국 큐슈에 있는 히라도나, 나가사키, 그리고 명나라 절강성(浙江省)의 영파(寧波) 쌍서도(雙嶼島)나, 광동성(廣東省) 주강구(珠江口) 등지에 국정원 요원을 보내 범선의 외형을 자세히 그려오게 하였다. 그러나 문제는 범선의 내부 구조에 있었다.

범선은 돛이 전부는 아니었다.

그 안에 닻을 내리는 장치와 조타장치 등 상당히 복잡한 장치가 있었는데 이걸 알아내지 못하면 범선을 만들지 못했다.

처음에는 포르투갈이나 에스파냐의 범선을 구입하는 방법을 시도했으나 통하지 않았다. 그 다음에는 포르투갈과 거래하거나, 아니면 포르투갈 상인에게 고용당한 왜국상인이나, 명나라상인을 포섭해 알아내려했으나 그 역시 실패했다.

국정원은 마지막으로 상인처럼 위장해 접근했다. 그리고 각고의 노력 끝에 범선의 내부구조와 운행방법, 전투방식 등을 조사해 본국에 알려왔다. 그 와중에 적지 않은 국정원 요원이 희생당했다. 말 그대로 피와 땀으로 이룩한 결과였다.

이혼은 고개를 돌려 이순신에게 물었다.

"통제사가 보기엔 어떻소?"

"전투는 물론이거니와 상선으로 사용해도 괜찮은 배이옵니다."

"다행이군."

이혼은 그제야 안심한 얼굴로 고개를 끄덕였다.

낭비를 줄이려면 기존에 있는 판옥선을 끌고 가는 게 편했다.

그러나 판옥선은 격군이 100명가량 필요했다.

거기에 갑판병과 포병을 더하면 그 숫자는 백을 훌쩍 넘었다.

그 병력이 먹을 물과 식량의 무게가 만만치 않았다.

그게 판옥선으로 대양항해를 하기 어려운 이유였다.

근처에 섬이 있어 날이 저물면 상륙해 물자를 보급 받는 게 아니었다. 그야말로 수일을 계속 항해해야 육지가 나왔다. 어쩌면 한 달 넘게 달려야 육지가 나오는 경우마저 있었다. 그런 환경에서 거의 200명에 달하는 선원을 먹여 살릴 물과 식량을 싣고 항해하기란 거의 불가능에 가까웠다.

그런 이유로 돛을 쓰는 범선이 빠르게 발전한 것이다.

범선을 이용하면 사람 대신 바람이 동력을 대신해주었다. 그래서 적은 인원으로 배를 움직일 수 있었다. 그리고 그 덕분에 생필품 대신 많은 화물을 화물칸에 적재할 수 있었다.

신형 전선은 무장상선의 기능이 아주 강했다.

전선의 기능과 상선의 기능을 동시에 충족했다.

이혼으로선 처음에 설정한 목표를 둘 다 이룬 셈이었다.

이혼은 다음 날 일찍 일어나 제물포 항구를 찾았다.

그리고 계단을 이용해 신형 전선에 탑승했다.

앞으로 이순신이 탑승해 수군을 지휘할 통제영 대장선이었다.

다른 전선보다 반 배 이상 컸으며 함포는 40문에 이르렀다.

그야말로 바다에 떠있는 성채였다.

"이쪽이옵니다."

이혼은 이순신의 안내를 받아 상갑판과 함교 등을 둘러보았다. 그리고 계단을 이용해 밑으로 내려가 3층, 2층, 심지어 화물을 싣는 1층까지 전부 돌아다니며 구조를 면밀히 살폈다.

위로 올라온 이혼은 함교에 있는 그의 의자에 엉덩이를 걸쳤다.

"시작하시오!"

이혼의 허락을 받은 이순신은 통제영 함대 사열식을 시작했다.

5장. 작비(作計) 회풍(回風)

光海鏡

5장. 작계(作計) 회풍(回風)

이혼은 함교 의자에 앉아 바삐 움직이는 수군병사들을 지켜보았다. 대부분 갑판병이었는데 갑판을 정신없이 뛰어다녔다.

20개가 넘는 돛을 자유자재로 조정하기 위해선 갑판병이 많이 필요했다. 물론, 그 숫자는 격군에 비해 턱없이 적었다.

항해장은 먼저 풍향과 풍속을 계산했다.

그런 다음, 갑판장에게 어떤 돛을 펴고 어떤 돛은 접어야하는지, 또 어떤 돛은 회전시키고 어떤 돛은 눕혀야하는지 알려주었다. 역풍이 불든, 순풍이 불든 세로돛과 가로돛을 적절히 섞어 사용하면 가려는 방향으로 언제든 갈 수 있었다.

방파제처럼 서쪽으로 길게 뻗어있는 1번 부두를 천천히 빠져나온 대장선은 긴 호선을 그리며 선수의 방향을 바꾸기 시작했다. 갑판병이 갑판을 정신없이 뛰어다니며 돛을 방향을 이리저리 바꾸었다. 정교한 작업인지라, 한 명이 실수하면 배가 엉뚱한 방향으로 가거나, 제 속도를 내지 못했다.

그런 점으로 인해 항해장과 갑판장의 역할이 중요했다.

항해장은 장교 중 함장 다음으로 계급이 높은 장교였다.

그래서 함장 유고시에 항해장이 함장 역할을 대신 하는 것이다.

항해장이 배의 두뇌라면 갑판장은 심장과 같은 역할이었다.

항해장이 방향과 속도를 계산해 알려주면 갑판장은 휘하에 있는 갑판병을 지휘해 그 지시가 실제로 이뤄지게 하였다.

그런 관계로 항해장과 갑판장은 병사보다 훨씬 똑똑해야했다. 다행히 몇 년 전 세운 수군사관학교가 도움을 주었다.

육군으로 빠지던 고급 인재들이 수군사관학교를 거쳐 수군 장교로 임관한 덕분에 부족한 고급 인력 수혈에 성공했다.

무사히 선회에 성공한 대장선은 서쪽으로 항해했다.

순풍을 받은 가로돛이 찢어질 듯 펄럭였다.

배의 속도는 시간이 지날수록 빨라졌다.

판옥선은 격군이 지치면 배의 속도가 같이 느려지는데
비해 범선은 바람이 약해지지 않는 한, 느려질 일이 거의
없었다.

서쪽으로 2, 3킬로미터 항해했을 무렵.

서쪽 바다에 검은색 그림자가 모습을 드러냈다.

"우리 함대요?"

이혼의 질문에 망원경으로 살펴보던 이순신이 고개를
돌렸다.

"그렇사옵니다, 전하."

"가까이서 보고 싶군."

"소장이 안내하겠사옵니다."

함교 밑으로 내려온 이혼은 상갑판 선수 쪽으로 걸음을
옮겼다.

선수에 도착한 이혼은 해 가리개를 만들어 서쪽 바다를
보았다.

검은색으로 보이던 그림자가 점차 형체를 갖추어갔다.

잠시 후, 서른 척에 이르는 범선 함대가 돛을 활짝 펼친
다음, 어린진형(魚鱗陳形)을 갖춰 대장선으로 접근을 시도
했다.

이혼은 유학할 당시 나사의 과학자 몇 명과 친하게 지냈는데 그들이 과학연구를 위해 우주정거장에 갔을 때 가장 놀랐던 것은 우주의 광활함이 아니라, 지구의 아름다운 모습이라 했었다. 지구에 있을 때는 전체를 보지 못해 모르지만 우주정거장에 올라가 지구를 보면 그 아름다운 모습에 압도당한다는 말이었다. 지금 이혼의 심정이 그런 경우였다.

대장선에 탑승해 있을 때는 범선이 얼마나 큰지, 그리고 얼마나 아름다운지 보기 어려웠다. 그러나 다른 범선을 보는 순간, 나사의 과학자들보단 못하지만 꽤 큰 감동을 받았다.

수십 톤이 넘는 육중한 범선 수십 척이 한데 모여 움직이는 모습은 장관이 따로 없었다. 마치 검은 해일이 이는 듯했다.

썩는 것을 방지하기 위해 연기로 훈증을 하다 보니 선체의 색은 검은색에 더 가까웠다. 거기에 흰색에 가까운 돛 수십 개가 바람을 받아 찢어질 듯 허공에 펄럭이는 중이었다.

흑과 백의 조화.

돛이 펄럭이며 나는 소리가 폭풍 전에 부는 강한 바람처럼 광활한 바다를 곧장 가로질러 이혼의 귀에 똑똑히 들려왔다.

양현 밖으로 나와 있는 해룡포의 포구가 햇빛을 받아 쉼
없이 반짝였다. 선수 앞머리에는 통제영을 상징하는 선수
상이 각각 달려있었는데 적에게 겁을 주기 위한 목적인지
형태가 거북선의 용머리처럼 사나워 보이는 용 형상이었
다.

용은 왼 발톱에 수정구를, 오른 발톱에 환도를 쥐었다.
그리고 적을 삼킬 듯 크게 벌린 입에서는 쇠로 만든 날카
로운 송곳니가 바다코끼리처럼 양쪽 바깥으로 튀어나와있
었다.

이혼은 미소를 지었다.

"선수상의 생김새가 아주 재미있군."

이순신은 즉시 나대용을 불러 선수상에 대해 질문했다.

나대용은 바로 대답했다.

"다른 나라의 선수상은 안전한 항해를 기원하는 용도인
줄로 아옵니다. 그러나 전선이라면 안전한 항해보다는 적
을 압도할 수 있는 모양이 더 좋을 거라 생각해 만들었사
옵니다."

"거북선처럼 말이오?"

"그렇사옵니다. 거북선처럼 말이옵니다. 거북선은 가지
못하지만 왜군이 이 용머리를 보면 거북선을 떠올릴 것이
옵니다."

"잘 했소."

"황송하옵니다."

이순신은 본격적으로 사열식을 진행했다.

먼저 한 척, 한 척 대장선 앞을 지나며 이혼에게 군례를 올렸다.

장관이었다.

군례를 올릴 때마다 기합성이 바다를 쩌렁쩌렁 울렸다.

먼저 우후 김억추의 우군 10척, 그 다음에 김완의 중군 10척, 마지막에 이영남의 좌군 10척이 순서대로 대장선을 지났다.

사열식 다음에는 실전을 가정한 훈련을 시작했다.

낡은 판옥선 몇 척을 세워둔 다음, 돌아가며 공격을 개시했다.

나대용의 말대로 신형 전선의 위력은 대단했다.

아니, 대룡포를 개조해 만든 해룡포의 위력이 대담했다.

포탄을 쏠 때마다 튼튼하기로 이름난 판옥전선이 터져 나갔다.

서른 척의 신형 전선이 돌아가며 포격하니 낡은 판옥선은 검은 연기를 피어 올리며 수천, 수만 개의 파편으로 쪼개졌다.

포격연습을 마친 후에는 각종 기동을 선보였다.

이미 단내가 나도록 연습해온지라, 조정이 쉽지 않은 범선을 움직여 판옥선과 거의 비슷한 근접기동 능력을 선보였다.

이는 말은 쉽지 정말 어려운 일이었다.

노를 이용해 빠른 선회가 가능한 판옥선의 근접기동 능력은 타의 추종을 불허하는데 비슷하게 따라한다는 게 대단했다.

그 날 저녁, 이혼은 항구에 돌아와 땅을 밟았다.

파도로 인해 좌우로 흔들리던 몸이 그제야 균형을 다시 잡았다.

그리고 그 날 저녁, 제물포 항에서는 큰 잔치가 열렸다.

조내관이 전날 준비한 고기와 술을 수고한 장병에게 나눠줬다.

이혼은 막사에 이번 사열식을 지휘한 이순신, 김억추, 김완, 이영남, 우치적, 이완 등의 고급장교들을 불러 술을 내렸다.

그리고 연회 막바지에 신형 전함의 이름을 정했는데 호랑이의 기상을 닮으라는 뜻에서 호선(虎船)으로 선명을 정했다.

연회를 파한 이혼은 나대용을 불러 은밀히 명했다.

"남해안과 서해안, 그리고 동해안에 있는 선거를 은밀히 철거하도록 하시오. 앞으로 호선은 제주에서만 만들 생각이니까."

"알겠사옵니다."

"그리고 호선의 개조계획은 세워두었소?"

나대용은 물어볼 줄 알았는지 즉시 대답했다.

"전함사 제조 이설이 제주 선거에 내려가 설계하는 중이옵니다."

이혼은 다시 한 번 당부했다.

"호선의 규모가 크기는 하지만 아직 먼 바다를 항해하기에는 무리일 게 틀림없소. 왜국이야 오갈 수 있겠지만 더 먼 바다를 장기간 항해하려면 지금보다 큰 배가 필요할 것이오."

"명심하겠사옵니다."

"여기서 만족하지 말고 조타장치와 격벽, 그리고 선체 바닥에 고인 물을 퍼 올리는 양수장치(揚水裝置), 속도계, 나침반의 연구를 계속 하시오. 그래야 제해권을 가져올 수 있소."

"알겠사옵니다."

이혼은 그 날 밤 나대용에게 그가 아는 지식을 전수해주었다.

배에 대해 아는 것은 별로 없지만 그 안에 들어가는 기본적인 장치는 모두 기계공학과 연관이 있는 것들이었다. 이혼은 그가 아는 기계공학의 지식을 최대한 전해주려 노력했다.

그 동안 신형 전함을 설계하며 많이 알려주었지만 가르쳐주지 않은 몇 가지까지 전부 가르쳤다. 나대용이나, 이장손, 이설 등은 이제 기초적인 부분을 벗어나 꽤 깊숙한 곳까지 들어와 있었다. 그 말은 이제 산수이던 게 수학으로, 그리고 이제 수학이 공업수학으로 발전했다는 뜻이나 다름없었다.

물리학 역시 심도 있게 가르쳤다.

수학과 물리학이야말로 모든 과학, 기술의 기초였다.

이 두 가지가 탄탄해야 그 위에 뭐를 세우든 세울 수 있었다.

기술 우위.

이혼의 생각에 기술 우위보다 좋은 것은 없었다.

타국보다 기술이 우위에 있어야 나라를 지킬 수 있었다.

영토, 인구, 자원이 모두 딸린다면 결국 기술만이 남는 것이다.

이는 그 기초 작업이었다.

이혼은 나대용, 이장손, 이설 등 머리가 좋은 이들에게 먼저 그가 아는 지식들을 가르쳤다. 그러면 나대용, 이장손, 이설 등은 다시 전함사나, 군기시에 들어온 신입관원들을 가르쳐 그들이 배운 내용을 여러 사람에게 전파하는 중이었다.

이혼은 며칠 더 머무르며 낮에는 수군의 훈련을, 밤에는 나대용을 가르쳤다. 그리고 제물포에 도착한지 엿새 만에 도성으로 돌아갔다. 도성은 엿새 전과 달라진 점이 거의 없었다.

이혼은 마중 나온 사람의 얼굴 속에서 세자를 먼저 찾았다.

세자가 달려와 머리를 숙였다.

"다녀오셨사옵니까, 아바마마?"

"그래, 그 동안 잘 있었느냐."

"무탈하신 모습을 뵈오니 기쁘옵니다."

이혼은 예를 차리는 세자의 모습을 보며 미소 지었다.

"이제 다 컸구나."

철이 든 모습이 기쁘면서도 한편으론 씁쓸한 느낌을 지울 수 없었다. 애는 애다워야 하는데 그럴 수 없는 형편이었다.

임금은 천상천하유아독존(天上天下唯我獨尊)의 존재임과 동시에 천만에 이르는 백성의 목숨을 책임져야하는 자리였다.

물론, 임금이라고 다 그런 건 아니지만 어쨌든 정신이 똑바로 박힌 임금이면 권리와 의무를 동시에 생각하는 법이었다.

"별 일 없었느냐?"

"늦가을 홍수로 제방이 무너진 곳이 몇 있었사옵니다. 그리고 충청도에서는 공사하던 길이 끊어져 선공감의 인부들이 여럿 다친 모양이옵니다. 그리고 경복궁 후원 쪽에 화재가 발생했는데 다행히 지나던 궁인이 발견해 진화했사옵니다."

심각한 표정으로 듣던 이혼은 다시 물었다.

"어떻게 처리했느냐?"

"삼정승의 의견을 물어 방책을 세웠사옵니다."

"어떻게?"

"제방이 무너진 곳은 관아의 수령을 급파해 우선 임시 조치를 취하게 했사옵니다. 그리고 중간에 끊어진 도로는 근처에 있는 선공감의 관원과 인부를 파견해 복구하는 중이옵니다. 또, 불이 난 일은 대비마마께 대책을 여쭈어보았사온데 불이 나기 쉬운 가을철이니만큼 내시부에 일러 불이 날만한 곳을 순찰하라 하시기에 소자는 말씀대로 하였사옵니다."

이혼은 삼정승을 보다가 고개를 돌려 윤에게 물었다.

"그게 다이더냐?"

"그렇사옵니다."

"어쨌든 잘 했다."

세자를 칭찬한 이혼은 삼정승을 힐끔 본 다음, 자경전을 찾아 대비에게 문안인사를 올렸다. 그런 연후에 미향과 정을 만난 이혼은 강녕전에 돌아와 동궁에 있는 윤을 다시 불렀다.

윤은 아버지가 또 칭찬해주나 싶어 얼른 강녕전으로 달려왔다.

그러나 돌아온 것은 꾸지람이었다.

"네가 한 조치에는 한 가지가 빠져 있다. 그게 무엇인지 아느냐?"

윤은 솔직히 대답했다.

"소자는 혼내시는 이유를 모르겠사옵니다."

"제방이 무너졌다는 말의 의미가 무엇인지 아느냐?"

"둑이 터졌다는 말이옵니다."

"둑이 터지면 그 물이 어디로 가겠느냐?"

이혼의 질책에 그제야 윤은 몸을 떨며 머리를 숙였다.

"백, 백성들의 민가로 흘러가옵니다."

"맞다. 한데 너는 둑을 막은 후에 그 후속조치를 하지 않았느니라. 관아의 수령이 알아서 했겠지 하는 건 소용없다. 네가 임금을 대신하는 중이었으니 마지막까지 신경 써야하는 것이다. 아니면 정승들에게 물어보았으면 그들이 어찌 알려주지 않았겠느냐. 정승들은 아비보다 더 똑똑하며 경험이 많은 사람들이다. 정치는 임금 혼자 해서는 안된다."

"명심하겠사옵니다."

윤은 눈물을 뚝뚝 흘리며 대답했다.

그러나 이혼의 질책은 끝나지 않았다.

"그리고 도로가 끊어진 곳의 보수는 나중에 해도 상관없었다. 그 전에 먼저 다친 인부들을 살폈어야 그게 진정한 임금의 도리였을 것이다. 인부들은 노비가 아니라, 나라가 돈을 주어 고용한 사람들이다. 그런 사람들을 살피지 않으면 앞으로 누가 나라 일을 하며 자랑스럽다는 생각을 하겠느냐."

윤은 다시 눈물을 뚝뚝 흘렸다.

이혼은 한숨을 쉬었다.

"네 나이 이제 열 살이다. 과인 역시 그 점을 모르지는 않는다. 다른 아이들이었으면 한창 부모 품에 안겨 어리광을 피울 나이지. 그러나 너는 그 아이들과 다르다. 네가 처음에 어떤 생각을 갖고 임하느냐에 따라 나라의 명운이 좌지우지되기에 내 싫은 소리를 한 것이다. 고깝게 여기지 말라."

"소자, 명심하겠사옵니다."

"눈물을 닦아라."

이혼은 손수건을 꺼내 건네주었다.

그리고 목소리를 부드럽게 풀었다.

"그 외의 일들은 아주 잘했다."

이혼은 같이 저녁을 든 후에 윤을 동궁에 돌려보냈다.

피곤한 일정이었다.

요 몇 달 동안 제대로 쉬어본 적이 없어 몸이 비명을 질렀다.

그러나 쉴 틈이 없었다.

마음속으로 정한 출병 시기가 내년 봄이었다.

그 얘기는 이제 준비할 시간이 가을과 겨울 밖에 없다는 말이었다. 오히려 본격적인 고생은 지금부터라 할 수 있었다.

이혼은 밤늦게 조내관을 불렀다.

임금이 쉬지 못하면 상선 역시 쉬지 못하는 법이었다.

강녕전 문간에 기대 꾸벅꾸벅 졸던 조내관은 이혼이 찾는다는 다른 내관의 귀띔에 얼른 일어나 강녕전 안방 문을 열었다.

"찾아계시옵니까?"

"금군대장 기영도가 오늘 번을 서는 날이오?"

"그렇사옵니다."

"금군 점고가 끝나는 즉시, 강녕전으로 불러오시오."

"예, 전하."

밖으로 나온 조내관은 순찰을 도는 기영도를 찾아 이혼의 명을 전했다. 기영도는 당연히 그 길로 곧장 강녕전을 찾았다.

강녕전을 찾은 기영도가 절을 올렸다.

"부르셨다는 말을 들었사옵니다."

"앉으시오."

"황송하옵니다."

기영도가 자리에 앉기 무섭게 이혼이 물었다.

"대비전과 중전, 세자, 문원(文原)의 호위는 어떻게 하는 중이오?"

문원은 둘째 정의 군호(君號)였다.

장남 윤은 원자로 있다가 세자책봉을 받은지라, 군호가 없었다. 그러나 차남 정은 세자가 아닌지라, 따로 군호를 받았다.

"금군 1백여 명이 자경전과 교태전, 동궁을 호위 중이옵니다."

"과인이 오랫동안 자리를 비울 경우, 호위는 어찌할 생각이오?"

"소장은 전하를 따라가야 하니 부대장에게 맡길 생각이옵니다."

잠시 고민하던 이혼은 생각해둔 계획을 설명했다.

"금군을 확대해야겠소."

"하오시면 규모를 얼마로?"

"많은 수를 바라는 건 아니오. 오히려 소수 정예가 좋겠지. 거창하게 방을 붙여 모집할 필요는 없소. 금군이나, 육군훈련소, 또는 별군에 있는 고수 중에 선발을 해보도록 하시오. 수는 열 명 안팎이 좋겠소. 실력이 중요하지만 왕실에 대한 충성심 역시 남달라야하오. 특히, 배경에 신경 쓰시오."

"알겠사옵니다."

대답한 기영도는 나가려다가 다시 돌아와 앉았다.

"소장이 금군을 따로 뽑는 연유를 여쭈어도 괜찮겠사옵니까?"

이혼은 기영도의 얼굴에 불안감이 스쳐 지나가는 것을 보았다. 기영도는 이혼이 금군에 불만이 있는 줄로 착각한 것이다.

잠시 고민하던 이혼은 결심한 듯 고개를 끄덕였다.

"그럴 일이 없길 바라지만 만약 과인이 친정을 나가 있는 사이에 반란이 일어난다면 반란군이 어딜 먼저 노릴 것 같소?"

"도성 아니겠사옵니까?"

"맞소. 도성일 것이오. 범위를 줄이면 대궐일 것이고. 거기서 더 범위를 줄이면 과인의 가족일 것이오. 과인의 가족을 잡거나, 아니면 대비마마를 위협해 과인을 협박할 게 분명하오. 또, 대비마마를 강압해 과인을 폐위시키려 할 것이오."

이혼의 말에 기영도가 침을 꿀꺽 삼켰다.

"설마 그런 일이 일어나겠습니까?"

"과인이 입버릇처럼 하는 말이 하나 있소. 아시오?"

"대책은 최악의 경우를 상정하여 만든다는 말씀 말이옵니까?"

"그렇소. 그러니 과인이 무슨 말을 하려는지 알 거요."

잠시 생각하던 기영도가 절을 올렸다.

"바로 준비하겠사옵니다."

대답한 기영도는 자신의 말을 바로 지켰다.

바로 금군을 뽑는 작업을 진행한 것이다.

방대한 조사였다.

누가 조선 최고인가?

이 질문에 해당하는 사람은 100여 명 정도였다.

그리고 그들 대부분은 이미 군이나, 포도청, 금군 등에 속해 있었다. 기영도는 이미 확보한 자원 외에 노출이 적은 인원을 추가로 확보했다. 노출이 적은 인원이란 재야에 있는 고수를 가리켰다. 사람들이 잘 모르니 그만큼 강점이 있었다. 그리고 그 강점이야말로 이혼이 원하는 목적일 것이다.

기영도는 새 금군의 대장을 맡아줄만한 재야고수를 찾아냈다.

고영운(高靈元).

그는 특이한 경력의 소유자였다.

속인으로 태어나 불가에 귀의한 사람은 많지만 불가에 있다가 속인으로 환속한 경운 드물었는데 고영운이 그러했다. 부모가 찢어지게 가난해 키울 수 없었던지 절문 앞에 버려져 있던 갓난아기를 승려들이 젖동냥하여 키웠다. 마땅한 이름이 없어 처음엔 개똥이로 부르다가 후에 법명

을 얻으니 그 사람이 바로 영운(靈元)이었다. 영운을 키워
준 절은 고구려시절부터 호국무예를 전승해온 유서 깊은
곳이었다.

영운 역시 자연스럽게 아주 어려서부터 호국무예를 익
혀 장성했을 무렵에는 무승(武僧) 중에 그를 따를 사람이
없었다.

그 후, 임진왜란이 일어나자 서산대사 유정의 이름으로
각 사찰에 격문이 돌았는데 이에 호응해 승군으로 참전하
였다.

영운의 활약은 대단했다.

백병전의 달인이라는 왜군과 겨루어 패한 적이 없었다.

그러나 활약에 비해 명성은 거의 없는 거나 다름없었
다.

영운은 자신이 세운 공을 다른 사람에게 모두 넘겨주었
다. 성격 자체가 조용해 밖으로 드러나는 것을 끔찍이 싫
어했다.

임진왜란이 끝나기 무섭게 영운은 미련 없이 승군을 나
왔다.

그의 실력을 아는 사람들이 극구 만류했지만 영운은 명
예, 돈, 관직을 초개처럼 아는 자였다. 이는 그의 다음 행
보에 여실히 드러났다. 영운은 자신의 손에 다른 사람의
피를 너무 많이 묻혔다며 환속하기로 결정했다. 불가는 그

에게 부모와 같았다. 그리고 사찰은 그에게 고향과 같은 곳이었다. 한데 자신을 용납하지 못했던 그는 모든 것을 버렸다.

그 후 임진왜란으로 인해 부모를 잃은 고아 몇을 맡아 길렀다. 그리고 그 아이들이 장성해 그의 품을 떠난 후에 는 금강산 깊은 계곡에 들어가 명상과 무예수련을 하며 은 거했다.

기영도는 직접 서찰을 적어 금강산에 있는 고영운에게 보냈다. 당연히 금군에 들어와 호위를 맡아달라는 내용이 었다.

그러나 고영운은 기영도의 청을 거부했다.

기영도 역시 끈기가 대단한 사람이었다.

두 차례 더 서찰을 보냈다.

그러나 고영운은 기영도가 보낸 서찰을 무시했다.

잠시 고민하던 기영도가 이혼을 찾았다.

"며칠 말미를 주시옵소서."

"무슨 일이오?"

"금군에 꼭 필요한 인재가 있사온데 애를 먹이는 중이 옵니다."

기영도의 대답에 이혼은 눈을 크게 떴다.

"얼마나 중요한 인재이기에 대장이 직접 가야한다는 말 이오?"

"전하께서 일전에 말씀하신 새 금군에 적합한 인물이옵
니다."

"흐음."

신음을 속으로 삼킨 이혼은 고개를 끄덕였다.

"좋소. 말미를 넉넉히 줄 터이니 한번 데려와 보시오."

"황송하옵니다."

이혼은 덤으로 옥새가 찍은 친서를 기영도에게 주었다.

다음 날, 기영도는 금군 몇을 대동해 금강산으로 출발했
다. 기영도가 없는 동안에는 금군부대장 세 명이 돌아가며
호위를 맡기로 하였다. 다들 뛰어난 금군이니 큰 걱정은
없었다.

금강산 입구에 도착한 기영도는 서찰을 전달한 금군의
안내를 받아 고영운이 은거 중에 있는 봉우리를 찾아 출발
했다.

봉우리는 정말 험준했다.

잠시 딴 짓을 하면 천장절벽으로 떨어지기 십상이었다.

그리고 잠시 경계를 풀면 호랑이나, 곰, 늑대, 이리가 다
가왔다.

워낙 험준한 곳인지라, 야생짐승들이 인간을 두려워하
지 않았다. 아니, 인간자체를 별로 본 적 없는지 호기심을
드러냈다. 기영도는 갖은 고생을 다 한 끝에 가까스로 고
영운이 은거해 있다는 험준한 봉우리 정상 위에 도착할 수

있었다.

안내하던 금군이 봉우리 정상에 있는 바위 사이를 가리켰다.

그 금군은 고영운에게 서찰을 전달하기 위해 특별히 골라 보낸 자인데 금강산 일대서 3대째 약초꾼을 하던 집안 출신인지라, 주변 지형에 훤할뿐더러, 몸이 다람쥐처럼 날랬다.

"저 바위 사이입니다."

금군의 말에 기영도는 이마의 땀을 닦으며 바위 사이를 보았다.

과연 바위 사이에 집이 하나 있었다.

아니, 집이라기보다는 강가에 세워둔 정자에 더 가까워 보였다.

지붕은 바위를 이용했는데 그 바위 밑에 나무로 바닥을 깔았다. 그리고 바닥의 나무와 지붕의 바위를 기둥으로 이었다. 다행히 집에 사람이 있는지 희끗한 그림자가 살짝 보였다.

기영도는 걸음을 빨리해 걸어갔다.

정자 앞에 도착한 기영도는 흠칫했다.

흰 옷을 입은 중년사내 하나가 가부좌를 한 채 앉아 있었다.

기영도가 흠칫한 이유는 중년사내의 차림새였다.

이런 험지에서 수년을 혼자 수도한 사람이라면 당연히 추레한 행색일 거라 짐작했다. 옷이 더럽거나, 아니면 수염이나 머리카락이 지저분할 거라 짐작했다. 한데 중년사내는 상투를 튼 정갈한 모습으로 눈을 감은 채 가부좌 중이었다.

잠은 자는 것은 아니었다.

그리고 그들이 온 것을 모르지도 않았다.

아니, 무시 중이었다.

기영도는 쓴 웃음을 지었다.

금군대장은 정 3품으로 편전회의에 참석하는 당상관이었다.

한데 상대는 저잣거리의 어느 왈짜를 대하는 듯했다.

기영도의 굵은 눈썹이 뱀이 기어가듯 한 차례 꿈틀했다.

창!

허리에 찬 보도를 단숨에 뽑은 기영도는 그대로 상대의 목을 향해 베어갔다. 칼솜씨가 전군 최고라던 기영도였다. 그런 기영도가 원숙해질 대로 원숙해진 솜씨를 발휘해 칼을 휘두르니 전광석화가 따로 없다. 그러나 상대 역시 빨랐다.

상대의 선장이 기영도의 칼을 정확히 막아냈다.

캉!

쇠로 만들었는지 칼과 선장이 부딪치는 순간, 불똥이 튀었다.

지켜보던 금군 네 명은 깜짝 놀라 자신의 무기에 손바닥을 올렸다. 한데 오히려 일합을 겨룬 두 사람은 언제 그랬냐는 듯 평온한 표정으로 상대를 응시하는 중이었다. 기영도가 뽑아 휘둘렀던 보도는 어느새 칼집에 들어가 있었다. 그리고 상대가 휘둘렀던 선장 역시 옆에 얌전히 놓여있었다.

　기영도가 고개를 끄덕였다.

　"과연 허명은 아니었구려."

　상대가 담담한 음성으로 대꾸했다.

　"인사가 과하시오."

　"얼마나 대단한 인사이기에 그러는지 한번 시험을 해보았소."

　선장으로 기영도의 기습을 막아낸 이가 바로 고영운이었다.

　기영도는 당연히 진심으로 그를 벨 생각이 아니었다.

　그래서 힘이나, 속도 모두 전력이 아니었는데 고영운은 앉은 자세로, 그것도 아주 무거운 선장을 휘둘러 칼을 막았다.

　무거운 무기로 가벼운 무기를 막는 것은 생각보다 어려웠다.

　한데 고영운은 마치 젓가락을 휘두르듯 가볍게 휘둘러 막았다.

고영운은 기영도에게 자리를 권했다.

그리고 꽃잎을 말려 만든 차를 대접했다.

기영도는 고영운의 대접이 정성스러운 것을 보며 감탄했다.

기영도가 온 이유는 뻔했다.

그를 금군으로 불러들이기 위해서였다.

그렇다면 조용히 지내길 원하는 고영운 입장에서는 그리 반가운 사람이 아닐 터인데 대접하는 모습에선 그런 느낌을 전혀 받을 수 없었다. 마치 귀한 손님을 대접하는 듯했다.

마음수양이 대단하단 말이었다.

차를 반쯤 마신 기영도가 고개를 끄덕였다.

"독특하군."

"독특하지요."

정자가 있는 산봉우리를 힐끔 본 기영도가 입을 열었다.

"꽤 운치가 있는 곳이오."

고영운은 담담히 대꾸했다.

"깊은 곳일수록 운치가 있는 법이지요."

"그 말이 맞는 것 같소. 오래 있으면 좀이 쑤실 것 같긴 하지만 나도 몇 달 정도는 이런 곳에서 마음공부를 해보고 싶소."

기영도의 말에 고영운은 담백한 미소를 지었다.

"하십시오. 굴레란 벗어던지기 위해 있는 것이지요."

기영도는 씁쓸한 얼굴로 고개를 들었다.

"나에게 그런 복은 없는 듯하오. 나는 주상전하를 위해 이미 목숨을 바치기로 작정했소. 내가 선택한 굴레라고나 할까."

고영운은 조용히 기영도의 말을 들어주었다.

한참 후에 기영도가 먼저 말을 꺼냈다.

"나를 도와주시오. 아니, 주상전하를 도와주시오."

기영도의 말에 고영운은 천천히 고개를 저었다.

"이미 속세와 연을 끊기로 한 몸입니다. 그 말은 듣지 못한 것으로 하지요. 시원한 냉수가 있으니 마시고 돌아가십시오. 산을 내려가는 동안, 갈증을 어느 정돈 풀어줄 것입니다."

축객령이었다.

그러나 기영도는 거부했다.

아니, 거부할 수밖에 없었다.

임금에게 말미를 달라하고 온 길 아닌가.

빈손으로 돌아갈 순 없었다.

기영도의 얼굴이 차갑게 굳었다.

마치 이곳에만 이른 겨울이 찾아온 듯 서리가 풀풀 날렸다.

"알겠지만 나는 공식적으로 온 거요."

"표정을 보니 그러신 듯하군요."

"그대가 정 가지 않겠다면 억지로라도 데려가는 수밖에 없소."

기영도의 도발적인 말에 고영운은 처음으로 표정이 바뀌었다.

"억지로 라는 게 무슨 뜻인지요?"

"말 그대로요. 강제로 데려가는 수밖에 없소."

고영운의 시선이 기영도 뒤에 서있는 금군 네 명을 보았다.

네 명 다 무장을 완전히 갖춘 상태였다.

멜빵끈으로 묶은 용아를 등에 비스듬히 걸친 다음, 허리에는 환도를 착용했다. 그리고 엉덩이 쪽에는 단도가 걸려 있었다.

고영운이 미소 지었다.

"그리 호락호락하진 않을 겁니다."

기영도는 고영운의 말뜻을 바로 이해해했다.

그 즉시, 몸을 돌려 금군 중 상급자에게 명했다.

"너희들은 나가 있어라. 그리고 내 명이 있기 전에는 절대로 들어와선 안 된다. 군령이다. 어기면 항명죄로 다스리겠다."

잠시 고민하던 금군 네 명은 몸을 돌려 봉우리를 내려갔다.

고영운이 내려가는 금군의 뒷모습을 힐끗 보았다.

"혼자선 벅차지 않겠습니까?"

"내 성격이 좀 개차반이긴 하지만 비겁하지는 않소."

싸늘히 내뱉은 기영도는 좀 전에 휘두른 보도를 다시 뽑았다.

그리고 정자 앞에 있는 마당으로 걸어갔다.

풀 한 포기 없이 깨끗한 게 자웅을 겨뤄보기 적당한 곳이었다.

무슨 생각을 하는지 잠시 말이 없던 고영운은 옆에 놓인 선장을 집어 들었다. 그리고 마당으로 성큼 걸어 내려왔다.

기영도가 보도를 허공에 한 번 휘둘러보았다.

씽하는 파공음이 귓전을 때렸다.

"이 칼은 전하께서 하사하신 보도요."

"알고 있습니다."

"그래도 그 선장으로 상대할 생각이오?"

"무기는 중요한 게 아니지요."

고영운의 말에 기영도는 무거운 표정으로 고개를 끄덕였다.

"동감하는 바요. 무기가 중요한 게 아니지."

칼집을 옆으로 던진 기영도는 칼을 두 손으로 잡았다.

이혼이 하사한 보도는 환도보다 길었다. 그리고 왜도보

다 조금 두꺼웠으며 거의 검에 가까울 만큼 칼날이 직선이었다.

고영운을 쏘아보던 기영도는 칼을 중단으로 올렸다.

반면, 편안한 자세를 취하던 고영운은 선장의 손잡이를 살짝 말아 쥐었다. 그리고 조금 앞으로 내밀어 하단을 가리켰다.

그 순간, 먹구름이 잔뜩 끼어있던 하늘이 기어코 비를 뿌렸다.

찻잔 종지만한 빗방울이 두 사람의 머리와 어깨, 그리고 무기를 때렸다. 앞마당에 있던 흙먼지가 사방으로 피어올랐다. 그리고 대낮임에도 주위가 어둑하게 변해 시야를 가렸다.

그러나 두 사람 다 그 자세에서 꼼짝하지 않았다.

그대로 두면 영원히 움직이지 않을 것 같았다.

그때였다.

시커먼 구름 속에 빛 한 줄기가 번쩍했다.

그리고 그와 동시에 기영도의 칼이 먼저 움직였다.

고영운의 선장은 선공을 취하기에 부담이 많은 무기였다. 그 말은 기영도가 움직이기 전에는 고영운이 절대 움직이지 않을 거라는 말이었다. 선공의 몫은 기영도에게 있었다.

기영도의 칼이 고영운의 가슴을 날카롭게 찔러갔다.

칼날에 부딪친 빗방울이 사방으로 뻗쳤다.

카앙!

처음 부딪쳤을 때보다 더 큰 소음이 나며 두 무기가 원래 주인에게 돌아갔다. 그리고 그와 동시에 천둥소리가 들렸다.

천둥소리가 호각역할을 한 듯 두 사람은 서로 붙었다가 떨어지기를 반복했다. 기영도는 칼을 쉴 새 없이 휘둘렀다. 조금이라도 늦췄다간 고영운의 선장에 발목이 잡힐 게 분명했다.

고영운은 정중동의 자세를 취했다.

조용히 기다리며 기회가 오길 기다렸다.

순식간에 수십 합이 오갔다.

어느 정도 경지에 오른 사람들이라 그런지 신중했다.

과한 공격과 과한 회피는 금물이었다.

과한 공격은 빈틈이 드러나기 마련이었다.

그리고 과한 회피는 상대의 기세를 살려줄 수 있었다.

공격과 회피를 적당히 섞어가며 빗속 혈투를 벌였다.

한편, 그 모습을 멀리서 지켜보던 금군은 손에 땀을 쥐었다.

천둥소리에 가려 잘 들리지는 않았지만 무기 부딪치는 소리와 기합소리가 간간히 들렸다. 그리고 억수같이 쏟아지는 비속에서 현란하게 움직이는 두 개의 인영(人影)이 보였다.

승부는 한 순간에 끝났다.

캉!

지금까지 들었던 것보다 훨씬 큰 소리가 나더니 기영도가 주춤하며 물러섰다. 지켜보던 금군은 당황할 수밖에 없었다.

비틀비틀하는 게 마치 술에 취한 사람처럼 보였다.

어디를 다친 모양이었다.

그때였다.

반대쪽에 있던 고영운의 팔에서 피가 흘러내렸다.

그리고 그 피는 빗물과 섞여 마당으로 흘러갔다.

무기로 사용하던 선장은 바닥에 떨어져있었다.

금군은 빗속을 미친 듯이 달려 현장에 도착했다.

그들이 현장에 도착했을 때 오히려 피를 흘리는 고영운이 비틀거리는 기영도를 부축했다. 기영도는 균형을 다시 잡았다.

빗소리가 거세 잘 들리지는 않았지만 고영운이 무슨 말인가를 하였다. 그 말을 들은 기영도는 안심한 표정을 지었다.

그제야 금군은 기영도가 이겼다는 것을 직감했다.

금군이 고영운 대신 기영도의 어깨를 부축해주며 축하했다.

"정말 대단한 승리였습니다!"

기영도가 씁쓸한 표정을 지었다.

"아니다. 오히려 운이 좋았지. 아니 상대의 자비심에 기댔다고 할까. 너희들은 저분의 상처를 먼저 살펴드리도록 해라."

그 말에 금군은 고영운에게 달려가 상처를 살폈다.

다행히 큰 상처는 아니었다.

팔을 움직이는데 문제가 없었다.

승부는 기영도의 말 대로였다.

환속했을 뿐, 고영운은 여전히 불심이 깊은 사내였다.

그리고 상대하는 기영도는 적이 아니라, 같은 동포였다.

더욱이 임금이 보낸 사자였다.

그런 기영도에게 고영운은 독수를 절대 쓰지 못했다.

기영도는 그 점을 십분 활용해 맹렬한 독수를 사용했다.

반면, 고영운은 기영도를 다치게 하지 않으려 노력했다.

그런 마음의 차이가 결국 승패를 갈랐다.

어쨌든 고영운은 기영도의 뜻을 따르기로 결정했다.

작전계획 회풍(回風)의 주춧돌 중 하나를 찾은 것이다.

6장. 작비(作計) 선풍(旋風)

6장. 작계(作計) 선풍(旋風)

작전계획 회풍의 주요 골자는 국내에 반란이 일어났을 경우, 각자 취해야하는 행동요령에 가까웠다. 일단 가장 큰 골자는 바람을 피한다는 작전계획의 이름대로 반란군을 피해 도망치며 최대한 시간을 끄는 거였다. 그리고 그 사이, 조정, 혹은 이혼이 회군하여 반란군을 진압하는 게 그 골자였다.

반란군의 첫 번째 목표는 왕실일 가능성이 아주 높았다.

중전과 세자, 그리 정을 인질로 잡아 이혼을 협박하는 것이다.

아니면 대비를 협박해 이혼을 강제로 폐위시킨 다음, 방계 쪽 혈통을 새 임금에 앉힐 가능성 또한 간과하기 어려웠다.

이혼은 가족을 지키기 위해 금군 안의 금군에 해당하는 속군(速軍)을 은밀히 창설했다. 당연히 속군 대장에는 기영도가 금강산까지 찾아가 회유하는데 성공한 고영운을 임명했다.

속군은 금군 대장의 지휘를 받지만 금군과는 따로 움직였다. 금군이 같이 움직일 경우, 속군이 노출당할 위험이 있었다.

속군은 그야말로 편제에 없는 비밀부대인 셈이었다.

이혼은 속군 대장 고영운을 은밀히 불렀다.

고영운의 복장은 금강산을 내려올 때와 거의 비슷했다.

소매가 닳은 회색 저고리에, 헤진 짚신을 신고 대나무 삿갓을 쓴 모습은 영락없는 방랑자였다. 다만, 선장이 있던 자리에 대나무로 만든 몽둥이가 있다는 게 전과 다른 점이었다.

삿갓을 벗어 옆에 조용히 내려놓은 고영운은 먼저 절을 올렸다.

"소인 고영운이라하옵니다."

"앉으시오."

"황송하오나이다."

고영운은 앞에 놓인 방석 위에 앉아 무릎을 꿇었다.

이혼은 고영운의 찻잔에 막 우려낸 찻물을 따라주며 물었다.

"그래, 속군의 편제는 마쳤소?"

"예, 전하. 소인을 포함해 모두 일곱이옵나이다."

"그들의 배경은 모두 확실하오?"

"예, 전하. 주상전하께서 우려할 만한 이는 없을 것이옵니다."

"다행이군. 차가 식겠소. 어서 드시오."

고영운은 찻잔을 들어 한 모금 마셨다.

진한 차향이 입 안에 감돌다가 코로 다시 빠져나왔다.

"좋은 차이옵니다."

"그렇소? 입에 맞다니 다행이군."

말없이 차향을 음미하던 이혼은 찻잔을 내려놓았다.

"그대는 과인이 속군을 만든 이유를 아시오?"

"금군 대장에게 얼추 들었사옵니다."

"만약, 반란이 일어난다면 속군은 대비마마와 중전, 세자, 그리고 문원대군 네 명을 제물포 남쪽에 항시 대기 중인 배에 태워 제주에 있는 근위사단 부대에 데려가야 할 것이오."

잠시 생각하던 고영운이 물었다.

"제주에는 믿을 만한 부대가 있사옵니까?"

이혼은 엷은 미소를 지었다.

"제주에 무사히 도착한다면 더 이상 걱정할 필요 없을 것이오."

"알겠사옵니다."

이혼은 목소리를 낮춰 당부했다.

"그리고 이 일은 누구에게도 발설해선 안 되오. 속군에 있는 그대의 부하들 역시 몰라야하오. 비밀은 아는 사람이 적을수록 좋소. 여기에 과인의 명운이 걸려있다고 생각해주시오."

"명심하겠사옵니다."

고영운을 내보낸 이혼은 병조판서 정구를 불렀다.

"도원수에게 말해 지금 즉시 항해연대장 웅태를 불러주시오."

"예, 전하."

정탁은 도원수 권율을 만나 이혼의 명을 전했다.

그리고 권율은 다시 항왜연대장 웅태에게 이혼의 명을 전했다.

이혼이 바로 웅태를 부를 수 있었지만 이는 체계였다. 체계를 무시하면 급박한 상황이 생겼을 때 혼선이 올 수 있었다.

항왜연대 주둔지는 도성 외곽에 있었다.

웅태는 오래지 않아 강녕전을 찾았다.

"옥체강녕하신 모습을 뵈오니 기쁘기 짝이 없사옵니다."

웅태 역시 이제는 조선에 정착한지 10년이 훌쩍 넘었다.

그래서 말투나, 예법을 보면 이미 반 조선인이나 다름없었다.

"오랜만에 보는 것 같소."

이혼의 말에 웅태가 고개를 끄덕였다.

"작년 근위사단 사열식 이후 처음인 것 같사옵니다."

"과인의 생각도 그런 것 같군. 그래, 요즘은 어떻게들 지내오?"

"밤낮 가리지 않고 훈련에 매진하는 중이옵니다."

이혼은 잠시 말을 멈췄다가 다시 물었다.

"내년 봄에 과인이 왜국을 친정한다는 말을 들었소?"

"예, 전하. 저희 항왜연대는 그때를 학수고대하는 중이옵니다. 허락만 해주신다면 선봉으로 왜국 땅을 밟고 싶사옵니다."

이혼은 고개를 저었다.

"항왜연대는 공격부대에 참가하지 않을 것이오."

이혼의 말에 웅태는 적잖이 충격을 받은 모양이었다.

"항왜연대의 배신을 우려하시는 것이옵니까?"

이혼은 단호한 얼굴로 재차 고개를 저었다.

"아니오. 그보다는 항왜연대를 더 중요한 곳에 쓰기 위함이요."

"공격보다 더 중요한 게 어디 있겠사옵니까?"

이혼은 세 번째로 고개를 저었다.

"있소. 과인이 설령 정벌에 성공했다한들 돌아갈 곳이 없어지면 무슨 소용 있겠소. 그래서 항왜연대는 과인이 자리를 비운 동안, 조선을 안전하게 지켜줘야 하오. 다른 부대도 많지만 그들은 완전히 신뢰하기 어려운 형편이오. 그리고 항왜연대가 누구보다 강하기에 이런 명을 내리는 것이오."

잠시 고민하던 웅태는 결국 이혼의 명을 따르기로 결정했다.

임금의 결정인데 그가 할 수 있는 얼마나 있겠는가.

"소인이 해야 하는 일을 알려주시옵소서."

"항왜연대는 제주도로 내려가시오. 그리고 제주에 가서 전함사의 선거와 군기시의 공방을 방어하도록 하시오. 그리고 만약, 본토에서 반란이 일어날 경우, 제주를 사수해 주시오."

"알겠사옵니다."

그러나 대답하는 웅태의 얼굴에는 실망감이 잠시 떠올랐다.

이는 수비보다 공격을 더 잘하는 항왜연대에게 집 지키는 개 역할을 맡긴 셈이었다. 웅태는 아쉬움을 감출 길이 없었다.

웅태의 심정을 모를 리 없는 이혼은 은밀히 말했다.

"본토에 반란이 일어나면 금군에 있는 비밀부대가 과인

의 가족과 대비마마를 제주도에 데려갈 것이오. 항왜연대의 임무는 과인의 가족과 제주를 반란군에게서 지키는 것이오."

이혼의 말에 웅태의 눈이 화등잔 만하게 커졌다.

"벌써 그런 준비까지 해두셨다는 말이옵니까?"

"반란은 과인의 기우가 아니오. 분명, 일어날 것이오. 그러니 항왜연대를 남겨 뒤를 굳히려는 것이오. 무슨 말인지 알겠소?"

웅태는 그제야 이혼의 의도를 알아챘다.

그에게 맡겨진 임무는 집 지키는 개가 아니었다.

말 그대로 이혼이 등 뒤에 숨겨둔 비장의 한 수였다.

등이 빈 줄 알고 찌르려했다간 큰 코 다치는 것이다.

자신의 임무에 만족한 웅태는 기뻐하며 돌아갔다.

항왜연대는 아직도 소총훈련보다 백병전 훈련을 많이 했다.

그 말은 전투가 백병전으로 흐를 만큼 밀려도 절대 후퇴하지 않는다는 말과 같았다. 이혼으로선 정말 비장의 한 수였다.

웅태는 바로 주둔지에 돌아가 남쪽으로 떠날 채비를 하였다. 그로부터 열흘 후 더 추워지기 전에 도착할 생각으로 서둘러 주둔지를 출발한 항왜연대는 남해로 행군을 거듭했다.

한데 그 행군은 마치 적진에 들어와 하는 행군처럼 보였다.

낮에 휴식을 취하던 항왜연대는 어스름이 찾아오면 은밀히 기동해 남쪽으로 이동했다. 그렇게 보름여를 한 항왜연대는 남해에 있는 국정원 기지에 잠시 머물렀다가 배에 올라 제주도에 잠입했다. 항왜연대가 제주도에 있다는 사실을 아는 사람은 그리 많지 않았다. 그 만큼 은밀한 기동이었다.

항왜연대가 제주도에 도착했을 무렵.

이혼은 삼도수군통제영에 연락해 이완을 도성으로 불러 올렸다.

이완은 통제사 이순신의 조카로, 정유재란 때는 통제영 함대의 돌격함대 함대장을 맡아 혁혁한 전공을 세웠다. 그 후 통제영 함대가 신형 전선, 즉 호선으로 주력을 전환하며 거북선으로 이뤄진 돌격함대는 다른 함대 소속으로 바뀌었다.

그러나 이완은 다른 함대로 가지 않았다. 통제영에 남아 숙부임과 동시에 통제사인 이순신의 업무를 보좌했던 것이다. 그러던 중 이혼의 급한 부름을 받은 이완은 밤낮없이 달려 도성에 도착했다. 그리고 그 날 저녁 바로 강녕전을 찾았다.

이혼은 피곤해 보이는 이완에게 물었다.

"곧장 올라오는 길이오?"

"예, 전하. 통제사대감이 서두르는 게 좋다하여 서둘렀사옵니다."

"역시 과인의 마음을 진정으로 알아주는 건 통제사밖에 없군."

이혼은 일전에 도성을 방문한 이순신과 작전계획 회풍에 대해 여러 가지 이야기를 나누었다. 그리고 그 중 하나가 지금 이혼 앞에 있는 이완이었다. 이완은 이순신의 조카였다.

말 그대로 절대 배신하지 않을 사람이었다.

당시 이순신은 지금 맡길 임무에 조카 이완을 적극 천거했다.

당연히 이혼은 그 천거를 받아들였다.

"임지로 갈 체력이 남아 있소?"

"여부가 있겠사옵니까."

"좋소. 그럼 바로 남해에 내려가 함대를 인도받으시오. 서른 척의 판옥선과 다섯 척의 거북선이 장군을 기다리는 중일 거요. 장군은 그 함대에 함께 제주에 들어가 해역을 통제하시오. 그리고 과인이 왜국으로 출정한 후에 만약 과인의 허락을 받지 않은 채 제주에 들어오려는 자들이 있다면 그게 누구든 격침시키시오. 알겠소? 그게 누구든지 말이오."

이혼은 인장이 찍힌 교지를 적어 이완에게 건넸다.

교지를 품에 갈무리한 이완은 일어나 절을 올렸다.

"그럼 소장은 이만 물러가도록 하겠사옵니다."

"과인이 없는 동안 조선을 잘 지켜주시오."

"신명(身命)을 바치는 한이 있더라도 반드시 완수하겠사옵니다."

강녕전을 나온 이완은 그 날 밤 바로 남해를 향해 출발했다.

그리고 얼마 후 남해에 도착해 통제사 이순신이 노후 판옥선이나, 수리가 필요한 판옥선을 편제서 빼내는 방법으로 각출한 서른 척의 판옥선과 다섯 척의 거북선을 인수했다.

배는 있지만 운용할 수군이 부족했다.

이완은 은퇴한 수군에게 다시 소집명령을 내렸다.

임진왜란과 정유재란에 참전한 노련한 수군병력은 대부분 이순신과 이완에게 은혜를 입은지라, 그의 호출에 응답했다.

국정원기지가 있는 남해 인근 바다서 손발을 맞춘 제주함대는 그 날로 제주를 향해 출발해 며칠 후 모항에 들어갔다.

바다는 이완의 제주함대가, 육지는 웅태의 항왜연대가 지키는 완벽한 방어체계를 구축한 이혼은 이제 조정처리에 나섰다.

사실, 작전계획 회풍의 가장 큰 문제는 조정이었다.

반란이 일어난다면 조정은 어디로 피해야할까?

반란군과 가장 먼 지역으로 피하는 게 좋을까?

아니면, 차라리 도성에 남아 백성의 동요를 줄여야하는
걸까?

이혼의 생각에는 일단 피하는 게 우선으로 보였다.

일단 피한 다음에 조정을 재가동해 반란에 대처하는 것
이다.

생각을 굳힌 이혼은 조내관을 불렀다.

"출타할 것이니 수행할 사람을 간소하게 추리시오."

"예, 전하."

조내관은 기영도를 불러 임금의 출타를 준비했다.

수행할 인원은 조내관, 기영도 두 명 외에 금군 서넛이
다였다.

경복궁 정문인 광화문이 아니라, 서문인 영추문으로 몰
래 빠져나온 일행은 북촌으로 말을 몰았다. 북촌 중간쯤에
이르러 말을 멈춘 이혼은 조내관을 보내 대문을 두드리게
하였다.

조용하던 행랑채에 불이 하나 들어왔다.

그리고 뒤이어 삐걱거리는 소리가 들리더니 문이 빼꼼
열렸다.

얼굴을 찡그린 중년 사내 하나가 손등으로 졸린 눈을 비벼가며 문을 두드린 상대를 쓱 훑어보았다. 문 앞에 도포를 입은 노인이 서있었는데 얼굴에 수염이 전혀 보이지 않았다.

중년 사내가 집사 일을 시작한지 벌써 20년이었다.

척하면 척이다.

"대, 대궐에서 오셨습니까?"

집사의 물음에 조내관은 고개를 끄덕이며 속삭였다.

"주상전하께서 오셨으니 어서 나와 맞이하라 하게."

그 말에 화들짝 놀란 집사는 부리나케 안으로 달려 들어갔다.

행랑채 다음으로 불이 켜진 전각은 사랑채였다. 그리고 사랑채 다음에는 큰 사랑채, 큰 사랑채 다음에는 안채, 큰 안채, 별당채 등 집에 있는 모든 전각에 불이 켜지기 시작했다.

끼이익!

문이 활짝 열리며 사람들이 등잔을 든 채 우르르 몰려나왔다.

맨 앞에 있는 사람은 당연히 집의 주인 영의정 유성룡이었다.

유성룡은 급히 절을 올렸다.

"누추한 집에는 어인 일이시옵니까?"

"내 좋은 바둑판을 하나 구했는데 영상이 바로 생각나지 뭐요."

"어서 안으로 드시옵소서."

유성룡은 식솔에게 큰 사랑채를 깨끗이 치우게 했다.

그리고 주안상을 봐오게 한 후 이혼을 큰 사랑채에 데려갔다.

상석에 앉은 이혼은 조내관에게 바둑판과 돌을 가져오라 명했다. 조선 최고의 석수와 목수가 협력해 만든 보물이었다.

이혼은 백을, 유성룡은 흑을 집었다.

이혼은 바둑학원을 몇 년 다닌 적 있는 반면, 유성룡은 조선에서 알아주는 바둑계의 실력자였다. 두 사람은 전에 몇 차례 바둑을 같이 둬본 적 있었는데 놀랍게도 승자는 이혼이었다. 이혼은 20세기에 발전한 신포석을 주로 사용하는지라, 유성룡이 아무리 잘 두어도 상대하기가 아주 어려웠다.

이를 테면 기관총으로 잘 드는 칼을 상대하는 셈이랄까.

기재(棋才)가 아니라, 수중에 있는 무기가 중요한 법이었다.

오늘 역시 마찬가지였다.

유성룡의 흑은 이혼이 쥔 백의 타개를 막지 못했다.

그리고 유성룡의 흑은 이혼이 쥔 백의 실리를 깨지 못했다.

바둑이 종국으로 흐를 무렵.

이혼이 물었다.

"바둑은 따로 한 집씩, 총 두 집이 나야 그 돌이 살 수 있
소."

"그렇사옵니다."

"한 집만 나선 결국 포위당해 죽는 게지."

유성룡은 다음 수를 고민하며 대충 맞장구를 쳐주었다.

"맞사옵니다."

한데 이혼이 갑자기 거의 끝나가던 바둑판의 돌을 모두
치웠다.

그리곤 깨끗해진 바둑판에 돌을 새로 놓기 시작했다.

한 집씩 따로 떨어져있는 백의 두 집.

흑으로 백의 집을 아무리 감싸도 백의 두 집은 죽지 않
았다.

이혼은 손가락으로 백의 집 하나를 가리켰다.

"이게 조선이오."

이혼은 다시 손가락으로 그 옆에 있는 백의 집을 가리켰
다.

"이건 왜국을 공격하는 과인의 군대요."

이혼은 다시 손가락으로 조선에 해당하는 백의 집을 없
애버렸다. 그런 후, 흑으로 한집만 남은 백의 집을 싸기 시
작했다.

백의 집을 완전히 감싼 이혼은 백의 집에 흑돌을 넣어

백돌 전체를 잡았다. 백돌은 그렇게 집을 잃었다. 멸망한 것이다.

이혼이 바둑으로 유성룡에게 보여주려 한 의미는 조선을 지키는 일과 왜국을 정벌하는 일 사이에 있는 인과관계였다.

설령, 왜국을 정벌하는데 성공할지라도 조선에 반란이 일어나 돌아갈 곳이 없어지면 정벌에 성공한 게 아무 소용없었다.

유성룡은 바둑과 처세, 그리고 정치의 달인이었다.

이혼이 의미하는 바를 모를 리 없었다.

그 즉시, 고개를 들어 물었다.

"내부의 반란을 우려하시는 것이옵니까?"

이혼은 고개를 저었다.

"반란은 일어날 것이오. 이는 내일 아침 해가 동쪽서 뜨는 것과 마찬가지요. 국정원장, 병조판서, 도원수, 통제사 모두 과인과 같은 의견이오. 과인이 없으면 반란이 일어날 것이오."

유성룡은 돌을 돌 통에 정리하며 대꾸했다.

"전하께서 친정하지 않으시면 반란은 없을 것이옵니다."

이혼은 다시 고개를 저었다.

"과인은 친정할 것이오. 그건 바뀌지 않소."

"하오면 반란이 일어나도록 놔두실 생각이옵니까?"

"막는 데까진 막을 것이오. 그러나 막지 못하는 경우에 대비해 그에 대한 대책을 세워야하오. 그래야 안심할 수 있소."

이혼은 유성룡에게 작전계획 회풍에 대해 털어놓았다.

다 들은 유성룡은 한숨을 쉬었다.

"위험한 도박이옵니다."

"알고 있소. 그러나 성공하면 천지가 개벽할 것이오."

유성룡은 이혼이 뜻을 철회하지 않을 것임을 알았다.

이혼을 모신지 이미 여러 해가 지난지라, 그에 대해 잘 알았다.

한 번 결정하면 되돌리는 법이 없다.

유성룡은 하는 수 없이 고개를 끄덕였다.

"명하신대로 조정의 피난 계획을 세워놓겠사옵니다."

"고맙소. 그럼 그 일은 영의정에게 일임하리다."

가져온 바둑판과 바둑돌을 유성룡의 큰 사랑채에 그대로 놓아둔 이혼은 다시 말에 올라 경복궁 강녕전으로 돌아갔다.

다음 날, 의정부에 등청한 유성룡은 의정부 실무진을 불렀다.

이혼이 즉위한 후 의정부는 일종의 기획실과 같은 역할을 했다. 이혼이 표방한 정책의 밑그림을 그린 다음, 실무를 담당하는 육조와 상의해 실시하는 것이 의정부의 업무였다.

유성룡은 현명한 사람이었다. 이혼의 말을 실무진에게 그대로 옮길 경우, 조정에 있는 관원들이 동요할 게 분명했다.

그래서 유성룡은 진짜 의도를 감추었다.

"임진왜란이 일어났을 때 왜군의 생각보다 빠른 진격에 당황한 왕실과 조정이 제대로 대처하지 못하는 바람에 엄청난 피해를 입었소. 또, 석년에 일어난 이몽학의 난과 유윤중의 난 때 조정이 제대로 작동하지 않아 피해를 수습하는데 어려움을 겪은 적이 있소. 그럴 일은 없겠지만 어쨌든 같은 실수를 반복하지 않으려면 미리 준비해둘 필요가 있소."

유성룡은 의정부 실무진에게 난이 일어날 것에 대비해 비상계획을 세우라는 지시를 내렸다. 의정부 실무진은 바로 연구에 들어갔다. 육조, 특히 병조와 상의한 결과, 오래지 않아 대책 하나가 세워졌는데 큰 골자는 생각보다 간단했다.

반란군이 남쪽에서 도성을 친다면 평양, 의주 등 북쪽으로 피난 가 조정을 재정비한 다음, 반란군을 막는 계획이었다.

반대로 반란군이 북쪽에서 공격해온다면 청주, 대구 등으로 피난 가 조정을 재정비한 다음, 반란군을 막는 계획이었다.

의정부는 이 골자를 기초삼아 가지에 살을 붙이기 시작했다.

정부조직은 상당히 복잡한 형태로 이루어져있었다.

의정부 삼정승과 육조 판서가 도망치는 게 피난이 아니었다.

관청 전체가 피난가야 정부조직의 가동이 가능했다.

그렇다고 조정에 있는 관청 전체가 도망치는 건 비효율이었다.

조정을 통째로 옮기다가는 반란군에게 따라잡혀 도망치기 전에 잡힐 가능성이 농후했다. 그래서 필요한 관청을 추리는 게 중요했다. 그리고 추린 다음에는 이동수단과 경로 등을 정해야했다. 또, 관원 개개인에게 집결지와 피난 시 임무 등을 정해 알려줘야 했다. 상당히 복잡한 일이기에 의정부 관원은 몇 달 동안 밤을 새워가며 이 일에 매달렸다.

유성룡은 또 병조와 상의해 봉수군을 확대 편성했다. 반란군이 어디서 어느 속도로 올라오는지 알아야 대처가 가능했다.

마지막은 역시 병조였다.

사실 반란군을 막는 임무는 병조 소관이었다.

군권을 소유했으니 반란군 역시 그들이 막아야하는 것이다.

병조는 반란군, 혹은 외적이 다시 쳐들어올 경우에 대비해 상세한 작전을 세웠다. 그리고 작전을 각 사단에 통보했다.

임진왜란을 통해 국지전은 몰라도 전면전의 경우에는 제승방략(制勝方略)이 전혀 통하지 않는다는 사실이 밝혀진지라, 각 사단은 저항 없이 새로운 형태의 전략을 받아들였다.

병조가 대응방법을 세움에 따라 작전계획 회풍은 마무리 지어졌다. 이혼이 세운 작전계획 회풍의 단계는 이러하였다.

1단계. 반란, 또는 외적의 침입이 있을 경우, 포도청, 국정원을 비롯한 관계기관은 속히 반란의 규모와 위치를 파악한다.

2단계. 각 지역에 주둔한 군대는 지역의 치안을 담당하는 포도청과 협력해 반란군, 또는 외적을 방어 또는 격퇴한다.

3단계. 2단계에 실패하여 도성이 위험할 경우, 조정은 후방으로 퇴각하여 재정비를 먼저 시도한 다음, 총공세를 가한다.

4단계. 3단계가 실패할 경우, 전선을 고착시켜 군과 포도청의 재정비를 시도한 다음, 적군을 특정지역에 고립시킨다.

5단계. 병조의 주도하에 육군과 수군이 협동하여 특정 지역에 고립되어 있는 적에게 총공격을 가해 전쟁을 승리로 이끈다.

이 다섯 단계의 작전단계에는 이혼이 은밀히 안배한 왕실 피난작전이나, 제주에 집결한 병력 등이 들어가 있지 않았다.

당연히 그 두 가지는 극비였다.

그리고 최악의 경우를 상정해 만든 대처였기에 정식 작전에 들어가지 않았다. 이혼은 그걸 쓸 일이 없길 바랄 뿐이었다.

이렇게 하여 작전계획 회풍의 준비는 끝났다.

완생(完生)하기 위해 한 집씩 따로 두 집이 나야한다면 이제 한 집은 준비가 끝난 것이다. 이젠 다른 한 집이 문제였다.

바로 왜국 정벌작전이었다.

이혼은 이 작전의 이름을 작전계획 선풍(旋風)으로 명명했다.

선풍의 사전적 의미는 회오리바람, 또는 돌발적으로 일어나 세상을 뒤흔드는 사건을 가리켰다. 이혼은 두 가지 의미를 모두 사용하기 위해 작전계획의 이름을 선풍으로 지었다.

회오리바람처럼 빠르고 날카롭게 쳐들어갔다가 회오리

바람이 사라질 때 그러하듯 순식간에 종적을 감춰버리는 게 작전의 핵심이었다. 그리고 작전이 만약 성공한다면 돌발적으로 일어나 세상을 뒤흔드는 사건으로 남을 게 틀림없었다.

이혼은 겨울 내내 정구, 허균, 권율, 이순신 등과 협의해가며 작전계획 선풍의 뼈대를 세웠다. 그리고 마침내 주요 뼈대를 세운 후에는 안에 세부적인 사항을 채워나가기 시작했다.

정구와 허균, 권율 세 명은 거의 매일 강녕전을 찾았다. 다만, 통제사 이순신은 삼도수군통제영이 있는 한산도에 있어 자주 연락을 못한다는 게 흠이었는데 혹한으로 훈련이 쉽지 않은 정월에는 도성에 올라와 한 달 동안 머무르며 작전에 대해 논의했다. 그 결과, 작전은 곧 실체를 드러냈다.

가장 먼저 원정에 참가할 부대가 정해졌다.

육군 공격부대는 크게 두 부대로 나뉘었는데 먼저 주공부대는 권응수의 근위군(近衛軍)이 맡았다. 근위군은 이번 친정을 위해 근위사단을 확대 재편성한 부대로 5만 명에 달했다.

반면, 조공부대는 김시민의 전라사단 1연대와 2연대가 맡기로 하였다. 김시민은 조선에 있는 지방사단의 사단장 중에 가장 뛰어난 인물로 조공역할을 감당할 능력이 충분했다.

김시민이 비운 사단장 자리는 부사단장 처영이 맡기로 하였다.

육군 다음은 수군이었다.

수군은 통제사 이순신이 직접 지휘하는 통제영 함대가 전면에 설 예정이었다. 그리고 수송선단으로 이루어진 원정군 지원함대는 통제영 우후 배흥립(裵興立)이 맡기로 하였다.

선발부대와 작전 등이 정해진 후 병조판서 정구는 바로 실행에 나섰다. 먼저 이번 원정의 전진기지로 삼은 제주도에 수십만 석의 군량을 실어 날랐다. 그 동안, 무기와 화약, 전선 등을 실어 나른데 이어 군량마저 운반해 준비를 마쳤다.

또, 병력과 물자를 왜국으로 실어 나를 수송선단 구성을 서둘렀다. 수송선단의 구성은 기존에 사용하던 판옥선, 방패선에 조운(漕運)에 사용하던 수백 척의 배를 징발해 끝마쳤다.

전쟁은 사실 보급의 싸움이었다.

병력이 적으면 당연히 이길 확률보다 질 확률이 높았다.

사기가 떨어지면 당연히 이길 확률보다 질 확률이 더 높았다.

지휘관이 오판하면 당연히 이길 확률보다 질 확률이 높았다.

그러나 보급에 실패하면 전쟁을 이긴 역사가 없었다.

임진년에 쳐들어온 왜군이 그 좋은 예였다.

왜군은 도성을 20일 만에 점령했다.

그리고 도망치는 선조를 쫓아 대동강을 넘었으며 평양성을 점령했다. 그러나 의주로 도망치는 선조를 쫓아가지 못했다.

가져온 군령이 떨어짐과 동시에 후속 보급에 실패한 것이다.

왜국은 수로로 전방에 보급할 생각이었으나 이순신의 수군이 그 수로를 차단해버리며 보급에 차질을 빚기 시작했다.

그리고 그때부터 왜군은 꼬이기 시작했다.

이혼은 병조 산하에 군수사(軍需司)를 만들었다.

그리고 임진왜란 때 군량과 무기보급은 물론이거니와 화차 등을 만들어 이혼에게 큰 도움을 주었던 변이중(邊以中)을 군수사 도제조로 임명해 원정군의 보급을 책임지게 하였다.

변이중은 바로 전진기지가 있는 제주에 내려가 군수사를 세웠다. 그리고 군수사에서 군량의 확보에 나섬과 동시에 전함사, 군기시 등과 협의해 무기의 확보에 전력을 기울였다.

1606년 4월.

마침내 원정 준비가 모두 끝났다.

이혼은 바로 원정을 시작하려했으나 일부 대신들이 반대했다.

물론, 나쁜 의미에서 그들이 반대한 건 아니었다.

중전 미향이 오랜만에 셋째를 회임하였기에 반대한 것이다.

임금이 도성을 오랫동안 비워야하는 만큼, 원정에 나가기에 앞서 곧 태어날 셋째의 얼굴이라도 보고가라는 뜻이었다.

그럴 일은 없겠지만 어쩌면 셋째 자식이 딸인지, 아들인지 모른 상태로 눈을 감을 수 있었다. 그리고 셋째는 아버지의 얼굴을 모른 상태로 유복자(遺腹子)의 길을 걸을 수 있었다.

그러나 이혼은 대신들의 만류를 듣지 않았다.

그가 죽을 일이 없을 거라 생각해 듣지 않은 것은 아니었다.

무엇이든 기간이 길어지면 풀어지기 마련이었다.

정보가 새거나, 아니면 기강 자체가 무너지는 것이다.

이혼은 모두가 긴장해있는 지금이야말로 적기라 보았다.

긴장해 좋을 것은 별로 없지만 긴장하지 않으면 제대로 힘을 내기 어려운 때 역시 있었다. 더욱이 지금은 태풍이

나, 장마의 영향을 받지 않았다. 기회를 놓치면 내년을 봐야했다.

이혼은 교태전에 들어가 미향을 만났다.

"몸조리 잘하시오."

미향은 침착한 얼굴로 대답했다.

"걱정하지 마시옵소서. 셋째이니만큼 별 탈 없을 것이옵니다."

"그렇게 생각해주어 고맙소."

이혼은 조금씩 불러오기 시작한 미향의 배를 보았다.

"산달이 언제요?"

"가을일 것이옵니다."

"으음, 그때쯤에는 돌아올 수 있도록 노력해보겠소."

이혼은 미향의 배에 얼굴을 가져갔다.

"빨리 돌아올 터이니 우리 서로 건강한 모습으로 만나자구나."

이혼은 강녕전으로 돌아가기 전 미향을 보며 당부했다.

"혹 과인이 없는 동안 변고가 생기면 일전에 보았던 고영운을 따라 제주로 피하시오. 제주에 도착하면 안전할 것이오."

미향은 걱정시키지 않으려는 듯 억지로 미소를 지었다.

"너무 많이 들어서 이젠 귀에 딱지가 앉겠사옵니다."

미향과 미향의 불러온 배를 번갈아보던 이혼은 애써 발길을 돌렸다. 방금 한말대로 가을에 서로 무사한 모습으로 재회하면 그것보다 좋은 게 없었다. 그러나 왠지 모를 불안감에 강녕전으로 돌아가는 이혼의 발길은 무겁기 짝이 없었다.

이혼이 강녕전에 도착했을 때 세자와 문원대군이 와있었다.

이혼은 세자에게 먼저 당부했다.

"과인이 없는 동안, 대비마마와 중전을 잘 보살펴드려야 한다."

세자는 다부진 얼굴로 고개를 끄덕였다.

"예, 아바마마. 소자가 두 분마마를 잘 보살펴드릴 것이옵니다."

흐뭇한 얼굴로 세자를 보던 이혼이 이번엔 문원대군을 보았다. 문원대군도 이제 제법 나이가 들어 사리분간이 가능했다.

아버지가 어디 먼데로 떠나는데 그게 상당히 위험한 일이라는 것을 궁인에게 들었는지 나름 비장한 얼굴로 앉아 있었다.

"정이는 그 동안 잘 먹고 열심히 공부하도록 해라."

"예, 아바마마."

두 아들을 돌려보낸 이혼은 마지막으로 대비를 찾아 문

안인사를 올렸다. 한동안 보지 못할 것이기에 꽤 오래 머물렀다.

자경전을 나온 이혼은 마지막으로 유성룡을 불렀다.

내일 출정할 때 배웅 나오긴 하겠지만 은밀히 할 말이 있었다.

이혼은 유성룡이 앉기 무섭게 용건을 꺼냈다.

"과인이 없는 동안, 영상이 임금을 대신해주어야 하오."

"동궁마마가 있지 않사옵니까?"

"동궁은 아직 어리오. 이런 상황을 이끌기에는 무리가 있소."

이혼은 유사시에 대비해 왕실가족을 제주로 피난시키는 일에 대해 설명했다. 그 말은 세자와 조정이 따로 떨어진다는 말이었는데 이를 잘 해결하지 못하면 권력이 두 곳으로 나눠져 비효율의 극치를 달릴 위험이 있었다. 그래서 따로 유성룡을 불러 이에 대해 알려주고 미리 대비하게 한 것이다.

유성룡에게 당부한 이혼은 강녕전에 앉아 촛불을 응시했다.

이제 정말 시작이었다.

그가 명을 내림에 따라 수천, 수만의 목숨이 사라질 것이다.

그러나 포기할 수는 없었다.

포기하기에는 너무 멀리 와있는 상태였다.

돌아오지 못할 강을 이미 건너버린 것이다.

흔들리는 촛불에서 시선을 뗀 이혼은 조내관을 불렀다.

"병판이 와 있소?"

"한참 전에 입궐해 기다리는 중이옵니다."

"들어오라 하시오."

"예, 전하."

잠시 후, 병조판서 정구가 들어왔다.

겨울을 나는 사이 부쩍 나이가 든 모습이었다.

그 만큼 이번 계획에 쏟은 심력(心力)이 대단하다는 말이었다.

이혼은 침착한 얼굴로 물었다.

"준비는 어떻소?"

"하명만 해주시옵소서."

"그럼 바로 시작하도록 하시오. 1차 목표는 대마도요."

"예, 전하."

대답한 정구는 바로 병조에 돌아가 도원수 권율을 호출했다.

권율이 급히 들어와 물었다.

"명이 떨어졌습니까?"

"그렇소. 지금부터 우리 조선은 전쟁상태요."

정구의 대답에 권율은 무거운 얼굴로 고개를 끄덕였다.

잠시 후, 도성 육조거리 병조관청 앞에 전령 수십 명이 나타났다. 모인 전령들은 지시를 듣기 무섭게 사방으로 달려갔다.

다음 날 새벽, 이혼은 미향의 도움을 받아 군복을 갖춰 입었다.

전투복과 방탄조끼, 철모를 차례대로 착용했다.

그리고 그 위에 멜빵이 달린 탄띠를 허리에 착용했다.

탄띠에는 물통과 단검, 그리고 개인 화기인 용미를 부착했다.

용미는 이혼이 개발한 권총이었다.

미향은 강녕전 한편에 걸린 보도를 떼어내 두 손으로 건넸다.

고개를 끄덕인 이혼은 보도를 받아 반대쪽 탄띠에 착용했다.

보도와 용미 이 두 가지가 그의 목숨을 보호하는 마지막 보루였다. 금군이 돌파당하면 보도와 용미 두 가지를 사용해 적과 싸우던지, 아니면 스스로 목숨을 끊던지 해야 했다.

강녕전 섬돌로 내려온 이혼은 미향이 신겨주는 군화를 신었다.

두꺼운 가죽으로 밑창을 만든 군화였다.

모든 준비를 갖춘 이혼은 조내관이 가져온 군마 위에 올랐다. 그리고 배웅 나온 사람들을 지나 광화문으로 말을 몰았다.

광화문 앞에는 기영도가 지휘하는 금군을 중심으로 유성룡, 이산해, 정철 등의 삼정승과 육조 판서들이 나와 있었다.

이혼은 한사람씩 시선을 맞추며 그가 없는 동안, 조선을 잘 다스려달라 부탁했다. 마지막에는 역시 가족이 시선을 잡아끌었다. 미향과 윤, 정 앞에 시선이 멈춰 움직이지 않았다.

그러나 결국 작별할 시간이 다가왔다.

도원수 권율이 도원수부 병력과 금군에 합류했다.

이제 원정군의 수뇌부가 한데 모인 셈이었다.

이혼은 광화문 앞을 떠나기 전 속군 대장 고영운을 찾았다.

고영운은 광화문 옆 담장에 기대서있었다.

그와 시선을 맞추는 순간, 고영운은 군례를 취했다.

이혼은 마주 답례한 다음, 군마의 말배를 걷어찼다.

군마가 광화문 앞 육조거리를 힘차게 달리기 시작했다.

7장. 기습(奇襲)

7장. 기습(奇襲)

전라사단장 김시민은 작년 가을부터 세 번에 걸쳐 사단 전체훈련을 진행했다. 조공부대는 사실 1연대와 2연대뿐이지만 병사들은 전혀 인지하지 못한 상태로 훈련을 계속 받았다.

사단 전체훈련은 전례를 찾기 힘들 정도로 혹독했다.

하루가 24시간이라면 거의 20시간 동안 훈련을 받았다.

그리고 그 20시간 동안 쉬는 시간은 거의 없었다. 식사는 불규칙적으로 나왔다. 거의 실전을 방불케 하는 훈련이었다.

훈련이 끝난 후에는 항왜들이 사단에 들어와 왜국 말과

왜국의 풍습 등을 교육했다. 눈치가 빠른, 그리고 경험이 많은 일부 병사들은 왜국이 조선으로 다시 쳐들어오거나, 아니면 조선이 왜국으로 원정을 나갈지 모른다는 의심을 하였다.

사단장실에 사단장 김시민과 부사단장 처영이 마주 앉아있었다. 김시민은 손에 쥔 도원수부 지시를 처영에게 건넸다.

"읽어보게."

처영은 시키는 대로 도원수부의 지시를 빠르게 읽어 내려갔다.

지시가 적힌 문서를 탁자에 내려놓은 처영은 한숨을 쉬었다.

"으음, 결국 하는군요."

"어차피 시기의 문제였을 뿐이네. 그렇지 않은가?"

"위험한 임무입니다."

"위험하다는 건 누구보다 내가 더 잘 아네."

"소장이 따라 갔어야하는 건데……."

아쉬움이 진득이 배어나오는 처영의 말에 김시민이 웃었다.

"본토를 지키는 일 역시 그 못지않게 중요하네. 흉흉한 소문이 도는 모양인데 내가 없는 동안, 사단을 잘 이끌어 주게."

처영은 비장한 얼굴로 대답했다.

"압니다."

두 사람은 작전을 면밀히 상의한 다음, 서로 손을 맞잡았다.

처영이 걱정스러운 얼굴로 먼저 입을 열었다.

"무사히 돌아오셔야 합니다."

"그건 이미 하늘의 뜻에 맡긴지 오래일세."

"무사히 돌아오셔야 합니다."

"노력해보겠네."

무거운 표정으로 고개를 끄덕인 김시민은 1연대와 2연대에 기밀을 해제했다. 그 동안 뜬소문으로만 돌던 실체가 드러나는 순간이었다. 그들의 공격목표가 왜국 본토라는 말에 다들 당황하는 눈치였다. 외적을 방어하는 것과 원정을 떠나는 것은 전혀 다른 상황이었다. 더구나 그게 배에 올라 엄청난 거리를 이동해야하는 거라면 겁이 나기 마련이었다.

김시민을 비롯한 사단 지휘부는 병사들의 동요를 가라앉히기 위해 전력을 다했다. 그리고 남해에 모여든 수송선단에 중대, 혹은 소대별로 탑승해 제주도로 내려가기 시작했다.

전라사단 1, 2연대가 제주도에 도착했을 무렵.

이혼은 도원수부와 남해에 잠시 머물렀다가 제주도로

넘어갔다. 그리고 제주에 도착해 전라사단장 김시민을 만났다.

김시민은 절도 있는 군례를 취했다.

"옥체강녕하신 모습을 뵈오니 이제야 마음이 조금 놓이옵니다."

"장군도 여전하군."

이혼의 말대로 김시민은 여전한 모습이었다.

쉰이 넘은 사람으로 보이지 않을 만큼 얼굴에 생기가 돌았다.

이혼은 자리에 앉으며 물었다.

"전라사단의 준비는 어떻소?"

"모두 마친 상태이옵니다."

"위험한 임무인데 괜찮겠소?"

김시민은 비장한 얼굴로 대답했다.

"이 순간을 위해 혹독한 한 해를 보냈으니 괜찮을 것이옵니다."

이혼은 일어나 김시민에게 악수를 건넸다.

"과인 역시 그랬으면 좋겠소. 전라사단의 무운을 빌지."

"예, 전하."

이혼의 전송을 받은 전라사단 1, 2연대는 제주에 들어올 때 이용했던 수송선단에 올라 동쪽으로 출발했다. 이혼은 하루를 더 기다렸다가 먼저 떠난 전라사단의 뒤를 쫓기 시작했다. 수송선단은 속도가 느려 함대보다 하루 일찍 출발했다.

근위군과 보급부대는 아직 제주에 있었다.

조선 팔도에 있는 배란 배와 어부란 어부는 다 긁어모았지만 수만 명을 한 번에 상륙시키기는 힘들어 일단 선봉부대가 먼저 대마도를 향해 출발했다. 제주에 있는 나머지 병력의 지휘를 도원수 권율에게 맡긴 이혼은 전라사단을 호위하는 통제사 이순신의 통제영 함대 병력과 동쪽으로 향했다.

이혼이 전투보다 걱정한 게 하나 있다면 그건 배 멀미였다. 배 멀미는 운동능력이나, 건강, 혹은 정신력과 전혀 관계없었다. 운이 좋으면 배 위에서도 평지처럼 생활이 가능했다. 그리고 운이 나쁘면 작은 너울에도 속이 다 뒤집어졌다.

그리고 배에 익숙하지 않은 육지 사람은 보통 멀미를 하게 마련이었다. 이혼 역시 마찬가지였다. 아니, 전라사단 병사 중 상당수가 멀미에 시달렸다. 게 중에는 부모. 혹은 할아버지가 어부였던 병사도 있었지만 멀미를 피해가지 못했다.

이혼은 나이든 수군 병사에게 물었다.

"멀미를 하지 않는 방법이 있느냐?"

병사는 안타까운 얼굴로 고개를 저었다.

"참는 방법 밖에는 없사옵니다."

"그런가?"

"그나마 다행인 점은 멀미를 해서 죽은 사람은 없다는 것이옵니다. 다른 병이 겹쳐 죽을 순 있지만 멀미 자체로 죽은 사람은 없사오니 뭍에 이를 때까지 견디셔야할 것이옵니다."

이혼은 실망한 얼굴로 고개를 끄덕였다.

먼 바다로 나갈수록 파도가 더 거세졌다.

항해 중인 배는 크게 세 가지 회전운동을 하였다.

먼저 배가 좌우로 흔들리는 횡요(橫搖)가 있었다.

파도처럼 외부의 힘이 배의 측면에 가해질 경우, 배는 반대쪽으로 기우는데 당연히 그런 상태로는 항해가 힘들었다. 기울어지는 쪽으로 중력이 계속 가해져 결국 전복하는 것이다.

그래서 배의 용골 쪽에 밸러스트나, 무거운 화물 등을 실어 배의 균형을 잡는데 오뚝이가 일어서는 것과 같은 원리였다.

이렇게 배가 균형을 다시 찾는 힘을 복원력이라 하였다.

그러나 복원력은 배의 균형을 잡는 선에서 끝나지 않았다. 복원력에 관성이 더해져 이번에는 배가 반대쪽으로 기울었다.

그리고 배가 기울면 앞서 말했던 복원력에 의해 다시 원래 위치로 돌아왔다. 이런 과정을 반복하는 게 바로 횡요였다.

이처럼 횡요는 파도와 수평을 이루며 달릴 때 많이 발생했다.

반면, 파도를 돌파하며 달릴 경우에는 종요(縱搖)가 발생했다.

파도를 넘으며 항해하다보면 파도가 칠 때 선수는 위로 올라가고 선미는 내려갔다. 그리고 파도를 넘으면 다시 선수는 내려가고 선미는 올라왔다. 즉, 배가 세로로 흔들리는 것이다.

횡요는 견뎌도 종요를 견디는 사람은 거의 없었다.

아무리 복을 타고 났어도 종요를 겪으면 무너지기 마련이었다.

이혼은 이 종요까지는 그런대로 견뎠다.

그러나 그 다음에 온 너울에는 견디지 못했다.

바로 앞서 말한 횡요와 종요가 한꺼번에 닥친 것이다.

아래위로, 그리고 좌우로 동시에 흔들리니 정신이 아득해졌다.

이혼은 통을 옆에 놓은 상태로 억지로 잠을 청했다.

그리고 배의 요동이 심해질 때마다 일어나 그 통에 구토했다.

흔히 하는 말로 정말 죽을 맛이었다.

배를 내릴 수 있게 해준다면 못할 게 없을 지경이었다.

치료해야할 선의(先醫)마저 정신을 차리지 못하니 배가 아니라, 어느 전염병동에 들어와 있는 것 같은 느낌마저 들었다.

이혼은 고생하는 다른 병사들을 생각하며 버텼다.

그나마 그는 편한 편이었다.

임금인지라, 몸을 편히 뉘일 공간이 있었다.

그러나 병사들은 발을 편히 뻗기조차 어려운 좁은 공간에 다닥다닥 붙어 긴 항해를 견뎌야했다. 사실 병사들이 원한 전쟁도 아니었다. 이는 그의 의지로 강행하는 전쟁이었다.

한데 편한 항해를 하는 그가 불평을 쏟아낸다면 그건 사람의 도리가 아닐 것이다. 이혼은 그렇게 하루하루를 버텨냈다.

사람들에게 희망과 고통 둘 중 하나를 고르라한다면 누구나 다 희망을 선택할 것이다. 그러나 희망은 사실 끝이 없는 고통이었다. 하지만 고통은 그렇지 않았다. 고통은 어떤 식으로든, 그게 설령 파멸이라 해도 끝이 있기 마련이었다.

지금이 그러했다.

마침내 고통의 끝이 찾아왔다.

미친 듯이 흔들리던 선체가 점점 안정을 찾아갔다.

대한해협의 거친 물살을 마침내 통과한 것이다.

고통이 심할 때는 제주에 전진기지 세운 것을 후회했다. 사실 제주와 대마도의 거리보다, 부산과 대마도의 거리가 훨씬 가까웠다. 이혼이 그걸 모를 리 없었지만 부산은 위험했다.

내륙 항구인 부산이 적에게 점령당할 경우, 창고에 있는 군량과 무기를 통째로 빼앗길 위험이 있었다. 이는 이혼이 가장 두려워하는 상황 중 하나였다. 보급기지를 빼앗겨 보급을 받지 못하면 임진왜란 때 왜국 꼴이 나거나, 최악의 경우, 원정군 전체가 기아에 허덕이다가 굶어죽을 위험이 있었다.

이혼은 이를 위해 동선을 낭비하는 한이 있어도 안전한 제주를 택했다. 제주는 사면이 바다였다. 적이든, 반란군이든 그게 뭐든 간에 제주를 공격하기 위해선 바다를 건너야 했다.

그리고 해안에 상륙해야 했다. 이혼은 이를 위해 이완의 제주함대와 웅태의 항왜연대를 보내 이중으로 보완책을 마련했다.

그런데도 실패한다면 그건 하늘이 그를 버렸다는 증거였다.

이혼은 오랜만에 선실 밖으로 나와 시원한 바람을 쐬었다. 근 이틀 동안은 방 안에 처박혀 자거나, 아니면 구토를 하였다.

먹은 게 없어, 아니 엄밀히 말하면 먹은 건 있지만 배에 들어가 있는 게 없는 상태인지라, 팔다리가 후들후들 떨려왔다.

그러나 기분은 한결 나아졌다.

멀미보다 배고픈 게 한결 견디기 쉬웠다.

시원한 바닷바람이 몸에 밴 악취를 말끔히 씻어주었다.

이혼의 시선이 앞에 펼쳐져있는 광활한 바다로 향했다.

문자 그대로 망망대해(茫茫大海)였다.

아득할 망자(茫子)를 두 번이나 반복했음에도 그 광활함을 표현하기 어려워 보였다. 이혼은 문득 두려운 마음이 들었다.

조선 앞바다에서는 표류할 위험이 적었다.

물론, 태풍에 휩쓸려 대만이나, 류큐에 표류했다가 돌아온 조선 어부가 간혹 있기는 했지만 어쨌든 방향을 잃지 않으면 섬이든, 뭍이든 사람이 있는 곳을 찾을 방도는 있었다.

그러나 이곳은 조선 앞바다가 아니었다.

여기서 길을 잃어버리면 그들이 목적했던 대마도가 아니라, 태평양이나, 대한해협 위쪽으로 올라갈 가능성이 있었다.

어느 쪽으로 가든 물이나, 식량이 떨어져 전멸하는 상황이었다.

이혼은 걱정스런 마음에 대장선 함교를 찾았다.

함교에서는 마침 통제사 이순신과 전라사단장 김시민 등이 회의를 하는 중이었다. 하루 먼저 출발했던 수송선단은 원래 계획대로 뒤늦게 출발한 통제영 함대와 다시 합류했다.

통제영 함대는 빠르고 수송선단은 느리기에 일어난 결과였다.

이혼의 모습을 발견한 장수들이 분분히 일어나 군례를 올렸다.

이혼은 가볍게 답례하며 비어있는 자리에 앉았다.

"대마도에는 언제쯤 도착할 것 같소?"

이혼의 질문을 받은 이순신은 항해장과 상의하여 대답했다.

"오늘 오후에는 대마도가 보일 것이옵니다."

"으음, 거의 다 왔군."

"예, 전하. 이제 위험한 곳은 거의 지났사옵니다."

이순신의 말 대로였다.

위험은 대마도가 아니라, 대마도까지 가는 항해 자체에 있었다. 태풍이나, 폭풍을 만난다면 그거만큼 끔찍한 일이 없었다.

이혼은 지도에 나와 있는 대마도를 보며 물었다.

"그럼 가장 먼저 출발한 별군은 언제 상륙하오?"

"일몰에 상륙하기로 했사옵니다."

"일몰이면 정말 멀지 않았군."

이혼의 말에 이순신과 김시민은 거의 동시에 고개를 끄덕였다.

취소할 수 있는 마지막 순간이 지금이었다.

이대로 돌아가면 왜국은 무슨 일이 있었는지조차 모를 것이다.

팔짱을 낀 이혼은 함교의 천장을 보았다.

머리보다 조금 높은 곳에 걸린 등잔이 좌우로 흔들렸다.

그 움직임을 따라 시선을 움직이다보니 다시 속이 울렁거렸다.

고개를 저은 이혼은 이순신을 보았다.

"별군에게 지금 이 시간부로 작전계획 선풍을 시작하라 하시오."

"예, 전하."

이혼의 말이 끝나기 무섭게 함교가 바쁘게 돌아갔다.

이젠 정말 공격이 코앞이었다.

단순히 섬 하나를 공격하는 게 아니었다.

대마도를 공격하는 순간, 왜국에 선전포고하는 것과 같았다.

지금부터 배에 힘을 줘야했다.

물러설 곳은 없었다.

통제사 이순신이 직접 뱃전에 나와 고함을 질렀다.

"별군에게 전하의 지시를 전하라!"

대장선을 떠난 사후선 한 척이 거친 파도를 돌파해 앞으로 나아갔다. 이순신의 말대로 해가 지기 시작할 무렵, 갈매기 수십 마리가 공중을 활공하는 대마도 북단이 나타났다.

한편, 대장선을 떠난 사후선은 북단 근처에 대기 중이던 어선에 접근했다. 한데 어선의 모양새가 특이했다. 눈썰미가 별로인 사람이 보더라도 한눈에 조선의 어선이 아님을 알 수 있는 형태였다. 사후선은 어선 좌현으로 조심해 접근했다. 그리곤 어선을 향해 효시(嚆矢)를 쏘아 신호를 보냈다.

신호를 받았는지 어선이 닻을 올려 대마도 쪽으로 접근했다.

어선에 탄 왜인 복장의 사내가 툴툴 거렸다.

"왜인들은 이 나풀거리는 옷을 입고 잘도 싸우는군."

사내의 말에 옆에 있던 다른 사내가 웃으며 말했다.

"우리도 저고리를 입고 싸울 때가 있었지 않습니까?"

"그렇기야하지."

처음 입을 연 사내가 씩 웃었다.

그 사내의 정체는 바로 별군 대장 최담령이었다.

그리고 최담령이 탄 배의 정체는 국정원의 밀선(密船)이었다.

국정원은 왜국을 정탐하기 위해 가장 먼저 대마도에 있는 왜인 몇을 포섭했다. 그리고 그들을 이용해 왜국 본토에 잠입했는데 최담령이 탄 배는 바로 그 왜인들의 어선이었다.

최담령은 선수에 걸어가 물었다.

"곧 도착하겠지?"

키잡이를 맡은 별군 대원 하나가 고개를 끄덕였다.

"날이 저물기 전에 도착할 겁니다."

그 대원의 말대로 별군을 태운 어선은 날이 지기 전에 해안에 도착했다. 그들을 의심하는 왜인은 없었다. 고기를 잡기 위해 평소에 자주 돌아다니는 배인지라, 경계하지 않았다.

"자, 다 왔다. 이제 하선해라."

명을 내린 최담령은 무기를 챙겨 먼저 바다에 뛰어들었다. 첨벙하는 소리가 잠깐 들리더니 바닷물이 가슴까지 차올랐다.

최담령은 말 대신 수신호로 명을 내렸다.

그 즉시, 하선한 별군 대원 서른 명이 해변으로 헤엄을 쳤다. 화약무기는 가죽으로 만든 방수가방에 보관해 안전했다.

잠시 후, 해변 근처 어느 숲에 도착한 별군은 주변을 수색했다.

조용했다.

조선군이 쳐들어 올 줄은 전혀 몰랐을 것이다.

최담령은 손가락을 부딪쳐 소리를 냈다.

"여기 있습니다."

뒤에 있던 대원이 그 앞에 지도를 펼쳐주었다.

날이 저물기 전인지라, 조명은 필요 없었다.

지도를 확인한 최담령은 휘파람으로 분대장 세 명을 호출했다.

별군은 분대가 최소단위임과 동시에 가장 큰 단위였다.

모든 작전과 훈련, 그리고 영내 생활을 분대끼리 하였다.

"1분대는 동쪽 길목, 2분대는 북동쪽 길목, 3분대는 이곳이다."

분대장 셋이 대답대신, 손에 쥔 무기로 백사장을 쳤다.

접수했다는 표시였다.

명을 내린 최담령이 비장한 얼굴로 입을 열었다.

"알겠지만 우리가 어떻게 하느냐에 따라 후속부대의 피해가 정해진다. 어떻게 해서든 길목을 막아 아군을 지원하도록."

분대장 셋은 다시 한 번 백사장을 두들겼다.

고개를 끄덕인 최담령은 작전 개시를 명했다.

그 즉시, 분대장은 휘하 분대원을 통솔해 각자 맡은 곳으로 몸을 날렸다. 그런 그들 뒤로 땅거미가 빠르게 내려앉았다.

최담령은 부관과 임시 지휘소로 달려갔다.

그리고 부관에게 명했다.

"너는 해변에 있다가 아군이 도착하면 횃불로 신호를 보내라."

"예."

한편, 각자 맡은 길목에 도착한 별군 분대는 용조와 용염을 설치했다. 그리고 주변에 매복해 왜군이 오기를 기다렸다.

별군이 준비를 마쳤을 무렵.

대마도 북서쪽에 도착해있던 이순신은 장수 한 명을 불렀다.

바로 해병대장 방덕룡이었다.

방덕룡은 증조부 방윤이 물려준 창을 비껴든 채 배에 올랐다.

"소장을 부르셨다는 말을 들었습니다."

"분위기가 어떤가?"

"다들 좀이 쑤셔 죽을 지경입니다."

방덕룡의 자신감에 찬 대답에 이순신은 바로 다음 명을 내렸다.

"해병대는 지금 시간부로 대마도 해안에 상륙작전을 개시하게."

"예, 장군!"

호기 있게 대답한 방덕룡은 곰처럼 큰 몸을 날렵히 움직였다.

첨벙!

무거운 물체를 바다에 던지는 소리가 들리더니 대장선을 비롯한 함대 주위에 사후선 수십 척이 모습을 드러냈다. 그리고 그 사후선마다 무장을 갖춘 해병대원이 탑승해 있었다.

일부는 통제영 함대가 직접 운반한 사후선이었다. 그리고 나머지는 뒤에 있는 수송선단에 실어 가져온 사후선이었다.

원래 사후선은 전선에 딸린 부속선으로 탐망, 즉 정찰 용도로 만든 소형선이었다. 임진왜란 전에는 비슷한 용도의 협선(挾船)을 이용했는데 곧 사후선으로 그 임무가 넘어갔다.

협선과 사후선의 차이점은 하나였다. 바로 사후선이 협선보다 조금 크다는 점이었다. 사후선은 격군(格軍), 즉 노 젓는 사람 네 명에 뱃사공 한 명을 더해 총 다섯 명이 승선이 가능한 반면, 협선은 격군이 세 명 밖에 탑승하지 못했다.

정찰과 전령임무를 주로 수행함과 동시에 함대에 필요한 각종 잡무를 담당하던 사후선에 한 가지 임무가 더 생겼다.

바로 해병대를 태워 해안에 상륙하는 임무였다. 사후선은 물에 잠기는 흘수가 낮아 얕은 해안에 상륙이 가능했다. 물론, 많이 태우지 못하는 게 흠이었으나 그 정도면 충분했다.

"해병대는 본 함대를 이탈해 전방에 집결하라!"

방덕룡의 우렁찬 목소리가 어둠이 깔린 밤바다를 질풍처럼 가르는 순간, 함대를 떠난 사후선 수십 척이 함대 앞에 정렬하기 시작했다. 그리고 방덕룡의 이어진 명에 의해 어두운 바다를 달빛에 의지해 달리기 시작했다. 해병대가 탄 사후선은 높은 파도에 휩쓸릴 거처럼 위태위태하게 나아갔다.

하얀 포말을 머금은 파도가 쉼 없이 해안으로 밀려갔다.

작은 파도가 세 번치면 그 뒤에 큰 파도가 한 번 따라왔다.

작은 파도는 힘으로 타넘었지만 큰 파도는 인간의 힘으로 어찌하기 힘들었다. 그저 몸을 맡긴 채 파도가 끄는 힘을 이용하는 수밖에 없었다. 파도가 그들을 해안으로 밀어붙였다.

선수에 선 방덕룡은 손에 쥔 창대에 힘을 주었다.

해안이 다 같은 해안은 아니었다. 암초가 많은 곳에 상륙하면 아무리 흘수가 낮은 사후선이라 해도 박살나기 마련이다.

부릅뜬 눈으로 해안을 주시하던 방덕룡이 고함을 버럭 질렀다.

"저기다! 저쪽으로 사후선을 몰아라!"

방덕룡은 해안가 백사장에서 원을 그리는 횃불 신호를 보았다.

사후선의 격공이 얼른 배의 방향을 그쪽으로 잡았다.

그리고 그와 동시에 노를 잡은 격군은 열심히 노를 저었다.

가까이 다가갈수록 횃불의 형태가 진해졌다.

맞게 찾아왔다는 증거였다.

퉁!

사후선 바닥이 해변에 부딪치며 선수가 위로 들렸다.

선수에 있던 방덕룡은 몸을 훌쩍 날려 바닥에 착지했다.

첨벙!

무슨 커다란 바위를 던진 거처럼 바닷물이 사방으로 튀었다.

그러나 다행히 깊지는 않았다. 잠시 허우적거린 방덕룡은 이내 자세를 잡았는데 바닷물이 그의 무릎 쪽에서 출렁거렸다.

"전방 숲으로 돌격하라!"

소리친 방덕룡은 해안을 향해 달려갔다.

그런 방덕룡을 해병대원들이 따르기 시작했다.

사후선들이 하나둘 도착해 짐을 부리듯 해병대원을 뿌렸다.

"전방 숲으로 돌격이다!"

"머뭇거리는 놈은 볼기를 치겠다!"

여기저기서 첨벙거리는 소리와 고함소리가 들려왔다.

맨 땅을 밟은 방덕룡은 잠시 긴장했다.

상륙작전을 하는데 있어 가장 위험한 순간이 지금이었다. 매복한 적에게 진형을 흐트러진 해병대원 만큼 손쉬운 먹잇감은 없었다. 거기다 백사장이었다. 은폐, 엄폐할 게 없었다.

그러나 이번에는 별군 덕분에 피해 없이 상륙에 성공하였다.

"서둘러라!"

"예!"

용아를 앞세운 해병대원들이 백사장을 돌파해 숲으로 들어갔다. 그리고 참호를 파거나, 아니면 엄폐물을 이용해 매복했다. 방덕룡이 지휘하는 해병 선발대가 해안을 장악했다.

"모두 자리를 잡았습니다!"

부관의 보고에 방덕룡이 소리쳤다.

"나머지 대원도 상륙시켜라! 시간에 맞추려면 서둘러야 한다!"

잠시 후, 바다에 대기하던 나머지 대원들이 상륙을 개시했다.

하얀 포말을 가까스로 돌파한 사후선이 해변에 도착해 해병대원들을 뿌렸다. 방덕룡이 그러했던 거처럼 가장 먼저 내린 장교들이 대원들을 안전한 숲 쪽으로 뛰어가게 만들었다.

해변에 적이 없기는 하지만 상륙할 때는 항상 뛰어야했다. 다른 지역에 상륙할 때는 지금처럼 운이 좋으란 법이 없었다.

상륙을 지휘한 방덕룡은 방금 전 횃불로 신호를 보낸 별군을 만났다. 한참 전에 잠입한 별군은 이미 대마도 깊숙이 들어가 전개를 마친 상태였다. 별군에게 작전이 순조롭다는 말을 들은 방덕룡은 지휘관을 불러 대원을 정렬시켰다.

네 개 중대 500명이었다.

해병대 전체병력은 1000명이었으나 전부 상륙시키기에는 대마도 해안이 좁았다. 그리고 소득에 비해 과한 투자였다.

방덕룡은 중대장 앞에 대마도 지도를 펼쳐보였다.

방어전은 전장이 익숙한 장소인지라, 지형을 숙지할 필요가 없었다. 그러나 공격은 달랐다. 공격할 곳의 지형을 알지 못하면 적과 싸워보기 전에 전멸당할 위험이 항상 존재했다.

이혼은 국정원이 포섭하거나, 아니면 잠입시킨 요원을 동원해 왜국 주요 거점에 대한 지형탐색과 지도제작에 들어갔다.

그리고 그 주요 거점 중에는 당연히 대마도가 들어가 있었다. 방덕룡이 지금 보는 지도는 그렇게 탄생한 작품이었다.

"우리가 있는 지점이 이곳 아소만 남쪽이다."

대마도는 북동쪽으로 길게 뻗은 형태였는데 방덕룡이 손가락으로 지목한 지점은 섬 북쪽 해안 가운데 있는 만이었다.

만은 해안이 움푹 들어와 있는 지형이었다.

"그리고 우리의 목표는 이곳이다."

방덕룡의 손가락이 지도의 남동쪽 해안을 따라 쭉 내려왔다. 그리고 엄원(嚴原)이라 적혀있는 항구를 한차례 찍었다.

엄원을 왜국말로 풀이하면 이즈하라였다.

즉, 이즈하라항구가 그들의 목표였다.

"이곳에 우리가 점령해야할 항구와 소씨의 성이 있다."

해병대 중대장 네 명이 동시에 고개를 끄덕였다.

방덕룡의 말이 이어졌다.

"현재 별군이 길목을 차단하기는 했지만 경계에 최선을 다해라."

중대장 네 명은 다시 고개를 끄덕였다.

"1중대부터 출발한다! 자, 서두르자!"

방덕룡의 지시에 1중대가 가장 먼저 해안을 출발했다.

날은 이미 어두워진지 오래였다.

그리고 달빛 역시 그리 강하지 않아 길을 찾기가 애매했다.

그러나 다행히 국정원 요원을 만나 길안내를 받은 덕분에 엉뚱한 곳으로 향하는 불상사는 일어나지 않았다. 지도는 위에서 내려다본 평면도에 불과할 뿐이었다. 그곳에 거주하는 현지인이 직접 안내해주는 방법보다 좋을 리가 없었다.

밤을 새워 달린 해병대는 촉각을 곤두세웠다.

이쯤이면 해안을 경계하던 소씨 가문 병력이 그들을 발견했을 시간이었다. 아니면, 대마도에 거주하는 왜인이 해병을 발견해 소씨 가문에 통보했을 가능성이 있을 시간대였다.

한데 설마 하던 일이 실제로 벌어졌다.

이즈하라항구에 도착하기 직전이었는데 왜군은 반응이 없었다.

길목을 지키던 최담령의 별군 역시 해병대와 합류한 상황이었다. 길목을 막은 이유가 해병대의 이동을 위해서였는데 이유야 어쨌든 목적을 달성했으니 거기 있을 필요가 없었다.

최담령은 방덕룡을 만나 물었다.

"어떻게 할 생각이오?"

"항구 뒤편을 기습할 생각이오."

"우리는 어떻게 했으면 좋겠소?"

"별군은 소씨의 거성과 항구 사이를 차단해주시오."

"어렵지 않은 임무군. 알겠소."

시원하게 승낙한 최담령이 돌아섰다.

"가자! 우리 임무는 항구와 성채 사이의 차단이다!"

"예!"

별군이 떠난 직후, 방덕룡은 중대장들을 모았다.

"병력을 나눠 돌입한다. 1, 2중대는 남쪽, 3, 5중대는 북쪽이다."

중대장들은 고개를 끄덕였다.

방덕룡에 대한 해병대원들의 믿음은 대단했다.

작전에 대한 의문은 없었다.

방덕룡이 그렇다면 그런 거였다.

방덕룡은 부관이 가져온 모래시계를 살펴보았다.

모래시계에 든 모래가 아주 조금 남아있었다.

"얼마나 지났는가?"

"다섯 시간입니다."

"그럼 곧 움직여야할 때가 오겠군."

부관이 고개를 끄덕였다.

"예, 모래시계의 모래가 다 떨어지는 순간이 작전 시작입니다."

방덕룡은 팔짱을 낀 상태로 모래가 다 떨어지기를 기다렸다.

무슨 일이든 손발이 맞아야 성공하는 법이었다.

더욱이 그게 군사작전이라면 시간을 맞추는 게 더 중요했다.

두 부대가 협공하기로 했는데 시간을 맞추지 못해 따로 움직이면 오히려 적의 강력한 공격에 격파당할 위험이 있었다.

이번 작전은 아주 정교했다.

그런 관계로 시간을 맞추는 일이 무엇보다 중요했다.

모래시계의 모래가 마침내 다 떨어져 위쪽이 텅 비었다.

벌떡 일어난 방덕룡은 창을 손에 쥐었다.

"시작해라!"

방덕룡의 외침이 들리기 무섭게 달리기 시작한 해병대원들이 남과 북 두 방향으로 침입해 이즈하라항구를 점령했다.

뒤늦게 침입을 알아챈 항구 방어병력은 종을 치기 시작했다.

뎅뎅뎅!

외적의 침입을 알리는 종소리가 어둠에 잠겨있던 이즈하라항구의 새벽을 깨웠다. 해병대원은 어깨끈에 달아놓은 연폭(煙爆)에 불을 붙여 앞으로 굴렸다. 곧 펑펑 소리가 나며 연폭이 폭발해 새하얀 연기를 사방에 뿜어내기 시작했다.

연폭은 죽폭의 변형으로 속에 연막물질을 넣어 만든 연막탄이었다. 그 동안 흑색화약을 넣은 죽폭이 연막탄역할을 대신해왔는데 이혼은 그럴 바에야 차라리 연막탄역할을 할 새로운 무기를 만드는 게 났겠다싶어 새로 개발에 착수했다.

그리고 그 성과물이 바로 지금 사용한 연폭이었다.

연폭은 바람이 없을 경우, 1, 2분간 연기를 뿜어냈다.

연막탄이 생기며 죽폭은 원래 목적으로 돌아왔다.

보병이 소유한 휴대형 폭탄, 즉 수류탄용도로 돌아온 것이다.

이혼이 만든 싱글베이스 무연화약을 작약으로 채운 다음, 쇠 조각을 넣어 살상력을 강화했다. 전처럼 죽폭에 맞은 적이 벌떡 일어나 달려오는 일은 더 이상 일어나지 않았다.

연막탄이 적의 시야를 가리는 사이.

"안으로 들어가 사격해라! 머리를 들지 못하게 만들어
주어라!"

목책을 관통한 해병대는 항구 안으로 들어가 사격을 가
했다.

용아의 위력은 여전했다.

아니, 더 좋아졌다.

정유재란이 끝난 게 벌써 7년 전인지라, 그 동안 개조에
개조를 거듭해 왜군이 쓰는 조총과는 차원이 다른 위력을
보였다.

왜군은 피하기 급급했다.

화력의 차원이 달렸다.

결국, 부두를 방어하던 왜군마저 해병대를 막는 일에 동
원했는데 마치 그걸 노렸다는 거처럼 어둠 속에 숨어있던
통제영 함대가 나타나 포격을 시작했다. 이즈하라항구에
있던 왜국 전선은 도주할 틈도 없이 불에 타 가라앉기 시
작했다.

손발이 완벽하게 맞아떨어진 작전이었다.

통제영 함대가 부두에 있는 왜국 전선을 격파하는 사이,
방덕룡이 지휘하는 해병대는 항구에 있는 건물들을 점령
해갔다.

항구 위에 불길이 치솟을 즈음.

성에 있는 병력 역시 이젠 조선군의 기습을 감지했다.

도쿠가와 이에야스가 소 요시토시를 슨푸성 근처에 있는 절에 가둬두기는 했지만 소씨의 영지를 개역하지는 않았다.

그런 관계로 소 요시토시의 친척, 소 요시쿠니가 대마도 도주의 지위를 대리하여 대마도의 업무를 처리하는 중에 있었다.

소 요시쿠니는 바로 성 안에 있는 수비군을 내보내 항구를 지키려하였지만 도중에 별군 매복을 만나 큰 피해를 입었다.

최담령의 별군은 길목에 용조와 용염을 매설해 화력으로 상대했다. 소 요시토시를 따라 정유재란에 참전했던 대마도군은 귀환에 모두 실패한지라, 조선군의 전술에 무지했다.

도로로 행군하던 부대가 용조에 당해 몰살당했다.

이에 화가 잔뜩 난 왜군은 매복한 별군을 추격하기 위해 산기슭으로 올라왔다가 미리 설치해둔 용염에 다시 당했다.

조선군의 얼굴을 제대로 보지 못한 상태로 수백 명의 사상자를 낸 대마도 왜군은 성에 들어가 성문을 굳게 걸어 잠갔다.

거의 저항을 받지 않은 상태로 항구를 점령한 조선군은

해병대를 파견해 그 성을 공성했다. 그러나 해자가 깊었다. 또, 수비군의 저항이 만만치 않아 1차 공성은 실패로 돌아갔다.

통제영 함대 대장선과 함께 이즈하라항구에 도착한 이혼은 방덕룡의 보고를 받기 무섭게 사자를 보내 항복을 명했다.

그러나 소 요시쿠니는 당연하다는 듯 항복을 거부했다.

이혼은 다른 방법이 없는지라, 김시민을 불렀다.

"오늘 안으로 성을 점령할 수 있겠소?"

"화포 전력이 충분하니 가능할 것이옵니다."

"그럼 빨리 상륙해 성을 떨어트리도록 하시오."

"예, 전하."

임금의 명을 받은 전라사단 1, 2연대 4천 명은 사후선을 이용해 상륙했다. 그리고 1, 2연대에 딸린 대룡포 10문은 포병이 부두에 하역해 성으로 옮기기 시작했다. 이번에 개발한 화룡포를 근위사단 포병연대에 먼저 보급하는 바람에, 포병연대가 소유한 대룡포는 지방사단 포병연대에 돌아갔다.

대룡포의 화력이 화룡포보다 못하긴 하지만 완전 고물까진 아니었다. 특히, 해자가 많은 왜국의 성을 공성할 때는 보병공격보다 야포를 이용한 원거리공격의 효율이 더 높았다.

김시민은 부하들을 물속 깊이를 알 수 없는, 그리고 물속에 뭐가 들었는지 모를 해자로 보내느니 늦더라도 포병을 데려와 공성하는 게 낫다는 생각을 하여 침착하게 기다렸다.

정오 무렵, 마침내 기다렸던 포병이 전개를 마쳤다.

"포격하라!"

김시민의 명에 대룡포가 불을 뿜기 시작했다.

수십 미터가 넘는 해자지만 대룡포의 사거리를 피하지 못했다.

거기다 철 방패를 앞세운 1연대와 2연대 병력이 전진해 용아를 발사하기 시작하니 성문이 먼저 부셔져 내리기 시작했다.

왜국의 성은 보병을 상대하기 위한 용도였다.

조선의 성벽처럼 단단하거나, 높지 않았다.

오히려 적을 성 안으로 끌어들여 조총이나, 활로 저격해 쓰러트리는 게 기본전술이었다. 그런 성을 상대로 화포와 용아로 원거리공격을 가하니 왜군으로선 답답해 미칠 노릇이었다.

그리고 답답해 미치기 직전에 왜군이 먼저 튀어나왔다.

해자에 다리를 올린 기병부대가 먼저 돌격해왔다.

그러나 몇 시간 전부터 기다리던 포병의 먹잇감에 불과했다.

화차가 먼저 불을 뿜었다.

화차 역시 개량을 거쳐 예전의 그 화차가 아니었다.

마치 저속으로 돌아가는 기관총처럼 일대에 화력을 퍼부었다.

말과 사람이 한 뭉텅이로 변해 쓰러졌다.

기병 다음에는 보병이었다.

그러나 보병은 더 참담한 결과를 맛보았다.

다리를 다 건너기 전에 전멸한 것이다.

적을 막아내기 위해 만든 해자가 왜군의 피로 붉게 물들었다.

김시민은 내친 김에 대완구 포대를 불러왔다.

대완구는 지금의 박격포와 같았다.

크기를 작게 줄인 신용란을 장전해 포격하니 경망스런 포성과 함께 날아오른 신용란이 성벽을 넘어 그대로 작렬했다.

쾅쾅쾅!

포성과 함께 불길이 치솟았다.

집이 밀집한 곳에 떨어진 모양이었다.

소 요시쿠니 역시 그 이상은 버티지 못했다.

곧 성벽 위에 백기를 내걸었다.

항복이었다.

이혼은 전라사단을 들여보내 성을 접수했다.

1차 목표인 대마도는 불과 12시간이 지나지 않아 떨어졌다.

이혼은 다음 목표를 향해 전진했다.

아직 만족하기엔 일렀다.

이제 시작일 뿐이었다.

8장. 큐슈공략

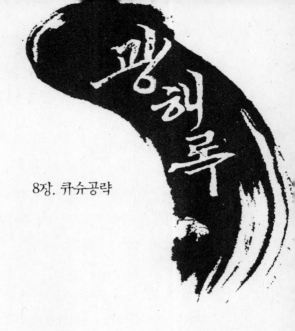

8장. 큐슈공략

이혼은 항복한 소 요시쿠니 등 소씨 일족을 감옥에 가두었다. 그리고 방을 붙여 소요가 일어나는 것을 미리 방지했다.

대마도를 점령한 이유는 항구를 이용함에 있지 거주하는 왜인을 핍박하는데 있지 않다는 사실을 분명히 알려주었다.

다음 날, 뭍에 올라와 휴식을 취한 병사들은 다시 배에 올랐다.

수군과 해병대는 통제영 함대에, 육군과 지원부대 등은 수송선단에 올랐다. 그러나 이혼은 대마도를 떠나지 않았다. 멀미를 다시 겪기 싫어 대마도에 머무르려는 것은 아니었다.

이혼은 후속부대를 기다릴 계획이었다.

항구에 도착한 이혼은 떠나는 통제사 이순신 등을 전송했다.

"언제쯤 돌아올 수 있소?"

"꽤 걸릴 것이옵니다."

"부디 전라사단을 잘 지원해주시오."

이혼은 이순신에 이어 전라사단장 김시민을 찾았다.

"어려운 일을 맡겨 미안하오. 과인은 그대를 볼 면목이 없구려."

이혼의 간곡한 말에 오히려 김시민이 당황했다.

"그런 말씀 마옵소서. 저희들은 한마음 한뜻으로 뭉쳐 반드시 성공할 것이옵니다. 그리고 무사히 돌아올 것이옵니다."

이혼은 말없이 김시민의 손을 잡아주었다.

통제사 이순신이 먼저 군례를 취하니 김시민을 비롯해 이번에 출정하는 모든 수군, 육군 병사들이 같이 군례를 취했다.

수천 명의 병력과 수십 척의 전선, 수송선이 모여 있었지만 쥐 죽은 듯 조용했다. 이혼은 손을 들어 군례에 화답했다.

일어선 이순신은 미련 없이 통제영 함대 대장선에 승선했다.

"통제영 함대부터 출발한다! 닻을 올려라! 항로는 남동이다!"

이순신의 명령에 가장 먼저 통제영 함대가 남쪽으로 출발했다.

그리고 잠시 후 병력을 태운 수송선과 물자를 실은 보급선 등 수십 척의 배들이 먼저 출발한 통제영 함대를 추격했다.

함대가 만든 항적 위를 수송선과 보급선이 지났다.

금군 대장 기영도가 불안한 얼굴로 다가왔다.

그도 그럴 것이 이곳은 대마도였다.

심지어 조선에 있을 때조차 암살위협이 높은 임금이었다. 그런 임금이 적지 한가운데 있는데 마음이 놓일 리 없었다.

"성으로 돌아가시옵소서."

이혼은 고개를 저었다.

그리고 말없이 떠나는 수송선단의 뒷모습을 지켜보았다.

저 수송선단에는 전라사단 1연대와 2연대가 승선해있었다. 그리고 그 중에는 고향으로 돌아가지 못할 병사들이 있었다.

어쩌면 대부분이 돌아오지 못할지 몰랐다.

최악의 경우에는 김시민을 포함한 전체가 전멸할지 몰랐다.

그런 병력을 떠나보내는 입장에 처해 이혼이 할 수 있는 일이라곤 그들의 모습이 사라지는 것을 지켜보는 게 전부였다.

수송선단의 검은 그림자가 시야를 완전히 벗어난 후에야 이혼은 말에 올라 이즈하라성으로 돌아왔다. 그런 이혼을 호위하기 위해 금군 100여 명이 물 샐 틈 없는 호위를 펼쳤다.

금군대장 기영도로서는 최대한 많은 금군을 데려오고 싶었을 것이다. 그러나 이곳은 조선이 아니었다. 조선에서는 도보로 이동하는 게 가능하지만 이곳에선 그렇게 하지 못했다.

일단, 배에 타야하는데 탑승인원은 정해져있었다. 그런 관계로 기영도가 데려올 수 있는 금군 병사는 100명이 한계였다.

이혼이 이즈하라성으로 돌아가는 동안, 대마도의 왜인들은 담이나, 나무 위에 올라가 그런 이혼의 행렬을 지켜보았다.

이혼은 그들의 눈을 살펴보았다.

적개심과 두려움이 반쯤 섞인 눈이었다.

대마도에 사는 왜인은 자신들이 다른 나라를 침략해본 역사만 있지 침략을 받은 역사가 거의 없었다. 세종대왕시절, 태종의 명으로 이종무 등이 대마도를 공격한 역사는 있지만 대마도 왜구들의 저항이 워낙 거센데다 지형에 대한 정보가 없어 소기의 성과만 거둔 채 퇴각한 역사가 있었다.

침략을 받은 역사는 그게 거의 전부였다.

대마도에 상주하며 조선의 해안을 침략하던 왜구들은 이제 거의 사라졌지만 그 왜구의 후손들이 남아 적개심과 두려움이 반쯤 섞인 눈으로 돌아가는 조선 임금을 지켜보았다.

현재 대마도에 있는 조선 병력은 그리 많지 않았다.

임금 이혼이 금군 100명과 이즈하라성에 있었다. 그리고 선발대로 온 근위군 천명이 항구와 성 외곽을 경계 중이었다.

조선군 무기가 두렵기는 하지만 공격을 포기할 정돈 아니었다.

혈기 방장한, 그리고 겁이 없는 대마도의 왜인들은 삼삼오오 모여 이즈하라성 안에 있는 이혼을 암살할 계획을 세웠다.

조선의 임금에게 대마도의 특산품을 바치는 거처럼 꾸며 알현을 요청한 다음, 자리가 만들어지는 순간, 암살하는 것이다.

그러나 그들의 계획은 금방 실패했다.

다음 날 새벽, 근위군 사령관 권응수가 직접 지휘하는

근위군 1사단 1연대가 도착했다. 그리고 오후에는 2연대가 도착했다. 천여 명이던 병력이 하룻밤 사이에 4천으로 늘어났다.

이즈하라에 가득한 조선군을 보며 대부분은 뜻을 꺾었다. 그러나 혈기가 넘치는 젊은이 몇은 뜻을 끝내 꺾지 않았다.

그들은 대마도에 나는 해산물을 바치겠다며 알현을 요청해왔다. 이혼은 그들의 청을 받아들였다. 자신들의 계획이 성공했다는 것을 깨달은 젊은이들은 속으로 만세를 불렀다.

그러나 그건 너무 순진한 생각이었다.

그들은 이혼을 만나기 전에 금군에 둘러싸여 몸수색을 철저히 받았다. 그들이 해산물 바구니에 몰래 감추어두었던 비수와, 단도, 독을 묻힌 표창 등은 모두 금군에게 압수당했다.

젊은이들은 이혼을 알현하는데 성공했지만 그저 가져온 해산물을 바치는 선에서 끝났다. 한 명은 이혼의 목을 조를 심산이었는지 계단을 올라왔다가 금군의 제지를 받았다. 그리고 소씨 일족을 가둔 감옥에 갇혀 후회의 눈물을 흘러야했다.

그러나 이혼은 그 일로 대마도 왜인들에게 복수하지 않았다.

오히려 마치 자기가 대마도의 왕이라는 듯 방을 내걸어 안심시키는 한편, 대마도에 사는 왜인들이 일상생활로 돌아가도록 도와주었다. 왜인들은 평소처럼 고기를 잡으러 나갔다. 한데 조업을 나간 어선 몇 척이 저녁에 돌아오지 않았다.

항구 방어병력에게 그 소식을 들은 이혼은 고개를 끄덕였다.

같이 있던 근위군 사령관 권응수가 물었다.

"어찌 그러시옵니까?"

"큐슈가 떠들썩하면 할수록 우리에게 유리할 것이오."

이혼의 말 대로였다.

대마도를 탈출한 어선들은 큐슈에 달려가 조선군의 침입을 알렸다. 그리고 조선의 대군이 속속 상륙 중이라는 사실 역시 알렸다. 그 즉시, 왜국은 벌집을 건드린 상태로 변했다.

한편, 대마도를 출발한 통제영 함대, 그리고 전라사단 1, 2연대를 태운 수송선단은 남쪽으로 순항해 이키섬에 도착했다.

대마도와 큐슈 북단의 거리는 100킬로미터였다.

제주와 대마도의 거리보단 가깝지만 그래도 짧지 않은 거리였다. 그런 관계로 도중에 한번 기항이 가능한 항구가 필요했는데 그곳이 바로 이키섬이었다. 이키섬과 큐슈에 있는 미우라반도와의 거리는 고작 20킬로미터에 불과했다. 이키섬을 점령할 경우, 큐슈공략 병참기지로 이용이 가능했다.

대마도를 탈출한 왜국의 어선보다 먼저 이키섬 근방에 도착한 이순신은 별군, 해병대를 차례로 내보내 항구를 점령했다. 섬이 대마도보다 훨씬 작은지라, 전라사단을 동원할 필요조차 없었다. 섬 점령에 걸린 시간은 반나절에 불과했다.

이순신은 이키섬을 병참기지로 바꾸었다. 창고를 급조해 군량과 탄약, 포탄 등을 저장했다. 또, 의원, 헌병을 섬에 내려 곧 발생할 부상자와 전사자의 처리준비 역시 모두 마쳤다.

사흘을 머문 이순신은 다음 날 큐슈를 향해 출발했다.

바다의 규모를 생각해보면 20킬로미터는 생각보다 짧은 거리였다. 함대가 큐슈 북단에 거의 도착했을 무렵, 대마도를 탈출한 어선이 며칠 먼저 도착해 조선군의 침입사실을 알렸다.

함대가 이키에 상륙해 머무르는 동안, 이키섬이 조선군에게 점령당한 사실을 안 대마도의 어선들은 곧장 큐슈 북단으로 달려가 통제영 함대보다 먼저 목적지에 도착할 수 있었다.

이순신 함대의 공격 목표는 명확했다.

바로 큐슈 히젠 나고야에 있는 대본영이었다.

도요토미 히데요시는 조선을 정벌해 명으로 가는 길을 연다는 망상에 사로잡힘과 동시에 그 준비에 들어갔다. 그리고 그 의지의 총화(總和)가 바로 이 나고야대본영에 있었다.

조선을 떠난 배가 왜국에 가장 빨리 갈 수 있는 방법은 부산포, 대마도, 이키섬을 차례로 거쳐 히젠에 이르는 경로였다.

그렇다면 그 반대 역시 같았다.

왜국을 출발한 배가 조선에 가장 빨리 갈 수 있는 방법은 히젠, 이키섬, 대마도를 거쳐 부산포에 상륙하는 경로였다. 왜국은 두 차례 모두 이 경로를 이용해 조선을 침략하였다.

그리고 그 출발지는 바로 이 히젠 나고야대본영이었다.

도요토미 히데요시는 조선침략을 위해 전진기지가 필요하다는 생각을 했다. 그렇다면 조선과 가장 가까운 히젠에 거대한 성채를 구축할 필요가 있었다. 도요토미 히데요시는 자신에게 굴복한 영주들을 황무지나 다름없던 히젠 나고야에 소환했다. 그리고 그들에게 이 대본영 성채를 쌓게 했다.

휘하 영주들을 불러 성채를 쌓게 하는 것은 당연히 통치자의 재산과 인력을 아끼기 위함이었다. 그러나 다른 한편으로는 휘하 영주들에게 누가 그들의 주인인지 알게 해주는 효과 역시 있었다. 오다 노부나가는 통일로 가는 패권을 잡은 이후 거성으로 삼을 아즈치성을 쌓을 때 도쿠가와 이에야스 등 당시 그에게 굴복했던 영주들을 불러 성을 쌓게 했다. 그리고 도요토미 히데요시 역시 거성으로 쓸 교토 후시미성과 오사카성을 건설할 때 영주를 대거 동원했다.

영주들 입장에선 당연히 부담이 가는 일이었다.

그러나 그 요구를 거절하면 영지를 몰수당할 수밖에 없었다.

그리고 설령 군대를 일으켜 저항해보려 해도 영주 한 명이 동원 가능한 최대병력은 고작해야 4, 5만 명이었다. 이것 역시 100만석이 넘는 대영주나 가능한 숫자였다. 그러나 도요토미 히데요시가 동원할 수 있는 병력은 직할 병력에 휘하 영주들의 병력을 더해 20만이 넘어가는 상황이었다.

애초에 이기지 못할 싸움이었다.

대륙정복이라는 야심에 불탄 도요토미 히데요시가 휘하 영주를 대거 동원해 2년 만에 완성한 성이 나고야대본영이었다.

조선 입장에서는 이 나고야대본영이야말로 악의 근원과 다름없었다. 악의 근원을 뿌리 뽑지 않으면 저들은 또다시 자국의 문제를 조선, 아니 한반도에 전가하기 위해 칼을 뽑을 것이다. 이는 이혼의 망상이 아니었다. 역사가 증명해주었다.

함교에 있던 이순신이 뱃전으로 내려왔다.

순풍이 부는지 돛대에 달아놓은 돛이 바람을 잔뜩 머금었다.

펄럭이는 돛을 바라보던 이순신은 항해장을 불렀다.

"우리가 있는 곳의 위치가 큐슈 어디인지 알아오게."

"예, 대감."

대답한 항해장은 가장 먼저 배의 속도를 계산했다.

이 시기엔 당연히 속도계와 스톱워치가 없었다.

그리고 시계 역시 없었다.

교회 철탑 같은 장소에 노끈과 드럼으로 만든 시계가 있긴 하지만 현대적인 의미의 시계로 보기는 어려운 형편이었다.

물론, 이론적인 토대는 이미 있었다.

갈릴레오 갈릴레이가 추의 등시성(等時性)을 발견한 것이다.

그러나 어쨌든 지금은 시간을 가르쳐주는 시계가 없었다. 그렇다고 배의 속도를 계산하는 방법이 전혀 없진 않았다.

먼저 일정한 간격마다 매듭을 지어놓은 밧줄을 부표에

달았다. 그리고 그 부표를 바다에 던지면 배가 움직임과 동시에 밧줄이 풀리는데 그 거리를 관찰해 배의 속도를 계산했다.

밧줄에 묶은 매듭으로 풀린 거리를 계산하는지라, 나중에는 매듭을 뜻하는 노트(Knot)가 배의 속도단위로 자리 잡았다.

배의 속도를 계산한 항해장은 나침반을 이용해 현재 위치를 계산했다. 그리고 계산한 위치를 지도에 대입해 찾아냈다.

항해장의 보고를 받은 이순신은 함대의 속도를 더 높였다. 육지에 가까워졌을 무렵엔 선수를 동쪽으로 돌리라 명했다.

그렇게 대여섯 시간을 전속으로 항해했을 무렵.

마침내 왜군 전선이 나타났다.

수는 모두 합쳐 4, 50척으로 보였다.

대마도 어선이 히젠 영주에게 조선군의 침입을 통보하는 바람에, 그 영주가 근처 전선을 깡그리 모아온 모양이었다.

왜국 수군은 정유재란에 동원했던 전선 형태를 거의 그대로 유지 중이었는데 아타케부네 몇 척에 나머진 세키부네였다.

"전 함대 전투 위치로!"

이순신의 명에 포병은 해룡포에 신용란을 서둘러 장전했다. 그리고 갑판병은 무기고에 있던 용아를 가져와 적을 겨눴다.

"일자진(一字陣)을 펼쳐라! 선수는 동쪽이다!"

이순신의 지시에 우군, 좌군, 중군 순으로 일자진을 펼쳤다. 일자진은 말 그대로 전선을 일렬로 배치하는 진법이었다.

왜국 수군은 북쪽으로 향해있던 선수를 급히 서쪽으로 돌렸다.

이키섬 방향에 있을 줄 알았던 조선 함대가 서쪽에 나타났으니 그들이 놀란 것은 당연했다. 그들은 이순신이 해안에 도착하기 전에 급히 변침해 서쪽에 있으리라곤 생각 못했다.

그러나 조선 함대의 기동을 본 왜군은 안심했다.

여전히 함포보다 달라붙어 싸우는 전술을 애용하는지라, 그들에게 돌격해오는 통제영 함대가 오히려 반가울 지경이었다.

달라붙어 싸우는 전투는 그들이 한 수 위였다.

그러나 그게 착각임이 드러나는 데는 오랜 시간이 필요 없었다. 우군 우후 김억추는 불빛을 본 나방처럼 달려드는 왜국 수군을 보더니 선수에 탑재한 아룡포를 발사하라 명했다.

펑펑펑!

선수에 탑재한 아룡포 네 문을 발포하는 순간.

왜군 함대 맨 앞에 있던 세키부네 한 척이 포탄에 맞아 연기를 피워내며 제자리를 돌기 시작했다. 그리고 그 바람에 바짝 따라오던 다른 전선이 피격당한 세키부네를 들이받았다. 쾅쾅 소리가 연이어 들리며 세키부네 세 척이 충돌했다.

충돌한 세키부네 세 척은 왜군 함대의 진로를 막아버렸다. 나들목에 교통사고가 발생해 도로가 막혀버린 상황이었다. 혈관에 혈전이 잔뜩 쌓여 피가 통하지 않는 상황이었다.

김억추의 눈빛이 번쩍였다.

"지금이다! 속도를 높여라!"

우군 우후 김억추의 호선은 일자진의 머리에 해당하는 선두에 있었다. 그래서 김억추의 뒤를 다른 호선이 따르는 형태였다. 그가 방향을 제대로 잡아야 작전이 성공하는 것이다.

"왼쪽으로 변침!"

김억추의 지시에 호선이 왼쪽으로 살짝 방향을 바꿨다.

김억추는 재차 명을 내렸다.

"동쪽으로 변침해 그 방향을 유지하라!"

노련한 조타병이 키를 움직여 육중한 호선을 정교히 몰

았다.

김억추의 호선이 왜군 함대 옆을 스치듯 교차했다.

탕탕탕!

왜군은 바로 조총과 활을 쏘며 가까이 온 호선을 공격했다.

그러나 호선의 견고한 방어를 뚫진 못했다.

호선은 갑판 위에 철 방패를 세워 조총 탄환을 막았다.

그렇게 스치듯 김억추 호선이 왜군 함대 선두를 지났을 무렵.

김억추가 밑에 있는 포갑판에 고함을 질렀다.

"포격하라!"

명이 떨어지기 무섭게 해룡포가 포안 밖으로 나와 불을 뿜었다.

펑펑펑!

포성이 먼저 해역을 찢어발겼다.

이어 포구를 떠난 신용란이 왜국 전선 측면에 작렬했다.

세키부네의 상단부가 마치 옆으로 자른 거처럼 터져나갔다. 그리고 뒤이어 하단부가 사방으로 쪼개지며 불타올랐다.

김억추는 고개를 뒤로 돌렸다.

우군 2번함이 그가 온 경로를 따르며 포격을 개시했다.

콰콰쾅!

옆으로 돌아서던 아타케부네 선미가 폭발했다.

어디를 어떤 식으로 맞았는지 모르겠지만 선미가 폭발한 아타케부네가 빙글빙글 돌다가 우군 함대를 향해 짓쳐왔다.

김억추가 선미로 달려가 소리를 질렀다.

"함대는 충격에 대비해라!"

그 순간, 제어에 실패한 아타케부네가 우군 3번함과 충돌했다.

쿵하는 폭음이 울리더니 우군 3번함이 휘청거렸다.

그러나 그게 다였다.

전함사 도제조 나대용와 제조 이설이 5년이 넘는 시간 동안, 사력을 다해 설계해 건조한 호선은 판옥선보다 더 강했다.

3번함과 충돌한 아타케부네는 터져나간 선미 방향으로 가라앉았다. 3번함은 해룡포를 마저 발사해 숨통을 끊어 버렸다.

잠시 소동이 있기는 했지만 우군에 속한 호선 10척은 히젠 앞바다를 가르며 모여 있던 왜국 함대에 큰 피해를 입혔다.

우군 다음은 좌군이었다.

좌군 우후 이영남 역시 왜군 함대 측면을 포격했다. 우군이 이미 한 차례 휩쓴 다음인지라, 성한 왜선이 별로 없었다.

좌군 열 척이 포격을 마치는 순간.

해역에는 검은 연기와 불꽃, 그리고 비명소리만이 가득했다.

이순신은 중군 우후 김완에게 명했다.

"중군은 나고야대본영 쪽에 함포 사격을 가해라!"

"예!"

대기하던 중군 우후 김완은 일자진을 이탈해 히젠 해안가 쪽에 바짝 붙었다. 얼마 가지 않아 왜국 전선들이 정박해있던 부두가 보였다. 그리고 부두 뒤로 나고야대본영 바깥 성곽이 모습을 드러냈다. 얼핏 본 거지만 병력은 많지 않았다.

그도 그럴 수밖에 없는 게 도요토미 히데요시가 죽은 후엔 나고야대본영에 신경 쓰는 사람이 없었다. 요충지가 아닐뿐더러, 나가사키나, 히라도처럼 서양 상인이나, 중국 상인이 방문하는 교역항구는 더더욱 아니었다. 그저 도요토미 히데요시가 남긴 쓸모없는, 그리고 거대한 유산에 불과했다.

김완은 나고야대본영의 바깥 성곽을 지목했다.

"쏴라!"

그 순간, 용란 수십 발이 나고야대본영 바깥 성곽을 두들겼다.

콰콰쾅!

제법 단단해 보이는 성곽이었지만 신용란 수십 발을 얻어맞은 후에는 돌을 쌓아 만든 석벽이 굉음을 내며 쏟아져 내렸다.

"다시 한 번 쏴라!"

명이 떨어지는 순간.

수십 발의 용란이 일정한 간격을 유지하더니 다시 한 번 히젠 바다를 갈랐다. 꼬리처럼 생긴 하얀색 항적이 선명했다.

콰콰쾅!

천지가 개벽하기 직전인 듯했다.

아니, 이미 개벽한 뒤인 듯했다.

엄청난 굉음과 더불어 뿌연 돌먼지, 붉은 화염, 검은색 파편이 수십 미터 위로 솟았다. 심지어 중군이 있는 바다까지 그 잔해 일부가 날아들 지경이었다. 돌비가 떨어져 내렸다.

김완은 철모 위에 떨어진 돌가루를 손으로 훔쳐냈다.

2, 3분가량 기다렸을 무렵.

돌먼지가 걷히며 정경이 다시 드러났다.

외벽을 구성하던 성곽은 석벽, 그리고 밑을 받치는 석축이 모두 부서져있었다. 심지어 석축이 박혀있던 단단한 땅마저 뒤집히는 바람에 근처에 있던 나무뿌리가 튀어나와있었다.

망원경으로 살펴보던 이순신의 명이 폭풍처럼 이어졌다.

"우군은 흩어져 이곳으로 오는 왜군 전선의 진입을 차단하라!"

이순신의 명은 우군 우후 김억추에게 바로 전해졌다.

중군에 이어 두 번째로 일자진을 이탈한 우군 함대는 히젠 앞바다 주위를 감시했다. 다행히 왜군 지원 병력은 없었다.

대마도를 빠져나온 어선이 히젠 영주에게 통보하는 바람에 왜군은 생각보다 빨리 전선을 모아 함대를 구성할 수 있었다.

만약, 이순신의 함대가 먼저 도착했다면 나고야대본영을 공격하는 내내, 함대는 상륙병력을 엄호하는 한편, 불나방처럼 달려드는 왜국 전선을 상대하느라 정신이 없었을 것이다.

"좌군은 남아있는 왜선을 정리하라!"

이순신의 명을 받은 좌군 우후 이영남은 동쪽을 바라보던 선수를 다시 서쪽으로 돌려 남아있던 왜선의 숨통을 끊었다.

히젠 앞바다에 모여 있던 수십 척의 왜선은 검은 연기에 휩싸여 빠른 건 빠른 대로, 느린 건 느린 대로 침몰해갔다.

제해권을 장악한 이순신은 다음 명을 내렸다.

"해병대는 상륙해 나고야대본영을 점령하라!"

"예, 대감!"

대답한 방덕룡은 사후선을 바다에 던져 그 위에 올라탔다. 잠시 후, 해병대원을 태운 사후선 수십 척이 모습을 드러냈다.

"해병대는 해안으로 돌격하라!"

방덕룡의 외침에 해병대원들은 열심히 노를 저어갔다.

대마도에서처럼 선수에 선 방덕룡은 고개를 들어 하늘을 보았다. 머리 위로 새하얀 항적이 긴 꼬리를 만들며 지나갔다.

바로 중군이 해룡포로 발사한 신용란의 흔적이었다.

수십 발을 퍼부은 중군은 해병대를 지원하기 위해 세 번째 포격을 가했다. 사후선에 탑승해 해안으로 돌격하는 해병대 머리 위를 지난 신용란 수십 발이 곧장 해변에 떨어졌다.

포탄이 떨어진 해변은 그들이 가려는 목적지였다.

콰콰콰콰쾅!

엄청난 폭음과 더불어 모래와 흙, 그리고 돌이 사방으로 비산했다. 해변에 있던 게 뭐였든 무사하기는 힘들 게 분명했다.

그러나 중군의 포격이 해병대에게 안전을 담보해주진 못했다.

탕!

조총의 총성이 날카로이 울리더니 노를 젓던 해병대원 하나가 뒤로 벌렁 넘어갔다. 탄환이 가슴에 있는 방탄조끼에 맞아 목숨엔 지장이 없었지만 아찔한 순간이 아닐 수 없었다.

방덕룡은 이를 부드득 갈며 뒤를 향해 소리쳤다.

"중군에게 일을 제대로 하는 좋을 거라고 전해라!"

방덕룡의 요청은 사람들의 입을 거쳐 중군 우후 김완에게 전해졌다. 김완은 곧바로 응답했다. 해안에 네 번째 포격을 가한 것이다. 백사장이 있던 자리에 다시 모래폭풍이 일었다.

네 번째 포격을 가한 후에는 왜군의 반격이 없었다.

중군의 완벽한 화력 지원에 방어하던 왜군이 박살나버렸다.

"쉬지 마라! 계속 노를 저어라!"

방덕룡은 연신 고함을 질렀다.

파도소리와 고함소리, 그리고 바람소리가 한데 섞여 들려왔다.

큰 파도에 몸을 실은 사후선은 빠른 속도로 해안에 접근했다.

해안이 멀지 않았을 무렵.

그들을 가장 먼저 반긴 것은 화약 냄새였다.

화약 냄새에 익숙한 해병대마저 정신이 몽롱할 지경이었다.

엄청난 양의 화약무기가 해변을 휩쓴 것이다.

두 번째로 그들을 반긴 것은 제자리에 있지 않은 물건들이었다. 깨진 돌과 부서진 나무 조각, 그리고 죽은 고기와 배의 파편, 또 사람의 몸에서 떨어져 나온 것으로 보이는 것들이 뒤섞여 파도가 몰아치는 해안 여기저기에 떠다녔다.

해병대원들은 배 앞을 막은 부유물을 노로 쳐내가며 접근했다. 잠시 후, 마침내 해병대 선발대가 해변에 상륙하였다. 가장 먼저 바다에 뛰어든 방덕룡은 달아오른 몸을 차가운 바닷물로 식히더니 냅다 해변 남쪽을 향해 뛰기 시작했다.

"돌격하라!"

방덕룡의 외침에 하선한 해병대원이 용아를 앞세워 돌격하기 시작했다. 그러나 대마도와 왜국 본토는 확실히 달랐다.

살아남은 왜군이 있었다.

곧 해병대원을 노리는 조총의 총성이 간헐적으로 들려왔다.

"크악!"

다리에 탄환을 맞은 해병대원 하나가 고꾸라졌다.

옆에 있던 동료가 급히 사후선으로 그를 옮기려는데 두

번째로 날아온 조총 탄환이 동료의 옆구리 밑에 들어가 박혔다.

방덕룡은 급히 고개를 돌려 전방을 주시했다.

4, 50미터 떨어진 곳에 풀이 가득한 언덕이 있었다.

그리고 풀이 바람에 흔들릴 때마다 총구가 모습을 드러냈다.

"저기다! 저기에 집중사격을 가해라!"

방덕룡의 외침에 달려가던 해병대원들이 일제사격을 가했다.

탕탕탕!

용아의 날카로운 총성이 이어지더니 언덕에 있던 풀들이 찢겨 사방으로 비산했다. 그리고 동시에 조총의 총성 역시 끊어졌다. 방덕룡은 해병대원들을 계속 위로 올려 보냈다.

그리고 그 사이 틈틈이 주위를 둘러보며 다른 왜군을 찾았다.

조총부대가 전부는 아닐 것이다.

왜군의 전술은 이미 파악한지 오래였다.

조총부대를 사격이 용이한 곳에 보내놓은 다음, 보병으로 급습하는 게 왜군이 사용하는 전술이었다. 비록 6, 7년이 훌쩍 지났긴 했지만 그 뼈대는 바뀌지 않았을 거라 짐작했다.

그때였다.

11시 방향 쪽에 갑주가 빛을 받아 번쩍이는 모습이 보였다.

왜군 보병부대가 분명했다.

방덕룡은 가장 먼저 그 쪽으로 몸을 날렸다.

해송 사이를 미친 듯이 달려가는 순간.

왜군 보병부대가 모습을 드러냈다.

족히 수백은 넘을 것 같았다.

그리고 전부 보병은 아니었다.

10여 명의 기병이 보병들을 토끼처럼 해안으로 몰던 중이었다.

"이쪽이다! 이쪽을 공격해라!"

부하들에게 알려준 방덕룡은 수중의 창을 전력을 다해 던졌다.

수 미터를 단숨에 가른 창이 그대로 기병의 가슴팍에 박혔다. 창에 실린 힘이 얼마나 셌는지 기병이 말 뒤로 날아갔다.

매복이 실패한 것을 안 왜군 장수는 그대로 공격을 명했다.

방덕룡은 자신을 향해 짓쳐오는 백여 명을 보았지만 전혀 겁을 내지 않았다. 오히려 달려들 듯 앞으로 걸어갔다. 그리고 허리춤에 손을 내려 탄띠에 착용한 용미를 뽑아들었다.

용미는 이혼이 만든 부무장으로 쉽게 말해 구식 권총이었다.

정유재란 때는 개발이 막 끝난 후인지라, 소유한 사람이 이혼 혼자였지만 지금은 대량 생산해 장교와 부사관에게 지급했다. 그리고 지금처럼 주무장이 없을시 사용하게 하였다.

방덕룡은 장전해둔 용미를 달려드는 기병에게 쏘았다.

탕!

총성이 울리는 순간, 기병이 말에서 떨어졌다. 거리가 가깝긴 했지만 명중확률이 떨어지는 용미로 낸 대단한 성과였다.

방덕룡은 급히 나무 뒤로 몸을 날렸다.

그가 있던 자리에 왜군이 쏜 화살이 비 오듯 떨어졌다.

그러나 방덕룡이 몸을 피할 필요는 없었다.

방덕룡의 외침을 들은 해병대원 수십 명이 달려와 용아를 쏘았다. 총성이 어지럽게 울리는 순간, 왜군 앞 열이 무너졌다.

이어 죽폭을 던지니 왜군이 놀란 새떼처럼 사방으로 흩어졌다.

해병을 한 번에 몇 백씩 올려 보낸다면 좋겠지만 현실적으로는 쉽지 않았다. 상륙정으로 사용할 배가 턱없이 부족했다.

그래서 초반이 가장 위험했다.

상륙한 병력이 적을 수밖에 없는 초반이 가장 위험했다.

반면, 병력이 늘어나면 빠른 속도로 강해지는 게 해병대
였다.

이미 대기하던 2차 병력이 상륙을 마친지라, 해안에 올
라와있는 해병대원의 숫자는 500명이 넘었다. 왜군 몇 백
으로는 당해내기 어려운 숫자였다. 해병대는 해안을 지키
던 왜군을 빠른 속도로 밀어냈다. 그리고 나고야대본영으
로 올라갔다. 중군의 포격을 받은 나고야대본영 북쪽 성벽
은 허물어져있는 거나 다름없어 안으로 쉽게 진입이 가능
했다.

방덕룡은 3차 상륙한 해병대원마저 전부 동원해 나고야
대본영을 차례차례 점령해나가기 시작했다. 점령은 예상
보다 훨씬 쉬웠다. 그리고 빨랐다. 나고야대본영을 세운
목적이 사라짐과 동시에 지키는 병력 역시 수백으로 줄어
든 것이다.

필요 없는 성채에 병력을 배치할 사람은 없었다.

외벽에 해당하는 소가마에는 중군의 포격을 받아 어렵
지 않게 돌파했다. 그 다음에는 산노마루, 니노마루 순으
로 차례차례 돌파했다. 그리고 마지막에 천수각이 있는 덴
슈마루와 혼마루로 향했다. 왜군은 전각이나, 성벽 사이에
숨어 해병대를 저격했는데 해병대는 그럴 때마다 압도적

인 화력을 퍼부어 무력화시켰다. 왜국 성이 보여주는 복잡한 구조에 대해선 오래 전에 이미 숙지를 마친지라, 당황하지 않았다.

수십 명으로 보이는 왜군부대가 혼마루에 들어가 저항했다.

총안에 조총을 걸어 달리는 해병대원을 저격했다.

조총이 무슨 저격총처럼 정확한 건 아니었지만 그래도 위협을 주기에는 충분했다. 몇 명이 다른 곳으로 이동하다가 조총에 맞아 나뒹구는 모습을 본 방덕룡은 이를 부드득 갈았다.

"이게 혼마루인가?"

"예."

부관의 대답에 방덕룡은 어깨끈에 달아놓은 죽폭을 꺼냈다.

"방어하는데 이게 꼭 필요하진 않겠지?"

"예?"

부관이 급히 물어보는데 숨어있던 벽 밖으로 달려 나간 방덕룡이 불을 붙인 죽폭을 혼마루에 던졌다. 워낙 힘이 센지라, 한참을 날아간 죽폭이 혼마루 중간 지붕 위에 떨어졌다.

펑!

폭음이 울리며 사방으로 화염이 치솟았다.

다시 몸을 벽 쪽으로 날린 방덕룡이 부하들에게 명했다.

"다들 죽폭을 던져라! 태워도 상관없다!"

그 말에 해병대원들은 혼마루 전각에 불을 붙인 죽폭을 던졌다.

죽폭 수십 개가 날아가 혼마루 여기저기에 떨어져 폭발했다.

그리고 그와 동시에 불길이 치솟아 혼마루를 태우기 시작했다.

오히려 화염보다 무서운 게 연기였다.

연기가 가득 들어차니 더 이상 숨어있는 게 불가능했다.

곧 혼마루에 숨어있던 왜군이 기침을 하며 뛰어나왔다.

"쏴라!"

방덕룡의 외침에 달려 나오던 왜군이 탄환에 맞아 쓰러졌다.

방덕룡은 나머지 병력으로 엄청나게 넓은 나고야대본영을 수색했다. 임진왜란 당시에는 이곳 나고야대본영이 도요토미 히데요시와 도쿠가와 이에야스 등을 포함한 영주 수십 명과 병력 수십만이 대기하던 곳인지라, 엄청나게 넓었다.

방덕룡은 그 날 저녁 무렵에서야 수색을 모두 마쳤다.

다행히 왜군은 더 이상 보이지 않았다.

방덕룡이 태운 혼마루는 붉은 화염과 검은 연기를 뿜어내며 엄청난 기세로 타올랐다. 기와가 화염에 녹아 흘러내렸다.

나고야대본영을 접수한 해병대는 이순신에게 전령을 보냈다.

전갈을 받은 이순신은 수송선단을 불렀다.

"전라사단 병력과 사단이 사용할 장비, 보급품을 빨리 내려라!"

이순신의 명은 곧 군령이었다.

함대의 호위를 받으며 안으로 진입한 수송선단은 이내 나고야대본영 앞에 있는 부두에 들어가 사람과 물자를 하역했다.

수십 개의 횃불이 어두운 항구를 밝혀주었다.

몸이 멀쩡한 사람은 최대한 많은 짐을 짊어진 상태로 나고야대본영으로 올라갔다. 해병대가 길을 뚫어놓은 뒤라 어려움은 없었다. 전라사단장 김시민이 직접 올라가 물자 하역과 병력배치를 지휘했다. 해병대장 방덕룡은 김시민을 만나 임무를 넘겨주었다. 이제 나고야대본영은 전라사단차지였다.

다음 날, 김시민은 전라사단 1, 2연대 병력을 나눠 나고야대본영 남쪽, 서쪽, 그리고 동쪽 성벽에 수비 병력을 배치했다.

수송부대는 배에 실어온 물자를 밤을 새워가며 대본영 안으로 옮겼다. 군량, 무기, 탄환, 포탄 등을 포함한 각종 소모품이 수레나, 마차에 실려 나고야대본영 창고에 속속 쌓였다.

이리하여 조공부대의 1차 목표는 완수한 셈이었다.

그리고 지금부터는 나고야대본영으로 몰려올 대군을 기다리는 게 임무였다. 그게 1, 2천일지 1, 2만일지, 아니면 10, 20만일지 모르는 일이었지만 어쨌든 그들을 죽이기 위해 왜국 전역에서 영주와 병사들이 몰려올 건 기정사실이었다.

김시민은 담담한, 그리고 어찌 보면 냉정한 눈으로 사방을 응시했다. 김시민은 자신의 임무를 알았다. 전멸까지 각오한 상태였다. 그들은 최대한 오래, 그리고 최대한 강력하게 저항해야했다. 김시민은 다시 한 번 자신의 마음을 다잡았다.

9장. 큐슈전투

光海鏡

9장. 큐슈전투

임진왜란 초기, 비가 내리는 영변 약산산성에 있을 무렵이었다.

이혼은 선조의 명으로 분조를 이끌어야하는 상황이었는데 당시 조직한 게 지금의 근위군 시초에 해당하는 근위대대였다.

근위대대의 출발은 정말 초라하기 짝이 없었다.

오합지졸 병력 몇 백이 근위대대가 가진 전부였다.

그나마 갑옷이나, 무기를 제대로 갖춘 자가 아주 드물 지경이었다. 그런 상태로 동진을 강행한 이혼은 회령성에 도착해 국경인의 반란을 진압했다. 그리고 그들을 수중에 넣은 덕분에 대대에 불과한 병력이 연대규모로 커질 수가 있었다.

그리고 그 직후에 맞닥뜨린 왜의 대군이 바로 나베시마 나오시게가 데려온 1만 병력이었다. 왜군 2번대, 즉 가토 기요마사의 부대에 속해있던 나베시마 나오시게는 회령에 임해군과 순화군이 있다는 소문을 들었는지 바로 회령을 쳐왔다.

정작 2번대를 통솔해야할 가토 기요마사가 호랑이사냥과 두만강 너머의 여진족에게 신경을 쓰는 사이, 그 휘하에 있던 나베시마 나오시게가 월척을 건지기 직전이었던 것이다.

전국시대를 온몸으로 겪으며 경험을 쌓은 나베시마 나오시게의 정병 1만과 오합지졸, 그리고 한때는 왕실에 반기를 들었던 함경도 토병의 대결은 결과가 불 보듯 뻔해보였다.

그러나 결국 승리한 것은 이혼이었다.

운이든, 뭐든 승리했다는 게 중요했다.

그 덕분에 함경도 북부를 안전하게 지켜냈다.

또, 임해군과 순화군을 구해 정치적인 약점 역시 잡히지 않았다.

임해군과 순화군이 구제 불능이긴 하지만 왕자인건 변함이 없었다. 그들이 적에게 잡히면 정치적인 약점으로 작용했다.

무엇보다 가장 중요한 것은 왜군과 붙은 전면전에서 조선군이 압도적인 대승을 처음으로 거두었다는 점이었다.

더구나 주장 나베시마 나오시게를 참살하는 성과마저 같이 올렸다.

나베시마 나오시게가 비록 가토 기요마사의 2번대에 속해있기는 하지만 가토 기요마사 못지않은 실력자로 통했다. 그런 나베시마 나오시게를 이혼이 첫 전투에서 쓰러트린 것이다.

그 일로 이혼의 자질과 능력을 의심하던 대신과 병사들, 그리고 백성들에게 믿음을 심어줄 수 있었다. 이혼에겐 단순 지표로는 계산하기 어려운, 그야말로 귀중한 승리였던 것이다.

그 전투는 임진왜란 당시 이혼의 행적을 기록한 행장을 지을 때 회령대첩이라는 이름으로 첫머리에 들어가는 내용이었다.

지금까지 말한 나베시마 나오시게의 영지가 이 히젠에 있었다. 말 그대로 지금 조선군 해병대가 점령한 나고야대본영이 위치한 히젠이 나베시마 나오시에의 영지였다는 말이었다.

엄밀히 말하면 류조지가문의 영지였지만 선대 영주였던 류조지 다카노부가 시마즈-아리마연합군에게 패해 전사하는 바람에 류조지가문의 일개 가신에 불과하던 나베시마 나오시게가 류조지가문을 오히려 수중에 넣는 결과가 일어났다.

당시 히젠 류조지가문은 사쓰마의 시마즈라는 거대한 세력 앞에 휩쓸리기 전이었다. 이에 나베시마 나오시게는 류조지 다카노부의 아들, 류조지 마사이에를 설득해 도요토미 히데요시 밑으로 들어갔다. 큐슈에 개입할 명분을 얻은 도요토미 히데요시는 병력 20만을 보내 시마즈를 굴복시켰다.

그리고 도요토미 히데요시는 큐슈를 자신의 발아래 두었다. 오다와라 호죠씨를 제외하면 그에게 저항할 세력이 없었다. 이에 도요토미 히데요시는 동원령을 내려 21만의 대병력을 모았다. 그리고 그 대병력으로 오다와라를 쳐들어가 호죠씨를 멸망시키며 사실상 왜국을 통일하기에 이르렀다.

그 다음은 다들 알다시피 내부의 문제를 외부에 전가해 해결하기 위해, 정명가도라는 말을 앞세워 대륙침탈을 꿈꾸었다.

그리고 그 첫 성과물이 바로 이 나고야대본영이었다.

한편, 큐슈를 정벌할 때 도요토미 히데요시를 도운 공으로 류조지 마사이에는 히젠에 있는 류조지가문의 영지를 보장받았다. 한데 류조지 마사이에는 병약했다. 또, 영주에게 필요한 재질 역시 부족해 중신 나베시마 나오시게가 영지의 일을 모두 처리하기 시작했다. 그래서 임진왜란에 참전하라는 명령을 받은 류조지가문은 영주인 류조지 마사이에가 아니라, 실질적인 통치자인 나베시마 나오시게가 히젠의 병력 1만과 함께 조선에 상륙해 회령까지 쳐들어갔던 것이다.

한데 그 나베시마 나오시게가 회령에서 1만 병력과 몰살당한 다음, 류조지가문은 급속도로 몰락의 길을 걷기 시작했다.

조선군이 쳐들어왔다는 말을 들은 류조지 마사이에는 가신단을 소집해 대처방법을 물었다. 그리고 가신단의 건의에 따라 각지에 흩어져있던 전선을 급히 모아 해안을 차단했다.

그리고 나고야대본영을 지키던 수비군에게 상륙을 막게 했다.

그러나 둘 다 보기 좋게 실패했다.

하루가 지나기 전에 나고야대본영이 조선군 수중에 떨어졌다. 그리고 믿었던 수군은 불과 두 시간을 버티지 못했다.

류조지 마사이에는 큐슈의 영주들에게 지원을 요청하는 한편, 조선군의 침공사실을 알리는 전령을 에도막부에 급파했다.

그렇다고 그 동안 가만있을 순 없는 노릇이었다.

어쨌든 막아야했다.

능력이 부족할 뿐이지, 우둔한 것은 아니었다.

류조지 마사이에는 몸이 약해 말을 타지 못했다. 그래서 가마에 올라 급히 끌어 모은 5천 병력과 나고야대본영으로 향했다.

이 5천 병력은 무리해 끌어 모은 병력이었다.

1만 병력과 참전했던 나베시마 나오시게가 돌아오지 못하는 바람에 류조지가 끌어 모을 수 있는 병력은 5천이 전부였다.

말 그대로 그가 실패하면 히젠을 지킬 병력이 없었다.

한편, 그 시각, 나고야대본영 혼마루에 도착한 전라사단장 김시민은 1연대장 김경로(金敬老), 2연대장 오응정(吳應鼎) 등과 나고야대본영 방어계획을 다시 한 번 점검 중이었다.

세 사람이 있는 곳은 도요토미 히데요시가 머물렀다는 화려한 전각 안이었다. 관리를 제대로 하지 않아 예전만큼 화려하지는 않았지만 어쨌든 장식이나, 가구는 모두 고급이었다.

방덕룡이 혼마루에 지른 불길은 거의 다 잡혀 연기가 올라오는 선에서 끝났다. 그리고 그들이 있는 전각은 운 좋게 화마의 불길을 피해간 곳으로 임시 지휘소로 사용 중이었다.

"지금 충분히 휴식을 취해두게."

김시민의 말에 김경로와 오응정은 동시에 고개를 끄덕였다.

김시민이 말한 의미를 아는 것이다.

앞으로 얼마 동안은 밤낮의 구분이 없을 가능성이 높았다. 그래서 지금 체력을 비축해놓아야 끝까지 버틸 수 있었다.

김시민이 전에 없이 무거운 표정으로 당부했다.

"사기가 중요해. 사기가 떨어지면 아무리 좋은 무기가 있어도, 아무리 단단한 성벽이 있어도 적의 공격을 막지 못해."

"명심하겠습니다."

김시민의 말이 이어졌다.

"잘 싸우는 게 목적이 아니네. 살아남는 게 우리의 목적이야."

"예, 장군. 소장들 역시 같은 생각입니다."

김시민이 김경로와 오응정에게 몇 가지 당부의 말을 하는 중인데 갑자기 문이 열리더니 사단 참모장이 뛰어 들어왔다.

"적이 당도했습니다!"

그 말에 긴장한 김경로와 오응정은 벌떡 일어났다.

그러나 김시민은 담담한 얼굴로 물었다.

"몇 명이오?"

"4, 5천 가량입니다."

5천이면 1, 2연대와 거의 같은 병력이었다.

그러나 김시민의 표정은 답답할 정도로 담담했다.

"어디의 부대요?"

"정보참모에 따르면 히젠 영주인 류조지가문의 부대라 합니다."

"음, 알겠소. 곧 나갈 터이니 참모장이 방어준비를 해주시오."

"예, 장군!"

군례를 취한 참모장은 바람처럼 뛰어나갔다.

그제야 일어난 김시민이 두 장수의 어깨를 잡았다.

"이제 본격적인 시작인 모양이군. 가서 부하들 잘 챙기게. 그리고 위험해지면 고수할 필요 없네. 계획대로 하는 거야."

"알겠습니다."

군례를 취한 김경록과 오응정은 말에 올라 각자 맡은 곳으로 달려갔다. 김경록의 1연대는 남서쪽, 오응정의 2연대는 남동쪽을 맡았다. 김시민 역시 지휘를 위해 성벽으로 향했다. 임시 지휘소에 있으면 전황을 자세히 파악하기 힘들었다.

남쪽 성문에 도착한 김시민은 손으로 해 가리개를 만들었다.

남쪽 성문과 2, 3킬로미터 떨어진 지점에 급조한 목책이 보였다. 그리고 목책 너머에 무장을 갖춘 왜군이 주둔해있었다.

목책 뒤에 사람보다 긴 장창이 쉴 새 없이 지나갔는데 장창의 날이 빛을 받아 물비늘처럼 반짝였다. 마치 수천 개의 작은 거울을 모아 목책 뒤에 잘 보이도록 전시해놓은 듯했다.

그리고 말을 탄 기병과 화려한 갑옷을 입은 장수들이 여럿 보였다. 참모장의 말대로 전부 합치면 5천은 넘을 듯했다.

김시민은 포병대대장을 호출했다.

잠시 후, 군복을 대충 걸친 듯한 중늙은이 한 명이 올라왔다.

철모는 거의 벗겨질 듯했다. 그리고 방탄조끼는 방탄역할을 하는 철판을 빼낸 거처럼 헐거웠다. 탄띠 역시 흘러내리기 직전이었는데 장교가 아니라, 할 일 없는 촌로처럼 보였다.

김시민은 눈살을 찌푸렸다.

그러나 그에게 뭐라 하진 않았다.

포병대대장 이능한(李能㷉)은 불모지나 다름없던 전라사단 포병대대를 지금의 위치로 끌어올린 주역이었다. 원래 야전포병은 이혼의 근위사단에만 있었다. 가장 큰 이유는 이혼이 다른 사단을 완벽하게 통제하기 어렵다는 이유였다.

만약, 포병을 가진 사단이 이흔을 향해 반란을 일으킨다면 결과가 끔찍했다. 근위사단이야 통제가 가능하지만 관군과 의병이 주를 이루는 지방사단은 완벽히 통제하기 어려웠다.

그리고 굳이 이유를 하나 더 찾으라면 비용문제였다.

대룡포 한 문의 가격은 어마어마했다.

거기에 들어가는 철이면 칼과 창 수백 개를 만들 수 있었다.

그 뿐만이 아니었다.

신용란 제작에 들어가는 돈 역시 만만치 않아 지금까진 지방사단에 포병을 설치하지 않았는데 원정군의 조공부대 주력으로 전라사단이 정해지며 포병을 배치할 필요성이 생겼다.

김시민은 급히 근위사단 포병연대에 도와줄 사람을 요청했다.

전라사단에는 포병이 없어 창설부터 편제, 운용, 훈련까지 전부 책임져줄 사람이 필요했다. 당연히 경험이 많아야했다.

포병연대는 전라사단의 요청을 받아들여 한 사람을 보내주었다. 그게 바로 지금 전라사단 포병대대장 이능한이었다.

이능한은 외모에서 풍기는 분위기와 달리 아주 꼼꼼한 사람이었다. 불모지 위에 모를 심어 쌀을 수확하는 심정으로 포병대대를 만들었다. 먼저 전라사단 각 대대를 돌며 똘똘한 병사를 추려 포병연대 편제를 완성했다. 그리고 그 포병연대 병사들의 입에서 곡소리가 절로 날만큼 강훈련을 시켰다.

이능한이 욕을 섞어가며 하는 말은 결국 하나였다.

"나중에 후회 말고 지금 열심히 해라! 그렇지 않으면 죽는 건 너희들의 전우다! 너희들의 형과 아버지, 동생이다! 너희들의 아들이 적의 칼날에 찢겨 창자를 쏟아내며 죽는 것이다!"

그런 말을 들은 포병대대 병사들은 없던 힘마저 다시 날 지경이었다. 전라사단의 모태는 관군보다 의병에 가까웠다. 어차피 관군이란 게 있으나마나한 수준이었으니 당연했다.

그리고 그 의병들이란 일종의 가업내지는, 가내수공업 체제였다. 가장, 아니면 가족 중 한 명이 뜻을 세우면 직계, 친척할 거 없이 문중 전체가 의병활동에 투신하는 식이 많았다.

그런 관계로 전라사단 내에는 형제, 부자, 사촌 등이 많았다.

포병입장에선 전라사단 보병은 다른 부대 사람이 아니라, 피를 나눈 실제 가족이었다. 그리고 가족을 지키기 위해 못할 짓은 없었다. 죽을 것 같아도 가족을 위해서라면 없던 힘을 만들어 싸울 수 있는 게 피를 나눈 가족의 힘이었다.

이능한은 그 점을 훈련에 써먹었다.

전라사단 포병연대는 빠른 속도로 자리를 잡았다.

그리고 그것을 가능하게 해준 사람이 바로 이 이능한이었다. 김시민 입장으로선 이능한이야말로 보배 중의 보배였다.

이능한이 껄렁거리며 물었다.

"부르셨습니까요?"

"포병은 모두 배치했소?"

"다섯 문씩 나눠 1연대와 2연대 뒤에 배치했습니다요."

"곧 전투가 있을 모양인데 포병이 활약하지 않으면 어려울 것 같소. 우리 상대는 앞에 있는 5천이 다가 아니기 때문이오."

김시민의 말에 이능한은 가슴을 두드렸다.

"저만 믿으십쇼. 이 이능한이 만든 포병은 적수가 없으니까요."

"그 말을 믿어보리다."

이능한은 바로 포병대대에 달려가 포병을 준비시켰다.

포병을 끝으로 조선군 쪽의 방어준비는 모두 끝났다.

그렇다는 말은 이젠 적을 상대하는 일만 남았다는 말이었다.

그리고 왜군 역시 오래 기다릴 생각은 없는 듯했다.

해가 중천으로 떠오르는 순간.

왜군 목책 상공에 뿌연 먼지가 올라왔다.

그리고 그와 동시에 대나무방패를 앞세운 왜군 조총부대가 남쪽 성문으로 걸어오기 시작했다. 조총부대 뒤에는 장창부대가 위치해 있었다. 왜군이 동원한 병력은 2천정도로 보였다. 그리고 장창병이 조총병보다 열 배 이상 많아보였다.

김시민의 얼굴에 처음으로 감정이 담겨있는 표정이 떠올랐다.

"흐음."

먼지와 함께 접근한 왜군은 대나무방패를 이용해 엄호하며 성벽에 접근했다. 조총의 사거리는 100미터를 넘지 않았다. 100미터 밖에서 발사한 조총 탄환을 눈과 목처럼 아주 약한 부위에 정통으로 맞지 않는 이상, 즉사가 힘들었다.

그러나 용아의 사거리는 그보다 훨씬 길었다.

그리고 위력 역시 조총에 비할 바 아니었다.

지금 교전하면 전라사단의 완벽한 선제공격이었다.

그러나 김시민은 공격명령을 내리지 않았다.

그저 물처럼 담담한 눈으로 왜군의 진격을 지켜볼 뿐이었다.

왜군이 이번에 동원한 병력은 2천이었다.

말이 2천이지 엄청나게 많은 숫자였다. 2천 명이 한꺼번에 움직이면 먼지는 하늘로 치솟는다. 땅에서는 진동이 느껴진다.

그러나 김시민은 여전히 지시를 내리지 않았다. 병사들은 성첩과 성벽 뒤에 숨어 김시민의 입만 쳐다보는 형국이었다.

조총 사거리 안으로 들어온 왜군은 힘들게 가져온 대나무방패 뒤에 지지대를 받쳐 고정시켰다. 그리고 그 뒤에 숨어 진격해온 조총부대가 장전한 조총을 방패 위 틈에 거치했다.

방패가 방패임과 동시에 조총 거치대 역할을 같이 했다.

탕탕탕!

조총의 총성이 남문을 중심으로 남쪽 성벽 전체를 뒤흔들었다.

경쾌한 총성이었다.

김시민은 임진왜란 때의 기억이 새록새록 떠올랐다.

왜군 조총은 그야말로 엄청난 신무기였다.

조총의 위력이 엄청나서가 아니었다.

그리고 흔히 하는 말로 총성이 커서 겁을 먹은 것 역시 아니었다. 총성보다는 눈에 보이지 않는 탄환이 무섭게 만들었다.

조총의 탄환은 눈에 보이지 않았다.

그게 화살과 탄환의 가장 큰 차이점이었다.

화살은 눈에 보였다.

그게 아무리 빠른 속도일지라도 최소한 자신을 향해 뭐

가 날아오는지는 알았다. 그러나 조총 탄환은 눈에 보이지 않았다.

총성이 울리는 순간, 옆의 동료가 피를 흘리며 쓰러져있는 것이다. 처음에는 영문을 모를 지경이었다. 귀신이 곡할 노릇이었다. 그게 조총이 사람들에게 두려움을 주는 이유였다.

그러나 이젠 조총이 두렵지 않았다.

오히려 애들 장난감처럼 느껴졌다.

귀청을 꿰뚫는 조총의 총성이 자장가처럼 포근하게 들렸다.

김시민은 총성을 들으며 자신이 어쩔 수 없는 무인이란 생각이 들었다. 총성을 듣는 순간, 심장이 뻐근할 만큼 빠른 속도로 달리기 시작했다. 그리고 그 심장이 뿜어내는 피가 손끝, 발끝까지 흘러가 온몸의 신경이 날카롭게 곤두섰다.

한쪽 무릎을 바닥에 댄 상태로 대기하던 전령들은 김시민의 입과 손을 주시했다. 그러나 김시민은 바위처럼 꿈쩍하지 않았다. 물처럼 담담한 시선으로 전장을 지켜볼 뿐이었다.

대나무방패가 점점 다가왔다.

처음엔 조총 사거리인 50미터에 밖에 있던 왜군의 대나무방패가 40미터, 30미터, 20미터, 그리고 10미터로 줄어들었다.

조총의 탄환 역시 화살과 마찬가지였다.

뭐든 운동에너지를 최대한 많이 머금은 상태, 즉 공기저항과 중력의 영향을 최대한 덜 받은 상태가 가장 강한 법이었다.

그리고 그게 화살과 조총 탄환이라면 적과 가까운 곳일수록 위력이 강한 법이었다. 10미터라면 방탄조끼의 관통이 가능했다. 성벽을 지키는 조선군은 성첩 밑에 바짝 엎드렸다. 객기부리다가는 몸 어딘가에 구멍이 생기기 십상이었다.

탕탕탕!

조총의 총성이 울릴 때마다 성첩의 파편이 사방으로 비산했다.

병사 몇이 그 파편에 맞아 얼굴에 피가 흘렀다.

그러나 움직이지는 않았다.

김시민은 이순신만큼이나 군율이 엄격한 지휘관이었다.

명 없이 함부로 움직이는 자는 용서하는 법이 없었다.

그걸 아는 병사들은 고통을 참아가며 성첩 밑에 엎드려 있었다.

성첩 사이에 얼굴을 내민 부관이 고함을 질렀다.

"공성부대가 옵니다!"

김시민은 부관 옆으로 걸어가 밖을 내다보았다.

부관 말 대로였다.

사다리차 두 개가 남문으로 접근 중이었다.

사다리차의 높이는 성벽과 거의 비슷했다.

그 말은 사다리차가 성벽 위에 사다리를 내려놓으면 그 곳으로 왜군이 안으로 진입한다는 말이었다. 위험한 순간이었다.

그러나 김시민은 움직이지 않았다.

한데 사다리차가 끝이 아니었다.

귀갑차로 불리는 공성병기가 남문으로 진격해왔다.

귀갑차는 위에 돌을 넣은 지붕을 둘러 화공이 통하지 않았다. 그리고 귀갑차 안에는 성문을 치는 커다란 말뚝이 있었다. 성문에 바짝 붙어 말뚝으로 성문을 공격하는 병기였다.

김시민은 가까이 다가오는 사다리차와 귀갑차를 번갈아보았다.

그러나 공격명령은 내리지 않았다.

어느새 성벽에 접근한 사다리차가 사다리에 달린 끈을 잘랐다.

휙!

그 순간, 마치 우산살이 펴지듯 사다리가 허공을 빙 돌았다.

쾅!

돌먼지가 치솟으며 육중한 사다리가 성첩 위에 걸렸다.

김시민의 굳게 닫혀 있던 입이 처음으로 열렸다.

"쏴라!"

성첩 밑에 숨어있던 병사들이 장전해둔 용아의 총구를 총안에 집어넣었다. 그리고 사다리를 조준해 방아쇠를 당겼다.

탕탕탕!

수백 발의 총성이 동시에 울렸다.

그리고 그와 동시에 사다리차에 둘러져있던 두꺼운 가죽에 구멍이 뻥뻥 뚫렸다. 사다리를 이용해 건너오려던 왜군이 추수를 위해 세워놓은 볏짚이 쓰러지듯 줄줄이 쓰러졌다.

김시민은 벌떡 일어나 팔을 흔들었다.

"죽폭을 던져라!"

그 말에 성벽을 수비하던 병사들이 죽폭에 불을 붙여 성벽 밑으로 던졌다. 수십 개의 죽폭이 연달아 터지며 붉은 화염과 하얀 연기가 남문 성벽을 한차례 휩쓸었다. 뒤이어 돌먼지와 흙이 성벽 위로 치솟았다. 하얀 돌먼지와 검은 흙이 뒤섞여 있는 모습이 마치 한편의 수묵화를 그린 듯했다.

죽폭 몇 개는 사다리차 안으로 들어갔다.

그리고 그 여파로 사다리차가 불에 타기 시작했다. 사다리차의 계단을 이용해 위로 올라오던 왜군 수십 명이 비명을 지르며 밑으로 추락했다. 그 순간, 성문을 지키던 병력이 급한 전갈을 보냈다. 귀갑차가 성문을 때리기 시작한 것이다.

김시민은 사단 직할 공병대대에 전령을 보냈다.

"성문 앞을 청소해라!"

공병대대장은 바로 사단장의 명령을 실행에 옮겼다.

도화선에 불을 붙인 공병이 성벽 뒤로 몸을 날리며 소리쳤다.

"폭파한다!"

소리친 공병 역시 철모를 부여잡으며 바닥에 엎드렸다.

콰아앙!

엄청난 폭음과 함께 성문 외곽에 설치해둔 용염이 폭발했다.

용염 역시 정유재란에 사용하던 것보다 위력이 강해져 있었다.

용염에 든 작약이 폭발하는 순간, 주위 공기가 엄청난 속도로 빨려 들어갔다. 무언가가 타기 위해선 공기가 반드시 필요했다. 이는 화학의 기본이었다. 엄밀히 말하면 공기 중의 산소가 필요한 거지만 어쨌든 연소에는 공기가 필요했다.

엄청난 양의 폭발이 일어나면 주변의 공기가 순식간에 줄어들어 일종의 진공상태로 변했다. 그런 다음, 폭발의 충격이 그 진공상태를 엄청나게 빠른 속도로 다시 돌파해 퍼져갔다. 이는 사람이 그 폭발 여파를 피하기 어렵다는 말이었다.

귀갑차 안에 있던 왜군은 그 여파의 중심에 있었다.

거의 폭심(爆心) 안에 있는 것과 마찬가지였다.

먼저 귀갑차의 지붕이 터져나갔다. 그리고 그 안에 있던 말뚝은 3미터 뒤로 날아갔다. 지붕과 말뚝이 그런 상황이 니 귀갑차를 운용하던 왜군은 제대로 알아보기 힘들 지경 이었다.

귀갑차와 사다리가 모두 실패한 왜군은 밧줄이나, 휴대 용 사다리를 성벽에 걸어 올라오려하였다. 그러나 조선군 의 반격에 성공하지 못했다. 성첩에 등을 기댄 상태로 앉 아있던 병사 하나가 먼저 용아의 노리쇠손잡이를 당겼다. 약실에 들어있던 빈 탄피가 연기를 뿜어내며 밑으로 떨어 졌다.

병사는 습관적으로 바닥에 떨어진 탄피를 집어 탄입대 에 넣었다. 구리는 귀한 재료였다. 조선에 구리광산이 몇 개 있기는 하지만 탄피와 식기 등을 만들기에 충분한 양은 아니었다. 어쩔 수 없는 경우가 아니면 탄피를 수거해 보 관했다.

탄입대에 넣은 손가락으로 새 탄환을 찾았다. 그리고 바 로 밖으로 꺼내 비어있는 약실에 넣었다. 탄환이 밑으로 빠져나오지 않게 장전할 때는 총구를 앞으로 내렸다. 탄환을 밀어 넣은 다음, 뒤에 있는 노리쇠손잡이를 앞으로 밀어갔다.

찰칵!

약실 폐쇄돌기가 탄환을 꽉 물어 움직이지 못하게 만들었다.

"휴우."

심호흡을 한 병사는 총안에 용아의 총구를 집어넣었다.

총안이 넓어 그 사이로 조준이 가능했다.

총구를 이리저리 돌리던 병사의 시선에 말을 탄 사무라이가 들어왔다. 화려한 갑주를 입은 그는 류조지가의 가신인지, 마상에서 칼을 풍차처럼 휘두르며 아시가루를 몰아붙였다.

병사는 가늠자로 먼저 사무라이를 조준했다.

가늠자는 개머리판과 가까운 조준장치였다.

말을 탄 사무라이가 계속 움직이는 바람에 조준이 쉽지 않았다.

뒤에서 누가 불렀는지 사무라이가 고삐를 잡더니 말을 세웠다.

병사는 그 틈에 사무라이의 배 쪽을 가늠자로 조준했다.

그런 다음 총구를 조금씩 움직여 가늠쇠 안으로 들어오게 만들었다. 가늠쇠는 총구 위에 있는 조준장치였다.

가늠쇠와 가늠자 안에 사무라이가 다 들어와야 정확한 조준이었다.

병사는 입에 가득한 침을 자신도 모르는 사이에 꿀꺽 삼켰다.

목울대가 꿈틀거리며 총구가 좌우로 흔들렸다.

병사는 급히 원래 조준점으로 돌아가기 위해 정신을 집중했다.

다행히 재 조준에 바로 성공했다.

그러나 여전히 정확한 조준은 쉽지 않았다.

4월 중순이었지만 바닷가 근처여서 그런지 습도가 아주 높았다. 이마 밑으로 흐른 땀이 눈으로 들어갔지만 닦을 순 없었다. 손으로 닦으면 애써 조준한 게 물거품으로 돌아갔다.

방아쇠에 건 손가락이 뻐근해졌다.

심장박동이 점점 빨라졌다.

숨이 가빠오며 총구가 아래위로 흔들렸다.

병사는 심호흡을 크게 하였다. 그리고 다시 천천히 내쉬었다.

어느 순간, 총구의 떨림이 멈추며 온몸의 터럭이 다 곤두섰다.

탕!

방아쇠를 당기기 무섭게 총구가 들리며 총안 천장을 때렸다.

병사는 눈을 크게 떴다.

그리고 그가 조준한 적의 상태를 살폈다.

주인을 잃은 말이 남쪽으로 도망치는 중이었다.

그리고 그가 저격한 사무라이는 어깨를 부여잡은 채 바닥을 굴렀다. 배가 아니라, 어깨에 맞은 모양이었다. 용아는 개조에 개조를 거쳤지만 여전히 명중확률이 5할에 불과했다.

병사는 같은 과정을 반복했다.

그리고 어깨를 부여잡으며 일어서는 사무라이에게 총을 쏘았다.

탕!

총성이 울리는 순간, 잠지 멈칫한 사무라이가 고개를 돌리더니 그가 숨어있는 총안을 노려보았다. 그리고 고개를 앞으로 떨구며 쓰러졌다. 갑자기 자신을 쳐다보는 바람에 깜짝 놀라 고개를 돌렸던 병사는 슬며시 고개를 들어 밖을 살폈다.

그가 쓰러트린 사무라이가 움직이지 않았다.

"후우."

참았던 숨을 길게 내쉰 병사는 이내 두 번째 표적을 겨누었다.

사다리에 있는 적이었다.

탕!

총구가 세 번째로 들리는 순간, 사다리에 있던 적이 모습을 감췄다. 이내 무아지경에 빠진 병사는 탄입대에 들어 있던 서른 발의 탄환을 미친 듯이 쏘아댔다. 탄입대에 집어넣은 손가락에 새 탄환이 잡히지 않을 쯤에야 정신을 차렸다.

성첩 뒤에 등을 기대며 앉은 병사는 거친 숨을 토해냈다. 심장박동 소리가 들릴 지경이었다. 긴장해 그런 건지, 아니면 심장에 이상이 생겨 그런 건지 알 수 없을 지경이었다.

성벽 위를 미친놈처럼 뛰어다니던 소대장이 어깨를 툭 쳤다.

"뭐하는 짓이냐?"

"예?"

멍한 얼굴로 쳐다보는 병사에게 소대장이 물었다.

"어디 다쳤나?"

"아, 아닙니다."

"그럼 멍하니 있지 말고 계속 공격해!"

"탄, 탄환이 없습니다."

병사의 말에 고개를 끄덕인 소대장이 어깨를 툭 쳤다.

"곧 탄약병이 온다. 엄폐나 잘해. 멍청히 있지 말고."

"알겠습니다."

소대장은 그 옆에 있는 성벽으로 뛰어갔다.

그들 소대가 지켜야하는 성벽이 꽤 넓은지라, 뛰어다니지 않으면 지휘를 하기 어려웠다. 병사가 지켜야하는 공간은 1미터 남짓이었다. 그러나 지금은 한강보다 더 넓어보였다.

병사의 시선이 계단 입구로 향했다.

성벽에는 당연히 계단이 있었다.

그래야 밑에 있는 사람이 올라오니 당연한 얘기였다.

그러나 계단이 넓지는 않았다.

한 사람이 겨우 올라올 수 있는 너비였다.

계단을 그렇게 만드는 이유는 성벽이 점령당했을 경우, 적이 성채 안으로 뛰어드는 것을 최대한 저지하기 위해서였다.

한 사람 밖에 내려올 수가 없다면 당연히 속도가 늦을 수밖에 없었다. 이는 왜국 성곽이 가지는 대표적인 특징이었다.

조선의 성채와 왜국의 성채는 다른 점이 많았다.

아니, 성채를 쌓는 목적 자체가 달랐다.

왜국은 조총을 사용하기 전에도 성벽을 다중으로 쌓아 성채의 중심이라 할 수 있는 혼마루에의 접근을 차단하려 하였다. 그래서 산노마루, 니노마루, 소가마에와 같은 게 생겼다.

소가마에는 외벽을 가리켰다.

해자 바로 뒤에 있는 게 소가마에였다.

그리고 산노마루는 그 안에 있는 세 번째 성곽, 니노마루는 두 번째 성곽, 그리고 그 안에 천수각과 혼마루가 있었다.

그러나 성곽이 넓거나 단단하진 않았다.

왜국 성은 구조를 복잡하게 만들어 혼마루로 들어오는 적을 총안이나, 교묘한 위장공간에서 저격하려는 목적이 강했다.

반면, 조선의 성곽은 외벽 자체가 최후방어선이었다.

성곽 다음에는 바로 민가나, 관청이 있었다.

외벽 다음에는 적을 저지할 마땅한 공간이 없는 것이다.

그런 관계로 조선의 성곽은 단단했다. 그리고 폭이 아주 넓었다.

그러나 왜국 성벽은 좁았다.

계단은 한 사람이 겨우 올라올 만큼 좁았다.

병사의 시선에 계단을 올라오는 탄약병의 철모가 들어왔다.

그리고 그 다음에는 탄약병이 짊어진 지게가 보였다.

한 사람 밖에 올라올 수 없다면 지게처럼 좋은 운송수단이 없었다. 지게는 50킬로그램까지 한 번에 운반이 가능했다.

위로 올라온 탄약병이 지게에 든 탄입대 두 개를 꺼내 건넸다.

"수고하십시오."

탄약병의 말에 병사는 말없이 고개를 끄덕였다.

탄약병은 탄약병 나름대로의 고충이 있었다.

전투에 참가하지 않는다고 해서 편한 보직은 없었다.

탄입대 하나엔 서른 발이 탄환이 있었다. 병사는 지급받은 탄입대 두 개를 탄띠 양 옆에 걸었다. 탄입대 뒤에 고리가 있어 탄띠에 있는 구멍에 끼우는 식으로 탈부착이 가능했다.

"후우우."

숨을 깊이 들이마신 병사는 탄입대의 뚜껑을 열었다.

이제 다시 시작이었다.

한편, 남문 위에 올라가 전황을 지휘하던 김시민은 말없이 고개를 끄덕였다. 류조지 마사이에가 보낸 공성부대는 거의 전멸 직전이었다. 2천에 이르는 류조지군 병력 중 돌아간 병력은 수백에 불과했다. 그에 비해 아군 피해는 경미했다.

초전은 압도적인 승리였다.

김시민의 시선은 성문 앞을 지나 왜군이 급조한 목책 방향으로 향했다. 조용하던 목책에 다시 먼지가 일기 시작했다.

류조지군의 두 번째 부대, 아니 거의 전 병력이라 할 수 있는 3천 병력이 목책 문을 나와 남문으로 진격해오기 시작했다.

김시민은 바로 포병대대장 이능한에게 전령을 보냈다.

"포병은 내 명을 기다려라!"

명을 받은 이능한은 남벽에 있는 대룡포 다섯 문에 미리 신용란을 장전해두었다. 지금까지는 꿔다놓은 보릿자루였다.

김시민은 전투 전에 이능한을 불러 잘 부탁한다는 말까지 했지만 정작 전투에 들어가선 포병에게 전령을 보내지 않았다.

이능한은 처음에 의아한 생각이 들었지만 김시민의 의도를 곧 깨우치곤 허벅지를 탁 쳤다. 김시민의 전술이 통했다.

류조지군은 빠른 속도로 전진해왔다.

방금 전에는 조총부대부터 서서히 전진해왔지만 지금은 아니었다. 기병, 보병할 거 없이 공성무기와 함께 빠른 속도로 남벽을 향해 접근해왔다. 조선군에게 화포가 없는 줄 아는 게 분명했다. 화포가 있었다면 초전에 바로 사용했을 거라 생각한 그들은 용아만 조심하며 빠른 속도로 접근해왔다.

김시민은 류조지군 본대가 대룡포 사거리 안으로 들어오는 모습을 보았다. 그러나 포병부대에 명령을 내리지 않았다.

이능한은 조급한 마음을 갖지 않았다.

김시민을 많이 겪어보진 않았지만 냉정한 성격임은 분명했다.

아마 가장 큰 피해를 입힐 수 있는 시점까지 기다릴 것이다.

류조지군은 바람처럼 달려왔다.

이번에는 다섯 대의 사다리차에 조총병, 즉 뎃포 아시가루의 비율이 아주 높았다. 류조지 마사이에가 조선군의 허실을 탐지하기 위해 초반에는 전력을 다하지 않은 게 분명했다.

그러나 냉정한 김시민에게 통할 수는 아니었다.

오히려 패착이었다.

굳게 닫혀있던 김시민의 입이 마침내 열렸다.

"포격하라!"

이능한이 돌아서며 부하들에게 외쳤다.

"이제 우리 차례다! 보병 놈들에게 포병의 위대함을 보여주자!"

"옛!"

대답한 포병들은 장전해둔 대룡포의 위장막을 벗겼다.

위장막은 성벽과 같은 색깔인지라, 자세히 보지 않으면 확인하기 어려웠다. 위장막을 벗긴 포병은 바로 발포에 들어갔다. 고정과 각도의 조정은 이미 전날 모두 마친 상태였다.

격발장치를 힘껏 당기는 순간.

퍼엉!

포성과 함께 신용란이 내리꽂히듯 곧장 날아갔다.

콰콰쾅!

화염이 일며 흙비가 공중으로 비산했다.

신용란이 떨어진 곳 주위에 있던 왜군이 사방으로 날아갔다.

성벽과 류조지군의 거리는 100여 미터에 불과했다.

그 말은 대룡포와 류조지군 거리 역시 100여 미터란 말이었다. 100미터를 날아간 신용란은 지닌 위력을 충분히 뽐냈다.

나고야대본영 남벽 앞에 포화가 충천했다.

10장. 큐슈회전(九州會戰)

光海鑑

10장. 큐슈회전(九州會戰)

첫사랑처럼 뭐든지 처음이 강렬한 기억을 남기기 마련이었다.

류조지 마사이에가 지휘하던 류조지군에게 조선군의 대룡포와 신용란은 평생 잊지 못할 강렬한 기억을 선물해주었다.

두 번째 전투는 오히려 싱거웠다.

김시민은 진형이 붕괴 직전이던 류조지군을 거세게 몰아갔다.

"전선에 화차를 투입해라!"

그 말이 떨어지기 무섭게 화차가 성첩 위에 모습을 드러냈다.

화차는 밑을 향해 겨눈 다음, 탄환을 쏟아 붓기 시작했다. 화차 안에 설치한 마흔 개의 용아가 일정한 간격으로 탄환을 공중에 뿌려댔다. 화차 한 대는 약할지 모르지만 화차 열대는 1분에 400발의 탄환을 밀집한 공간에 쏟아부을 수 있었다. 더구나 교차사격인지라, 왜군이 버텨내지 못했다.

화차 10대가 사격한 후에는 신음소리조차 들려오지 않았다.

전멸이었다.

아지랑이처럼 보이는 연기와 매캐한 화약 내음, 그리고 사람의 몸에서 떨어져 나온 피와 살점이 흩어져 있을 뿐이었다.

용아의 탄환에 들어가는 작약은 싱글베이스 무연화약이었다.

명칭은 무연화약이지만 연기가 전혀 없다는 말은 아니었다. 흑색화약처럼 이게 총을 쏜 건지, 연막탄을 던진 건지 알 수 없을 정도로 연기가 많이 나지 않는다는 말일 뿐이었다.

류조지군은 바로 후퇴했다.

아니, 그냥 도망쳤다.

성벽에 접근했던 부대가 거의 전멸하는 순간, 두려움이 류조지군 사이에 퍼져갔다. 두려움은 곧 사기저하를 불러왔다. 그리고 사기저하는 본디 병력이탈로 이어지기 마련이었다.

살아남은 류조지군 일부는 몸을 돌려 성벽과 최대한 멀리 떨어진 곳으로 도망쳤다. 탈주하는 병력을 막아야할 가신단이 먼저 무너져버린 상황이었으니 전장은 혼란 그 자체였다.

한때 큐슈 북부를 지배했던 가문이었지만 선대 영주 류조지 다카노부가 아리마-시마즈연합군과 싸운 오키타나와테전투에서 전사할 때 가문의 중요한 가신들이 거의 다 전사했다.

그리고 살아남은 가신들 역시 나중에 나베시마 나오시게와 함께 회령에 뼈를 묻는 바람에 지금 가신단은 형편없었다.

만약, 류조지 다카노부가 건재했다면 이렇게 형편없는 모습으로 패하진 않았을 것이다. 류조지 마사이에는 쓴웃음을 지었다. 가마를 들어야할 시종들마저 도망친 지 오래였다.

근처에 있는 병력이라곤 하타모토 몇 명과 근위시동 몇 명이 전부였다. 나머진 도망치거나, 방금 전 전투에서 전사했다.

류조지 마사이에는 가마를 내려와 가문의 보도를 손에 쥐었다.

그러더니 나고야대본영 남문을 노려보았다.

"히젠의 용사들은 나를 따르라!"

소리친 류조지 마사이에는 성문을 향해 달려갔다.

지금만은 병약하다는 말이 어울리지 않을 지경이었다.

장렬한 돌격이었다.

지켜보던 조선군마저 탄성을 토해냈다.

그러나 모두가 감탄한 건 아닌 모양이었다.

서로의 얼굴을 바라보던 하타모토들은 류조지가문의 깃발을 바닥에 팽개쳤다. 그리곤 몸을 돌려 남쪽으로 도주해버렸다.

결국, 류조지 마사이에의 뒤를 따른 것은 가신 서너 명과 근위시동 서너 명이었다. 성문 위에서 이 모습을 지켜본 김시민은 담담한 시선으로 부하들에게 일제사격을 명했다. 총안으로 총구를 집어넣은 병사들이 방아쇠를 일제히 당겼다.

탄환 수백 발이 류조지 마사이에일행을 갈랐다.

피와 흙이 튀었다.

그리고 그게 끝이었다.

류조지 마사이에가 죽으며 류조지군은 지리멸렬했다.

그 날 저녁, 류조지가문의 거성이 있는 사가성에서 사자가 나와 김시민에게 뵙기를 청했다. 김시민은 적의 의도를 알 수 없어 부하를 보내 무슨 일인지 알아보게 했다. 사가

성에서 나온 류조지가문 사자는 성벽 앞에 널브러져 있는 류조지 마시이에 등의 시신을 거두어갈 수 있게 해 달라 청했다.

김시민은 쾌히 승낙했다.

오히려 조선군의 수고를 덜어주는 청이었다.

김시민은 승낙하기 전 사가성의 사자를 불러 직접 하문했다.

"죽은 영주에게 자식이 있소?"

사가성의 사자는 조선말을 능숙하게 하였다.

"예, 류조지 타카후사라는 아드님이 한 분 계십니다."

"류조지가문의 대가 끊기길 원하지 않는다면 자중하라 하시오."

"그렇게 전하겠습니다."

사가성의 사자는 서둘러 돌아갔다.

그 날 저녁에 도착한 류조지가문 사람들이 류조지 마사이에 등 이번 전투로 죽거나, 중상을 입어 거동이 힘든 자들을 수습해갔다. 김시민은 휑해진 남문 앞 공터를 바라보았다.

포탄이 떨어진 곳에는 큰 구덩이가 파여 있었다. 그리고 죽폭이 떨어진 곳에는 작은 구덩이가 파여 있었다. 용아와 화차의 탄환이 휩쓴 자리에는 더 작은 구멍이 벌집처럼 나 있었다.

피를 머금어 붉은색으로 물든 땅과 여기저기 널려있는 무기들, 갑옷들, 투구들이 남녁의 햇빛을 받아 새카만 빛을 발했다.

전투의 흔적이 꼭 눈에 보이는 것만 있는 건 아니었다.

오히려 시각보다는 후각이 더 괴로웠다.

류조지가문이 부상자와 전사자를 데려갔다곤 하지만 피와 살점은 그대로 남아있었다. 시간이 갈수록 부패한 냄새가 진동하며 파리를 비롯해 이를 모를 벌레들을 잔뜩 모여들었다.

바람이 성벽 쪽으로 불어올 때마다 헛구역질하는 병사들이 있을 지경이었다. 이처럼 전쟁은 치열한 현실이었다. 듣는 것과 읽는 것으로는 현장의 느낌을 전달하기가 불가능했다.

잠시 감상에 빠져있던 김시민은 이내 고개를 저었다.

고작 서전을 승리로 장식했을 뿐이었다.

앞으로 이보다 위험한 전투가 수없이 많을 것이다.

김시민은 공병대대장을 불렀다.

"야간에 작업을 해줘야겠네."

"알겠습니다."

대답한 공병대대장은 달빛이 거의 없는 밤에 부하들을 인솔해 성문 밖으로 나갔다. 그리고 지게에 실어온 용조를 바닥에 매설했다. 용조를 매설한 지역은 꼼꼼하게 기록해두었다.

전라사단 병사들은 성문과 성벽을 보수하며 전투에 대비했다. 할 일이 없는 병사들은 순찰을 돌거나, 아니면 휴식을 취했다. 남녘의 뜨거운 바람이 성벽에 머물다가 흘러갔다.

류조지군의 패배소식은 큐슈 북부에 빠른 속도로 퍼져갔다.

큐슈 북부에 영지가 있는 영주들의 상황은 사실 류조지 가문과 다르지 않았다. 임진왜란에 이어 정유재란까지 징발당한 터라, 영지의 힘이 예전 같지 않았다. 더구나 세키가하라를 통해 이시다 미쓰나리의 서군을 지지했던 큐슈 영주들은 몰락한 반면, 도쿠가와 이에야스를 지지했던 동군 영주들이 대거 큐슈에 들어온 바람에 혼란스럽기 짝이 없었다.

어쨌든 1차 책임이 있는 류조지군이 나고야대본영에 들어왔던 조선군 구축(驅逐)에 실패한 이상, 그 책임이 이제는 히젠 근처의 영주들에게 돌아갔다. 에도막부의 질책을 피하기 위해선 내부 사정이야 어떻든 간에 움직일 필요가 있었다.

히젠 오른쪽에는 지쿠젠이 있었다. 그리고 히젠 남쪽에는 히고가 가장 큰 영지였다. 지쿠젠과 히고의 영주들은 조선군을 몰아내기 위해 급히 군대를 일으켰다. 류조지가문이 원군을 요청해 히젠에 들어가는 식으로 명분을 만들었다.

타 영지의 군대가 다른 영주의 영지에 들어가는 것은 곧 선전포고와 다름없었다. 그러나 이미 유명무실해져 통제력을 상실한 류조지가문은 그들의 진입을 지켜볼 수밖에 없었다.

히젠 북쪽 끝, 늪지와 황량한 산지에 둘러싸여있는 나고야대본영 앞으로 큐슈북부군 2만 명이 속속 집결하기 시작했다.

큐슈북부에서 병력을 동원한 곳은 지쿠젠과 부젠, 히고였다.

지쿠젠의 영주는 호소카와 타다오키였다. 호소카와 타다오키는 큐슈의 대영주 중 한 명으로 세키가하라에서 도쿠가와 이에야스의 동군으로 참전한 공을 인정받아 지금은 지쿠젠, 부젠 등 큐슈 북동부에 50만석이 넘는 영지를 소유했다.

호소카와 타다오키는 두 가지 평가를 받았다. 하나는 센노 리큐의 수제자일 만큼 당시에는 보기 힘든 교양인이라는 평가였다. 그리고 다른 하나는 시류를 아는 자라는 평가였다.

호소카와 타다오키의 부친 호소카와 후지타카는 원래 쇼군 아시카가 요시테루를 섬겼다. 그리고 아시카가 요시테루가 적의 자객에게 암살당한 후에는 패자로 떠오른 오다 노부나가를 도와 새 쇼군으로 아시카가 요시아키를 옹

립했다.

한데 쇼군 아시카가 요시아키가 오다 노부나가와 대립하는 모습을 본 호소카와부자는 바로 오다 노부나가를 지지했다. 몰락한 아시카가가문보다는 떠오르는 태양과 같던 오다 노부나가에게 붙는 게 가문에 낫다는 사실을 간파한 것이다.

장성한 호소카와 타다오키는 오다 노부나가의 중매를 받아들여 오다 노부나가의 중신이었던 아케치 미쓰히데의 딸 다마코와 결혼했다. 물론, 훗날 이 결혼은 파국으로 치달았다.

아케치 미쓰히데가 오다 노부나가에게 반기를 들어 혼노지의 변을 일으킨 것이다. 이 일로 오다 노부나가와 그의 적자 오다 노부타다는 죽음을 맞았다. 당시, 모리가문과 전쟁을 치르던 도요토미 히데요시는 번개같이 회군해 아케치 미쓰히데를 치려했다. 주군의 죽음에 대한 복수가 명분이었다.

아케치 미쓰히데는 사위 호소카와 타다오키에게 도와달라 간곡히 청했다. 사위이니 당연히 도와줄 줄 알았던 것이다. 그러나 호소카와부자는 지원요청을 받아들이기 전에 손익을 면밀히 따져보았다. 그랬더니 아케치 미쓰히데보다는 도요토미 히데요시의 세력이나, 기세가 월등히 뛰어났다.

이에 호소카와부자는 아내임과 동시에 며느리였던 다마코를 유폐시켜버렸다. 그런 다음, 도요토미 히데요시 밑에 붙었다.

호소카와 타다오키는 도요토미 히데요시를 따라다니며 여러 전투에서 공을 세웠다. 히데요시가 하직 하시바란 성을 쓸 때이므로, 전투에서 세운 공적 덕분에 호소카와 타다오키는 하시바 히데요시에게 그의 성인 하시바란 성을 받았다.

도요토미 히데요시의 명을 받아 임진왜란에 참전한 호소카와 타다오키는 병사한 도요토미 히데카츠를 대신해 왜군 9번대를 지휘했는데 마지막 전투인 부산포공방전에서 패해 울산, 포항 쪽으로 도망쳤다가 간신히 본국으로 귀환했다.

정유재란에는 참전하지 않았지만 도요토미 히데요시와는 계속 가까이 지내는 편이었다. 한데 이시다 미쓰나리가 주도하던 문치파와 갈등이 심해진 탓인지 도요토미 히데요시 사후에 패권을 두고 벌인 세키가하라에선 도쿠가와 이에야스의 동군에 붙었다. 그리고 그런 공로를 도쿠가와 이에야스에게 인정받아 전보다 훨씬 큰 영지를 하사받기 이르렀다.

호소카와 타다오키는 자신의 영지가 있는 지쿠젠과 부젠에 병력동원을 명해 1만5천명을 급히 끌어 모았다. 그리

고 그 병력과 곧장 서진해 히젠 나고야대본영 남쪽에 도착
했다.

나고야대본영 남쪽에 있는 산과 언덕에 진채를 내린 호
소카와 타다오키는 돌아가는 사정을 에도막부에 알리는
한편, 닌자나, 정찰대 등을 대본영 쪽으로 파견해 나고야
대본영을 점령한 조선군의 병력규모나, 목적 등을 알아내
려 하였다.

또, 큐슈 남부에 영지가 있는 영주들에게 조선군의 큐슈
침입사실을 알리며 지원을 급히 요청했다. 큐슈 남부에는
세키가하라에서 서군으로 참전해 호소카와가문과는 원수
인 영주들이 있었지만 지금은 찬물, 더운물 가릴 처지가
아니었다.

산 위에 올라간 호소카와 타다오키는 눈살을 찌푸렸다.

나고야대본영은 조용했다.

움직임이 거의 없었다.

그 흔한 깃발조차 보이지 않았다.

"마쓰우라!"

호소카와 타다오키의 부름을 받은 가신 하나가 급히 달
려왔다.

"부르셨습니까?"

"네가 가서 정찰해보도록."

"알겠습니다."

마쓰우라라 불린 가신은 자신의 병력 3백과 나고야대본영 남서쪽에 있는 샛길을 이용해 비스듬히 접근하기 시작했다.

성벽을 200미터가량 남겨두었을 때였다.

성벽에 뚫려있는 총안에 시커먼 총구가 튀어나왔다.

"후퇴해라!"

소리친 마쓰우라는 가장 먼저 몸을 돌려 왔던 곳으로 달렸다.

당연한 말이지만 사람보다는 탄환이 훨씬 빨랐다.

비 오듯 떨어진 탄환이 마쓰우라의 몸에 틀어박혔다.

그의 부하들 역시 마찬가지였다.

수십 명이 용아로 발사한 탄환에 맞아 바닥을 뒹굴었다.

주인을 잃은 병사 200여 명은 호소카와 타다오키에게 돌아가 마쓰우라가 죽었으며 나고야대본영에는 조선군이 많다는 사실을 보고했다. 호소카와 타다오키는 마쓰우라의 부하들을 대충 위로한 다음, 다른 가신의 부대에 배속시켜 버렸다.

호소카와 타다오키는 필두가신인 마츠이 야스유키를 불렀다.

"류조지는 상황이 어떻소?"

마츠이 야스유키가 고개를 절레절레 저었다.

"틀렸습니다."

"그 정도요?"

"제가 상황을 살펴보러 갔었는데 죽은 류조지 마사이에의 아들은 병이라며 접견을 거부했습니다. 영주란 자가 그 지경이니 그 밑에 있는 가신이야 제 한 몸 챙기기 바쁠 겁니다."

호소카와 타다오키가 심각한 얼굴로 고개를 끄덕였다.

"그렇다면 류조지는 배제해야겠군. 다른 곳은 언제 도착하오?"

"히고에선 내일에나 도착할 듯합니다."

"그럼 일단 정찰만 하고 원군이 오길 기다리도록 합시다. 그리고 조선군이 야간에 성을 나와 기습을 감행할 위험이 있으니 가신들에게 말해 주변 경계를 강화하라고 하시오."

다른 가신 카가야마 하야토가 볼멘 음성으로 불만을 표했다.

"저는 영주님이 조선 놈들을 왜 이렇게 두려워하시는지 모르겠습니다. 제게 일군을 딸려주십시오. 박살내보이겠습니다."

카가야마 하야토의 말에 호소카와 타다오키는 물론이거니와 마츠이 야스유키 역시 눈살을 찌푸린 채 책망의 빛을 보냈다.

보다 못한 마츠이 야스유키가 주군을 대신해 꾸짖었다.

"멍청한 소리 말게. 자넨 분로쿠의 역 때 참전하지 않았으니 모르는 거야. 조선 놈들을 얕보다가는 뼈를 묻어야할걸세."

카가야마 하야토는 마츠이 야스유키 말에 풀이 죽어 돌아갔다.

다음 날, 호소카와 타다오키의 진영에 5천 병력이 새로 도착했다. 바로 오기로 했던 히고의 병력이었다. 히고는 워낙 커서 몇 명의 영주가 나눠가지고 있었다. 우선 북단에는 정유재란에 참전했다가 전사한 가토 기요마사가, 그리고 남단에는 슨푸성 외곽에 연금당한 고니시 유키나카가 있었다.

가토 기요마사가 죽기 전까지 고니시 유키나카와 치열하게 경쟁한 데는 여러 가지 이유가 있었다. 상인출신인 고니시 유키나카를 무골인 가토 기요마사가 평소에 무시했다거나, 아니면 고니시 유키나카는 카톨릭 신자인 반면, 가토 기요마사는 일련종의 독실한 신자였던 이유 등이 있을 것이다.

그러나 진정한 이유는 두 사람 영지가 히고 남북에 붙어 있다는 게 가장 컸다. 영지 역시 20만석으로 비슷해 상대를 눌러야지만 히고의 넓은 영지를 혼자 독차지할 수 있었다.

그러나 임진왜란, 정유재란을 거친 후, 그리고 세키가하라를 통해 재편이 이뤄진 후에는 가문존속이 위험한 상황이었다.

가토 기요마사는 주요 가신단과 함께 정유재란에 참전했다가 전멸했다. 거기다 가토 기요마사의 유일한 아들은 요절해 후계가 끊긴 상태였다. 형제 역시 마땅히 없는지라, 히고 북부는 히고에 영지가 있던 사가라 요리후사가 차지했다.

그 결과, 가토 기요마사 일족은 사방으로 뿔뿔이 흩어져 다른 영주에게 몸을 의탁한 상태였다. 히고 남부에 영지가 있는 고니시가문은 가토에 비해 그나마 상황이 나은 편이었다.

고니시 유키나카가 슨푸성 근처에 연금당하긴 했지만 영지를 개역당하진 않아 여전히 고니시가문이 다스리는 중이었다.

물론, 고니시 유키나카 역시 자식 복은 없는지라, 정유재란에 참가하지 않은 가신 하나가 고니시 유키나카 대신 다스리는 중이었는데 에도막부로부터, 정확히 말하면 도쿠가와 이에야스로부터 자중하란 명을 받은지라, 움직이지 못했다.

그런 관계로 히고에서 온 5천 병력은 사가라 요리후사의 병력이었다. 호소카와군과 사가라군을 합치면 2만 명이었다.

병력, 명성 모두 떨어지는 사가라 요리후사가 호소카와 군의 장막을 먼저 찾았다. 잠시 후, 호소카와 타다오키와 사가라 요리후사 두 명은 바람막이를 두른, 그리고 화톳불을 피워놓은 회담 장소에 모여 조선군을 어찌 상대할지 논의했다.

화톳불의 불똥이 반딧불처럼 허공을 수놓았다.

그 모습을 바라보던 호소카와 타다오기가 고개를 다시 돌렸다.

"이런 날이 올 줄은 몰랐군."

두 사람의 나이 차는 열 살이었다.

그리고 호소카와 타다오키는 명성이 대단한 사람인지라, 사가라 요리후사는 조금 주눅 든 얼굴로 고개를 끄덕여보였다.

"같은 생각입니다. 게이초 때 액운을 피한 줄 알았는데."

두 사람은 왜국에서 분로쿠의 역이라 부르는 임진왜란에 참전했다. 사가라 요리후사는 가토 기요마사의 2번대에, 호소카와 타다오키는 도요토미 히데카츠의 9번대에 속해 있었다.

당시 가토 기요마사의 2번대에는 주장 가토 기요마사를 비롯해 히젠의 나베시마 나오시게와 사가라 요리후사가 있었는데 나베시마 나오시게는 임진왜란 때 회령에서 죽었다. 그리고 2번대의 주장이던 가토 기요마사는 정유재

322 光海錄 11

란 때 할복하기 직전 생포당해 참수를 당했다. 사가라 요리후사는 운 좋게 정유재란에 참전하지 않은 지라, 액운을 피할 수 있었다.

정유재란에 참전했던 영주 중에 다테 마사무네만 천신만고 끝에 살아 돌아왔다는 점을 보았을 때 정유재란마저 참전했다면 영지로 돌아오기가 불가능했을 거란 생각이 들었다.

그는 우에스기 카게카츠처럼 세력이 크지도, 시마즈 요시히로처럼 잘 싸우지도, 가토 기요마사처럼 독하지도 않았다. 오대로였던 마에다 도시이에야 두말할 필요조차 없었다.

한데 위에 말한 네 명은 다 살아 돌아오지 못했다.

그렇다면 그 역시 살아 돌아오지 못한다는 말이었다.

사가라 요리후사는 항상 그 점을 생각하며, 자신의 운이 좋다는 생각을 했다. 가끔 잠을 자다가 정유재란에 참전해 죽어가는 악몽을 꿨는데 그때마다 이불이 땀으로 흠뻑 젖었다.

정유재란에 참전하지 않은 덕분에 세키가하라에서 도쿠가와 이에야스 편을 들 수 있었고 대가로 히고 20만석을 받았다.

여기까진 참 좋았다.

한데 조선군이 두 차례 전쟁의 복수를 하겠다고 쳐들어온 것이다. 그것도 그의 영지가 있는 큐슈에 쳐들어왔다.

사가라 요리후사는 임진왜란동안 겪었던 끔찍한 기억들이 다시 떠올랐다. 그러나 나가지 않을 수가 없었다. 적이 큐슈에 쳐들어왔는데 큐슈에 영지가 있는 영주가 움직이지 않는다면 결과가 어떻게 나든, 나중에 개역당할 수밖에 없었다.

개역이 문제가 아니었다.

그는 목이 잘리고 마누라는 절로 들어가야 할 판이었다.

"휴우, 그래도 싸워는 봐야겠지요?"

사가라 요리후사 말에 호소카와 타다오키는 고개를 끄덕였다.

"그러는 수밖에 없소."

두 사람이 어떻게 싸울지 논의할 무렵.

바람막이가 걷히며 호소카와가문의 중신 마츠이 야스유키가 들어왔다. 마츠이 야스유키는 어제부터 나고야대본영에 있는 조선군 숫자 등을 파악하기 위해 동분서주하는 중이었다.

호소카와 타다오키가 물었다.

"적정을 탐문했소?"

"예, 영주님."

대답한 마츠이 야스유키가 사가라 요리후사를 힐끔 보았다.

사가라 요리후사가 간의 의자에 걸치고 있던 엉덩이를

들었다.

"전 가서 부하들을 점검하겠습니다."

그런 사가라 요리후사를 호소카와 타다오키가 잡았다.

"괜찮소. 같이 듭시다."

사가라 요리후사를 만류한 호소카와 타다오키가 고개를 돌렸다.

"사가라영주와는 한 배를 탄 사이요."

눈치 빠른 마츠이 야스유키가 보고했다.

"이번 침입은 조선 수군과 육군의 합동작전입니다."

그 말에 호소카와 타다오키는 고개를 끄덕였다.

"류조지가 급히 끌어 모은 수군으로 대항했다가 전멸했다는 말을 이미 들었소. 그래, 적이 병력을 얼마나 데려온 거요?"

"수군은 범선 서른 척입니다."

"범선?"

호소카와 타다오키가 되물었다.

마츠이 야스유키는 틀림없다는 듯 고개를 끄덕였다.

"예, 범선입니다."

"나가사키에 들어와 있는 서양 상선 같은 거 말이오?"

"예, 그런 범선 종류인데 더 크답니다. 그리고 화포를 수십 문씩 장착하여 우리 전선은 상대가 불가능하다고 말합니다."

마츠이 야스유키의 말에 호소카와 타다오키가 급히 물었다.

"수군 장수는 누구라 하오?"

마츠이 야스유키는 그 질문에 쉽게 대답하지 못했다.

호소카와 타다오키는 마츠이 야스유키를 잘 알았다.

대 호소카와 가문의 필두가신인 그가 아닌가.

그런 사람이 쉽게 대답하지 못한다는 것은 심각하단 말이었다.

한숨을 내쉰 호소카와 타다오키가 물었다.

"이순신이오?"

"예, 이순신입니다."

임진왜란에 참전했던 자들, 그리고 정유재란에 참전했다가 유일하게 살아 돌아온 다테 마사무네의 입을 통해 조선군 장수들의 이름이 왜국 전역에 전해졌는데 그 중 가장 유명한 사람은 단연코 왜국 수군을 짓밟은 통제사 이순신이었다.

이순신은 왜군의 입장에선 악마와 다름없었다.

아니, 그보다 더했다.

임진년의 출병이 실패한 이유는 많았다.

그러나 그 중 하나만 꼽으라면 단연코 이순신이었다.

잠시 말이 없던 호소카와 타다오키가 어렵게 다시 입을 열었다.

"육군은 몇 명이라 하오?"

"육군 수는 확인을 못했습니다. 류조지군의 생존자들을 찾아가 물어보았는데 몇 만이라는 자도 있고 몇 천이라는 자도 있어 정확히 몇 명인지 아는 사람이 없는 형편이었습니다."

"육군 장수도 불명이오?"

마츠이 야스유키는 고개를 저었다.

"아닙니다. 육군 장수는 얼굴을 알아본 사람이 있었습니다. 나베시마 나오시게를 따라 분로쿠 역에 참전했던 이들 중에 간신히 살아 돌아온 이들이 있는데 그들이 육군 장수의 얼굴을 알아봤다고 합니다. 육군 장수 역시 대단한 자입니다."

"그래서 그게 누구요?"

"김시민이란 자 기억하십니까?"

마츠이 야스유키의 반문에 호소카와 타다오키의 표정이 굳었다.

"진주성에 있던 장수말이오?"

"그렇습니다."

"흐음, 쉽지 않겠군."

호소카와 타다오키의 한숨을 들은 사가라 요리후사가 물었다.

"그 자가 누굽니까?"

"아, 사가라영주는 2번대와 움직였으니 김시민을 잘 모르겠군. 김시민은 진주성을 지키던 조선의 장수요. 농성의 대가지. 수만 명으로 공격했음에도 진주성을 뚫어내지 못했소. 그 바람에 조선 전라도로 들어가려는 계획이 실패해버렸지."

사가라 요리후사가 고개를 끄덕였다.

"그 자라면 들어본 적 있습니다. 곰처럼 우직한 자라 하더군요. 진주성에 틀어박혀 결국 성을 지켰다는 말도 들었습니다."

호소카와 타다오키는 고개를 한 차례 저었다.

"겉은 곰처럼 우직해 보이지만 속은 아주 영리한 자요. 아니, 냉정한 자라 할 수 있지. 조심하지 않으면 손해를 볼 거요."

사가라 요리후사 역시 걱정을 뿌리치지 못하는 모습이었다.

"이제 어떻게 해야 합니까? 조선의 최정예가 왔다면 이거 아주 위험한 게 아닙니까? 더구나 병력 수조차 모르는데 우리 병력으로 섣불리 공격했다가 당해버리면 끝장 아닙니까?"

마츠이 야스유키도 사가라 요리후사와 같은 의견인 듯했다.

고개를 끄덕이더니 주군에게 곧장 물었다.

"어떻게 생각하십니까?"

팔짱을 낀 채 잠시 고민하던 호소카와 타다오키가 입을 열었다.

"사가라영주의 말이 맞소. 우리만으론 너무 위험하오."

사가라 요리후사가 상체를 앞으로 당겼다.

"그럼 막부의 병력을 기다릴 생각이십니까?"

"막부가 병력을 동원하라면 한 달은 넘게 걸릴 거요."

"하면?"

"우선 큐슈 남부의 지원군을 기다립시다."

그 말에 다시 상체를 뒤로 넘긴 사가라 요리후사가 고개를 끄덕였다. 큐슈북부만 위험한 상황이 아니었다. 만약, 큐슈 북부가 적에게 넘어가버리면 남부 역시 위험해지는 것이다.

그리고 큐슈 남부에는 그 가문이 있었다.

사쓰마의 시마즈.

고니시 유키나카, 가토 기요마사가 그랬듯 시마즈 요시히로 역시 도요토미 히데요시의 출병명령을 거역하지 못해 두 차례나 조선을 침략했다. 임진년에는 이혼의 근위사단을 위험한 지경으로 몰아넣는 등 상당한 활약을 보였지만 재차 침입한 정유재란에서는 이혼의 반격으로 결국 목숨을 잃었다.

시마즈는 4형제로 유명했다.

첫째 시마즈 요시히사, 둘째 시마즈 요시히로, 셋째 시마즈 도시히사, 넷째 시마즈 이에히사. 상당히 드문 일이긴 하지만 형제가 모두 자기 몫을 충분히 하는 자들인지라, 이들 대에 와서 사쓰마 일부만 가졌던 시마즈가문이 사쓰마통일, 큐슈남부 통일, 큐슈북부 진출 등의 성과를 이루어내었다.

오토모가문만 굴복시키면 큐슈를 제패하는 상황이었는데 류조지가문의 나베시마 나오시게와 오토모 요시무네 등의 구원요청을 받은 도요토미 히데요시가 큐슈에 쳐들어오며 상황이 바뀌었다. 대군을 앞세운 도요토미 히데요시에게 대항해보았지만 중과부적인지라, 시마즈가문은 항복을 하였다.

그 와중에 넷째 시마즈 이에히사가 병에 걸려 죽었다.

그리고 가문 전체가 항복에 동의한 건 아닌지 셋째 시마즈 도시히사가 도요토미 히데요시를 암살하려하는 등 꾸준히 반기를 들었다. 이에 도요토미 히데요시는 자신에게 저항하는 대표적인 시마즈 내 세력으로 시마즈 도시히사를 지목하여 자결을 명했다. 시마즈 도시히사는 그 명을 받아들였다.

셋째와 넷째가 죽으며 이젠 첫째 시마즈 요시히사와 둘째 시마즈 요시히로만이 남았는데 시마즈 요시히로가 정유재란에 참전했다가 돌아오지 못한 관계로 두 형제가 나누어 가졌던 시마즈가문의 권력이 요시히사에게 모두 돌아가 버렸다.

패권을 놓고 세키가하라전투가 벌어졌을 때는 큐슈 사쓰마에 남아 은인자중한 덕분에 개역을 피할 수 있었다. 그러나 나이가 든 지금은 은퇴하여 조카임과 동시에 양자, 그리고 사위인 시마즈 다다쓰네에 가독을 물려준 상태였다. 물론, 은퇴한 가주들이 그렇듯 실권은 여전히 소유한 상태였다.

시마즈 요시히사는 북부에서 연달아 도착한 급한 전언에 크게 놀랐다. 큐슈에 외적이 쳐들어왔다니 이는 몽골제국 전성기에 몽골군이 큐슈해안을 침략한 이후 거의 처음이었다.

시마즈가문에는 곧 전쟁 분위기가 무르익었다.

큐슈남부 전체에 정유재란에 참전했다가 돌아오지 못한 시마즈 요시히로의 복수를 해야 한다는 분위기가 일기 시작했다. 아니, 시마즈 요시히로와 같이 참전했다가 돌아오지 못한 1만 명의 복수를 해야 한다는 분위기가 일기 시작했다.

조선에서 죽어간 자들은 그들의 형제, 아들, 부친이었다.

가족의 복수만큼 강한 대의명분은 없었다.

그리고 가족의 복수만큼 사람의 피를 끓게 하는 이유가 없었다.

그런 분위기를 선도하는 자는 시마즈가문의 가주 시마즈 다다쓰네였다. 시마즈 다다쓰네는 죽은 시마즈 요시히로의 아들이었다. 가주인 시마즈 요시히사에게 딸만 있는 관계로, 딸 중 하나와 시마즈 다다쓰네를 결혼시켜 후계로 삼았다.

그런 이유로 시마즈 요시히사에게는 시마즈 다다쓰네가 조카임과 동시에 사위, 그리고 양자였던 것이다. 시마즈 다다쓰네는 선친의 복수를 위해 대군을 일으키고 싶어 안달했다.

그러나 실권은 여전히 시마즈 요시히사에게 있었다.

시마즈 요시히사는 지원군을 보내는 일이 탐탁지 않았으나 군을 일으키지 않을 도리가 없었다. 동생의 복수는 차치하고서라도 도쿠가와 이에야스의 질책을 피하는 게 먼저였다.

시마즈 요시히사는 시마즈 다다쓰네를 주장으로 삼아 수륙양군 합쳐 3만에 이르는 대병력을 일으켰다. 그리고 수군은 큐슈 왼쪽 해안을 돌아 히젠 앞바다로 향하게 하였으며 육군은 시마즈 다다쓰네와 함께 히고를 거쳐 히젠으로 향하게 했다. 자신은 사쓰마에 남아 병참을 지원하기로 하였다.

사가라 요리후사가 히젠 나고야에 도착한지 이틀이 지났을 무렵, 시마즈 다다쓰네가 지휘하는 시마즈군 2만5천이 도착했다. 이리하여 큐슈연합군의 수는 4만5천으로 늘어났다. 거기다 해안을 올라오는 수군을 합치면 5만에 이르렀다.

원래 연합군이 모이면 먼저 대장부터 정하기 마련이었다. 호소카와 타다오키의 명성이 시마즈 다다쓰네보다는 높지만 시마즈가문이 병력을 가장 많이 동원했기에 호소카와 타다오키가 시마즈 다다쓰네에게 양보하는 식으로 이루어졌다.

시마즈 다다쓰네는 가신단과 상의한 작전을 설명했다.

"육지와 바다에서 동시에 공격하기로 하였습니다."

호소카와 타다오키가 물었다.

"육지는 어떻게 공격할 생각이오?"

"우리 가신단이 알아낸 정보에 따르면 나고야대본영에는 이럴 때를 대비해 비밀통로를 몇 개 만들어두었다고 합니다. 원래는 반란에 대비한 거였는데 조선군은 이를 알지 못할 테니 이를 역이용하는 것입니다. 우리 시마즈군이 주공을 맡을 테니 그 사이 두 분 영주께서는 휘하 병력과 함께 그 통로로 들어가 양쪽에서 조선군의 측면을 찔러주십시오."

시마즈 다다쓰네도 이제 서른 줄이었다.

치기어린 시절은 이미 지난지라, 제법 의젓하게 지시를 내렸다.

호소카와 타다오키는 시마즈 다다쓰네의 명을 군말 없이 따랐다. 호소카와 타다오키가 그러니 사가라 요리후사야 참견하기가 어려운 입장이었다. 호소카와 타다오키가 시마즈 다다쓰네의 군재를 신임해 그 명을 따른 것은 아니었다.

일단, 시마즈 다다쓰네보다는 시마즈가 거느린 가신단을 믿었다.

시마즈 요시히로가 조선에 데려간 많은 가신들이 돌아오지 못하며 손상을 입긴 했지만 여전히 다섯 손가락 안에 드는 가신단을 보유한 가문이 바로 사쓰마의 시마즈가문이었다.

또, 이번 주장은 시마즈가문이었다.

그 말은 실패할 경우, 그 책임 역시 시마즈가 진다는 말이었다.

"그럼 날이 밝는 대로 공격을 시작할 것이니 준비해주십시오."

시마즈 다다쓰네의 말을 끝으로 회의는 그렇게 끝났다.

큐슈연합군은 조선군을 상대하기 위해 먼저 휴식을 취했다.

큐슈연합군의 주력을 형성하는 시마즈군이 강행군을 한 터라, 휴식을 취해놓지 않으면 제대로 싸우기가 힘든 상황이었다.

그렇다고 경계에 소홀한 것은 아니었다.

시마즈 다다쓰네가 지시하기도 전에 경험 많은 시마즈의

가신들이 먼저 경계 병력을 세워 조선군의 야습을 감시했다.

아군이 휴식해야한다는 말은 곧 적에겐 기회란 뜻이었다. 그리고 그런 때야말로 취약한 순간이기에 경계가 필수였다.

조선군이 나고야대본영 밖으로 나왔단 말은 듣지 못했지만 어쨌든 할 수 있는 최선을 다해 조선군 야습에 대비했다.

***

김시민은 전라사단 수색대대장을 불렀다.

잠시 후, 수색대대장이 혼마루에 있는 사단장 처소를 찾았다.

수색대대장은 왜인복장을 한 상태로 들어왔다.

심지어 머리마저 밀어버려 자세히 보지 않곤 구분이 어려웠다.

김시민이 군례를 취한 수색대대장에게 물었다.

"정찰했는가?"

"예, 장군."

"어떤가?"

"시마즈까지해서 4만은 훌쩍 넘어보였습니다."

"수군도 오는 것 같은가?"

"그런 말이 있는 것 같습니다."

잠시 생각하던 김시민이 전령을 불러 하명했다.

"통제사대감에게 수군이 온다는 사실을 알려주게."

"예, 장군."

전령은 바로 몸을 날려 사라졌다.

전령이 나가길 기다린 김시민은 다시 고개를 돌렸다.

"야습에 대한 대비는?"

"괜찮은 편이었습니다. 그러나 완벽한 건 아니었습니다."

"알겠네. 곧 움직일 테니 수색대대가 길을 열어주게."

"예, 장군."

수색대대장이 나간 직후 김시민은 1연대장 김경로를 불렀다.

그리고 그에게 야습을 명했다.

김경로는 바로 1대대 500명과 성을 몰래 나와 남쪽에 있는 큐슈연합군 진채에 접근했다. 성 앞을 지나가는 동안, 김경로는 기도비닉에 신경 썼다. 그리고 공병이 알려준 길만 이용했다. 잠시 후, 조선군 별동대 앞에 왜군 진채가 나타났다.

김경로는 지체 없이 손을 올렸다가 내렸다.

그 순간, 용아 수백 정이 동시에 불을 뿜었다.

마치 한밤중에 불꽃놀이를 하는 거처럼 불꽃이 명멸하였다.

〈12권에서 계속〉